YIGEERDUN

伊格尔顿

WENYI LILUN YANJIU

文艺理论研究

王　伟◎著

安徽师范大学出版社
·芜湖·

图书在版编目(CIP)数据

伊格尔顿文艺理论研究 / 王伟著. — 芜湖:安徽师范大学出版社, 2018.5

ISBN 978-7-5676-3480-0

Ⅰ.①伊… Ⅱ.①王… Ⅲ.①伊格尔顿 - 文艺理论 - 研究 Ⅳ.①I0

中国版本图书馆CIP数据核字(2018)第064430号

伊格尔顿文艺理论研究　　王　伟　著

责任编辑: 胡志恒

装帧设计: 丁奕奕

出版发行: 安徽师范大学出版社

芜湖市九华南路189号安徽师范大学花津校区

网　　址: http://www.ahnupress.com/

发 行 部: 0553-3883578　5910327　5910310(传真)

印　　刷: 江苏凤凰数码印务有限公司

版　　次: 2018年5月第1版

印　　次: 2018年5月第1次印刷

规　　格: 700 mm × 1000 mm　1/16

印　　张: 12.75

字　　数: 218千字

书　　号: ISBN 978-7-5676-3480-0

定　　价: 38.00元

目 录

引 言

从20世纪70年代末期被引入国内文艺理论界[①]，到1980年第一部专著《马克思主义与文学》的译介[②]，再到1984年来华演讲与座谈[③]、80年代中后期同一本著作（*Literary Theory：An Introduction*）多个中译本的出版[④]，伊格尔顿不仅迅速为中国文论界熟悉，还成了研习20世纪西方文艺理论的重要领路人。90年代之后，对伊格尔顿的研究逐渐增多。21世纪以来，这种增长的势头更趋猛烈。关于这一点，可以从中国知网的“发表年度趋势”与“学位年度趋势”上看得十分清楚：

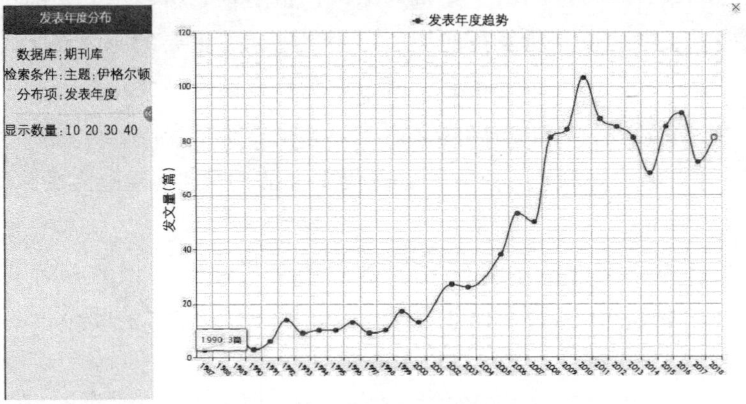

图一

---

① 参看[英]特里·伊格尔顿：《马克思主义与文学批评》，《外国文学动态》1978年第7期；[英]特里·伊格尔顿：《作家与倾向》，文宝译《外国文艺》1979年第2期。

② [英]伊格尔顿：《马克思主义与文学批评》，文宝译，北京：人民文学出版社，1980年版。

③ 冯真：《文学理论家伊格尔顿来华讲学》，《世界文学》1985年第1期。

④ [英]特雷·伊格尔顿：《二十世纪西方文学理论》，西安：陕西师范大学出版社，1986年版；[英]伊格尔顿：《文学原理引论》，刘峰译，北京：文化艺术出版社，1987年版；[英]特里·伊格尔顿：《当代西方文学理论》，王逢振译，北京：中国社会科学出版社，1988年版。

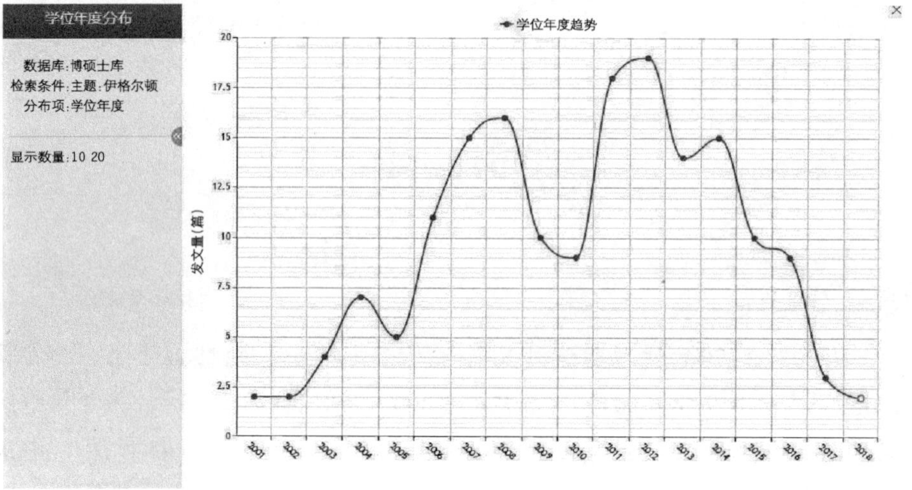

图二

不妨说，伊格尔顿已成为文论研究中非常显赫的部分。直至现今，伊格尔顿的文艺思想仍然是研究的热点之一。作为当代著名的西方马克思主义文学理论家和具有独特风格的文化批评家，伊格尔顿之所以重要，除了其《二十世纪西方文学理论》所发挥的导引作用之外，更重要的原因在于，他的著作通过翻译进入中国文论现场后，常常成为焦点话题，并深刻形塑了中国文论的样貌，或者说，对中国当代文论建设产生了重要影响。无论是《审美意识形态》《文化的观念》，还是《后现代主义的幻象》《理论之后》，抑或最近的《文学事件》等等，均是如此。

截至目前，国内学术界研究伊格尔顿文艺理论思想的专著有马海良（2004）[①]、柴焰（2004）[②]、王天保（2007）[③]、方珏（2008）[④]、段吉方

① 马海良：《文化政治美学：伊格尔顿批评理论研究》，北京：中国社会科学出版社，2004年版。

② 柴焰：《伊格尔顿文艺思想研究》，青岛：中国海洋大学出版社，2004年版。

③ 王天保：《审美意识形态的辩证法：伊格尔顿美学思想》，郑州：河南文艺出版社，2007年版。

④ 方珏：《伊格尔顿意识形态理论探要》，重庆：重庆出版社，2008年版。

（2010）[1]、丛豪亮（2010）[2]、肖琼（2013）[3]、林骊珠（2015）[4]、王玉峰（2017）[5]等学者的9部。它们基本上是在博士论文基础上的补充与完善，或集中于伊格尔顿早期的文艺思想，或聚焦于伊格尔顿文艺思想的某一专题。本书为研究伊格尔顿文论思想的专题论著，意在致力于和当时的伊格尔顿研究进行或隐或显、或直接或间接的对话，并积极介入中国当代文论的论争与建设之中。本书主要包括五个部分：

其一，文学主张，讨论伊格尔顿的反本质主义文学观、文学事件观；

其二，批评观念，探讨伊格尔顿的政治批评、革命批评及其与布鲁姆的论争；

其三，文化研究，论述伊格尔顿对“文化主义”的批判与其身体观；

其四，悲剧理论，研究伊格尔顿的悲剧观念及其悲剧的政治；

其五，政治之爱，剖析伊格尔顿实践的幸福与政治之爱的主张、辨析其视野中的福柯权力观。

---

① 段吉方：《意识形态与审美话语：伊格尔顿文学批评理论研究》，北京：人民文学出版社，2010年版。

② 丛豪亮：《伊格尔顿早期意识形态文学理论形成与内涵研究》，徐州：中国矿业大学出版社，2010年版。

③ 肖琼：《伊格尔顿悲剧理论研究》，北京：中国书籍出版社，2013年版。

④ 林骊珠：《亚里士多德、上帝与马克思的邂逅：伊格尔顿的马克思主义伦理政治批评研究》，北京：中国社会科学出版社，2015年版。

⑤ 王玉峰：《诗学和意识形态视域内伊格尔顿文化批评作品在中国的翻译重写》，武汉：武汉大学出版社，2017年版。

第一章
文学主张

一、半途而废的“反本质主义”

文学理论界围绕本质主义与反本质主义的讨论至今依然如火如荼，一个重要的理论先锋人物特雷·伊格尔顿于论争中被频频提及。当然，他招来的是前者不尽的怨恨与后者持久的敬意。一个有意思的、矛盾的现象是：有的理论家既跟随反本质的大潮宣称根本没有超越历史的文学观，又对反本质主义文学观的代表人物大加挞伐。譬如，吴炫先生的《论文学的“中国式现代理解”》及《伊格尔顿批判》两文就对伊格尔顿进行炮轰。[①]不过，吴先生的不少阅读是割裂式的，这使得他看起来理据十足的指责及判断实际上缺乏说服力。[②]

---

① 参看吴先生的如下论文:《论文学的“中国式现代理解”》,《文艺争鸣》2009年第3期;《伊格尔顿批判——兼谈否定主义的文学观》,《学术月刊》2008年第4期。文中凡引用上述论文均不另注。

② 此处重在讨论观点,而不纠缠于对伊格尔顿割裂式阅读的细节之上,因此仅从《伊格尔顿批判》一文中抽取如下两例以说明。其一,吴先生认为“伊格尔顿在多种场合抓住像‘这糟糕的像虫子爬的书法’这样单独的句子是不是文学语言来做文章,这就把文学作为整体的形象世界的性质与功能忽略了”。实际上,伊格尔顿是在批评俄国形式主义者所尊奉的文学语言是对语言标准的偏离时,才从小说中引出那句话作例证的,这个例子证明了形式主义的文学观一旦将考察对象从诗歌放大到小说、散文就会手足无措。其二,吴先生指出:“如果未来的现实生活真的如伊格尔顿所说的大家都用霍普金斯的诗句说话,人们很有可能是会将黑格尔的著作或一张便条作为艺术对待的。很可惜的是,伊格尔顿无法论争这一天到来的必然性,理论上便可作为一种臆想来对待。”必须明白的是,这——如果大家都在普通酒馆用霍普金斯的诗句谈话的话,那么这种语言就可能不再有诗意了——是伊格尔顿按照俄国形式主义者的逻辑得出的推论,他本人对此并不完全认同。因为他紧跟着就点出,如果谁想以这种语言的某些特殊用法来定义文学的话就必须直面如下事实:曼彻斯特人使用的隐喻比马威尔作品中的隐喻还多,任何一种文学手段其实都在日常话语中被广泛运用。换言之,这种定义文学的方式存在无法解决的难题。因此,将形式主义者的观点错安在伊格尔顿的头上进行批判,这明显是无的放矢了。

（一）新神话：永恒的"文学性"

吴先生明确指出："从来不存在'超历史'的文学观，也从来不存在横穿古今的'文学边界'。"这隐隐约约地向人们宣示，他似乎是反对文学有永恒本质的。然而，在吴先生看来，伊格尔顿的反本质主义甚是无谓，因为所有的文学都是历史的，文论史上从来就没有人宣称有过伊格尔顿所反对的文学本质，所以伊格尔顿的反本质主义究竟想说什么在他看来模糊不清。吴先生还区分了"文学观的不稳定"与"文学性的相对稳定"。换言之，他认为文学观可以不断变化，而文学性则不同：它是亘古不变的，即使当文学不存在了，我们仍然可以在大街上的某个地方一眼认出文学性来。文学也许有一天会撒手人寰，但文学性将永垂不朽。

具体探讨上述观点之前，有必要先指出这种判断建立的根据：吴先生认为古今中外的优秀作品可以跨越文化、民族和时代，激起古今中外读者的共鸣和欣赏。就这个根据本身来说，它完全可以讲得通，因为我们今天确实能够欣赏先秦时代的《诗经》。问题是，当今人品读"关关雎鸠，在河之洲。窈窕淑女，君子好逑"时，会否将其还解作"后妃之德"呢？《诗经》能引起人们的共鸣，不等于说今人与汉人产生了共鸣——今天和汉代以同样的方式解读，不等于他们对文学有同样的看法，他们没有从汉代传至今日的"文学性"这种东西能拿来分享。如此看来，这个论据是站不住脚的。那么，"文学观的不稳定"与"文学性的相对稳定"的区分合理吗？需要追问的是，"文学观"与"文学性"两者究竟有什么差别。就它们都可作为依据来断定何为文学这一点来看，没有什么差异。如果有什么"文学性"的话，当文学观变更时文学性也一定会如影随形而无法闭门不出。有意思的是，自从文学性不知哪天降临斯世后，它竟然就成了永恒之物，竟然都可以义无反顾地抛下文学而独自远行。这样的"文学性"与上帝、绝对理念又有何异？这不正是伊格尔顿奚落的那种试图想从文学中提取出永恒的内在特征的做法吗？[①]我们玩多种多样的游戏：牌类、球类、棋类等等，能从它们中提炼出唯一的区别性特征吗？追求这样的"游戏性"显然也是缘木求鱼。这样看

①［英］特雷·伊格尔顿：《二十世纪西方文学理论》，伍晓明译，北京：北京大学出版社，2007年版，第8页。

来，吴先生所做的两种区分无法立足，还变得前后自相矛盾——先是义正词严地谴责本质主义的做法，后又悄悄地竖起了本质主义的大旗。其实，本质主义的文学观并非如吴先生说的那样不存在，永恒的“文学性”即是眼前明显的实例。

在吴先生的否定主义文学观体系内，“文学性”是一个评价文学经典的极为重要的标准。永恒的“文学性”意味着永恒的文学经典，这是逻辑之必然推论，而吴先生也正是这样认为的。果真如此的话，那么，吴先生所区分的强的文学性与弱的文学性就应该保持不变。换言之，经典一经确立就再也无法撼动。活泼的文学史已经最有力地对此进行了反驳。从理论的角度说，不言而喻的是，当高踞的文学本质被赶下神坛、当不变的意义被无情丢弃之后，文学经典的地位必然会被强烈地摇撼。所谓的文学经典及伟大传统，不过是“一个由特定人群出于特定理由而在某一时刻形成的一种建构（construct）。根本就没有本身（in itself）即有价值的文学作品或传统，一个可以无视任何人曾经或将要对它说过的一切的文学作品或传统”[①]。伊格尔顿的洞见卓识迫使人们思考如下的问题：谁的经典？什么时候的经典？因为什么被奉为经典？如果说这样的追问在其时（1982）还会有不少人对之不屑一顾的话，那么，25年后伊格尔顿为其旧作新版所写的后记就可以踌躇满志地宣称上述思考如今已被广泛地认可了。吴先生似乎对于这些共识不感兴趣，依然执着于精心设计能够评判古今中外优秀作品的理论紧身衣：判断好文学、文学经典的标准为“形象世界的创造性程度”达到“独象”——对文学性较高的价值判断——的层次。

但问题在于，是否所有的文类都会心甘情愿加盟形象创造的队伍？能否用一把优秀的尺子来度量不同文类的作品？在“形象”这一标准下，顾城的《一代人》算不上优秀之作，因为它“缺乏一种‘穿越黑暗现实’的‘文学性意识’”；而《鹿鼎记》中的韦小宝却能与《红楼梦》中的贾宝玉平起平坐，因为他穿越了“侠士杀人”的老套；诗人苏轼倍受推崇，成了中国文学史上优秀作家之翘楚，好到甚至于“让所有的文学批评感到尴尬”，因为他的诗歌能够“穿越现实”。[②]实际上，用黑色的眼睛去寻找光明不正是努力穿

① [英]特雷·伊格尔顿:《二十世纪西方文学理论》,伍晓明译,北京:北京大学出版社,2007年版,第11页。

② 参见吴炫:《什么是真正的好作品?》,《文艺争鸣》2007年第5期。

越漫漫长夜吗？姑且同意韦小宝穿越了侠客杀人的窠臼，但这并不能作为《鹿鼎记》与《红楼梦》同样优秀的力证。韦小宝还穿越了贾宝玉的妻妾总数并乐在其中，而宝玉生活于大观园中众多爱他的美女之间竟感觉异常痛苦、最后绝望出家，其中的复杂性恐非《鹿鼎记》能及。正如有的理论家所指出的：“揭示人物的深度存在明显的差异。这是两个作家之间的距离，也是经典小说跟通俗作品之间的差距。发现人内心的复杂性，发现人的复杂的感情，甚至矛盾的感情，这是经典小说的拿手好戏。”①谈及苏轼，不管现在将其诗歌抬到多么高的地位，不应忘记的是宋人严羽的激烈批评：“盛唐诗人惟在兴趣，羚羊挂角，无迹可求。故其妙处莹彻玲珑，不可凑泊，如空中之音，相中之色，水中之月，镜中之象，言有尽而意无穷。近代诸公作奇特解会，遂以文字为诗，以议论为诗，以才学为诗。以是为诗，夫岂不工，终非古人诗也，盖一唱三叹之音，有所歉焉。”②也就是说，在严羽眼里，苏轼的《琴诗》《题西林壁》实在不是什么优秀作品，因为它们过于掉书袋、过于注重说理、过于显摆自己的才气，结果导致太着实而缺乏“兴致”、诗意直白而缺乏余韵。当然，严羽是以盛唐诗的标准来衡量宋诗，宋诗的说理难免遭到贬抑；而今天苏轼的说理诗又被人们誉为经典之作，这不是恰好证明了经典的流动性吗？不是恰好证明了“文学性”并非永恒的吗？唐诗与宋诗都成了诗歌之经典，但它们成为经典的原因是不可通约的，而且，传统经典与现代经典之间也没有什么“可通约性关系”。因此，如果反过来将宋诗誉为最高典范的话，那将置唐诗于何处呢？譬如，拿“穿越现实”的标准来衡量李白的《静夜思》的话，就不免会出现尴尬。再说了，一定要在唐诗与宋诗之间决一雌雄也没什么必要，这就如同桃花与梨花在谁最美丽上争个你死我活一样。

（二）超越“意识形态”如何可能

意识形态似乎无处不在、无时不有，意识形态让不少崇尚“纯文学”、立志建构希腊小庙的作家和理论家鄙夷不屑，他们总以为意识形态肮脏不

① 南帆：《文学老了，我们还需要她的慰藉吗》，《学习博览》2009年第6期。

② 严羽：《沧浪诗话·诗辨》，见郭绍虞主编《中国历代文论选》（第2卷），上海：上海古籍出版社，2001年版，第424页。

堪，而文学却是那么纯洁无瑕、出淤泥而不染。对这些人而言，伊格尔顿的下述断言不啻兜头一盆冷水：衡量什么是文学的标准完全取决于意识形态。[①]而吴先生则梦想着文学能够模糊日常意识形态而构筑一个独立自足的世界："这实在不是因为文学自身有这样的特点，而且我们面对意识形态问题时有这样'特殊的要求'。正如我们需要婚姻繁殖和培养后代，也需要爱情一样——美丽和性感是被什么社会意识形态所支配呢？而'蒙娜丽莎的微笑'迄今依然楚楚动人，那又是被什么意识形态所制约呢？"的确，当人们长久地浸淫于意识形态后，渐渐地可能会失去辨认个中委曲的能力。尽管我们不能说所有自然的东西都具有意识形态性，但如果细细思量的话，即使连微笑、美丽等这些习见的词汇背后都会藏有意识形态性的东西：蒙娜丽莎的微笑至今依然楚楚动人，乃至于和我们并无大别。问题是：蒙娜丽莎为何笑不漏齿、而非开怀大笑？这里就会涉及宗教与笑的复杂历史关系。从楚王好细腰、环肥燕瘦到"文革"时的"不爱红妆爱武装"直至今日的瘦身、美容热潮，它们都与美丽有关，然而美丽标准的界定难道不是充满了意识形态性吗？事实上，意识形态早已潜滋暗长地渗透于人们的日常生活中。根据伊格尔顿甚为赞赏的社会学家布尔迪厄的看法，"在我们习惯性行为的'自发性'本身，我们再生产了某些深深默许的规范与价值"；在整个文化领域内充满着符号暴力，它的使命是使权力合法化、自然化，同时将那些不合乎标准的人们烙上耻辱的印记并驱入沉默的阴暗角落。[②]

文学就是一种意识形态固然没错，这对那些幻想远离意识形态的批评家还有持续的鞭策之效；但这种说法的粗疏也显而易见，因此，必须进一步考究的是文学与意识形态到底有怎样的关系。伊格尔顿坦陈这个问题让人挠头皮。在他看来，文学与意识形态之间有着难解的复杂故事，"反映论"与"超越论"皆为简单之极端。前者是"庸俗马克思主义"批评的代表，热衷于将文学当作对占统治地位意识形态的反映；问题是这无法解释为什么会有"大量的文学作品实际上都向当时的意识形态臆说提出了挑战"。[③]而后者就

---

① ［英］特雷·伊格尔顿：《二十世纪西方文学理论》，伍晓明译，北京：北京大学出版社，2007年版，第16页。

② ［英］特瑞·伊格尔顿：《西方马克思主义中的意识形态及其兴衰》，齐泽克等著《图绘意识形态》，方杰译，南京：南京大学出版社，2006年版，第210—212页。

③ ［英］特里·伊格尔顿：《马克思主义与文学批评》，文宝译，北京：人民文学出版社，1980年版，第21页。

紧紧抓住文学与意识形态的对抗性来定义文学，认为真正的文学常常超越它那个时代的意识形态。实际上，伊格尔顿在努力探求比以上二说更合理的看法。他认为阿尔都塞与马舍雷的观点很有启发：意识形态在任何社会中都有一定的结构连贯性，文学作品一方面是该结构的一部分、另一方面又改变了这一结构；而批评就应该根据意识形态的结构来阐明文学作品，“找出使文学作品受制于意识形态而又与它保持距离的原则”。[①]显然，在讨论文学与意识形态关系时，文学的挑战性并未逸出伊格尔顿的视野。伊格尔顿在其他著作中也不止一次谈过这一点，譬如，在谈到文化的观念时他指出：“文化可以是对资本主义的批判，不过它也同样是对反对它的承诺的批判”[②]，这与乔纳森·卡勒那句有名的话——文学既是意识形态的手段，又是使其崩溃的工具——颇为相似。谈及审美意识形态时，他认为维系资本主义社会秩序的力量有两种：一是硬性的强制性制度；二是软性的习惯、虔诚与爱，正是它们将制度的力量审美化，使人们不假思索地接受——在这个意义上伊格尔顿才说它们是最根本的力量。然而，审美又是危险的，因为它又会有反抗、又会对占统治地位的意识形态提出异常有力的挑战。[③]而吴先生认为伊格尔顿“忽略了文学在履行宗教功能的时候，可能已具有突破宗教的功能”，从以上的分析可以看出这是冒失的揣测。

意识形态在不断变化，但并非将过往予以格式化，然后在一张白纸上重新描画，而是会有一定的连续性或继承性。既然文学就是一种意识形态，照此逻辑就很好解释文学观念的继承性——一种文学观念超越其产生之时代而对后世发挥持久之影响。毕竟，文学观念的更迭与自然科学中的日心说取代地心说不同：地心说被抛弃了，但当表现说产生时并未使模仿说完全失效；文学观念的承继更还有教育制度及经典体系方面的原因。吴先生将这种继承性当作“循环性”：“如果说‘文学是人学’和‘文学的抒情性’在20世纪的中国是一个稳定的观念，甚至可以与中国传统文论的‘缘情说’构成稳定的状态，正好是因为中国人始终存在一个挣脱不尊重人性的专制伦理的问

① [英]特里·伊格尔顿:《马克思主义与文学批评》,文宝译,北京:人民文学出版社1980年版,第23页。

② [英]特瑞·伊格尔顿:《文化的观念》,方杰译,南京:南京大学出版社,2003年版,第19页。

③ 参看[英]特里·伊格尔顿:《美学意识形态》,王杰等译,桂林:广西师范大学出版社,1997年版,第3、8、17页。

题。‘五四’新文学和新时期文学对‘人学’和‘人性’‘个性’的提倡与实践，在根本上不是文学理论企图将自己永恒化、稳定化，而实在是中国历史的性质本身所产生的循环性所致。”这里存在的问题是：古典的诗缘情与现代的抒情性可否构成稳定性？“情”的内涵——譬如“发乎情，止乎礼义”与“诗缘情而绮靡”——是亘古不变的吗？历史是循环的吗，什么叫历史的循环性？将“五四”新文学对人性的提倡归结为中国历史的循环性无异于对其时外来文化激荡的漠视，历史的壮阔波澜都被忽略不计，这种循环不过是封闭式的循环罢了。

针对伊格尔顿所谈的形式主义者的疏离性问题，吴先生指责伊格尔顿“没有阐明使我们不再把莎士比亚和普希金感受为文学的语言背景是什么”，“也就回避了一个问题：为什么在所有文化现象中，只有文学具备使人淡忘、遗忘现实的功能？这种功能是‘意识形态’需要还是‘缓解意识形态’的需要？”其实，某位诗人的作品不再被感受为文学了，这是伊格尔顿根据形式主义者的逻辑得到的可能推论，他对此是持批判态度的，当然不需要来证明那种语言背景。即便文学可以使人忘却现实，但这种功能是文学的独家专利吗？宗教、音乐、绘画有无此种功能呢？如果说“缓解意识形态”指的是如下内容——“将形象符号作为本体消解人们从作品中直接接受某种意识形态观念的可能”，“从而使人们在现实生活中放松对各种意识形态的紧张感并因此可以从文学视角审视意识形态的局限”——的话，那么，形象自身是否没有携带任何意识形态性的内容呢？它实际上不过是又诉诸形象、审美来试图超越意识形态罢了；在此意义上，“缓解意识形态”不也是“意识形态”吗？其实，伊格尔顿在《美学意识形态》中就专门谈过软性的意识形态——如宗教、文学等——将硬性的意识形态——如政治、法律等——进行审美化，从而让人们理所当然地予以接受，怎么会忽视了“缓解意识形态”呢？进一步来说，每一种主流意识形态也都不会忽视以审美价值来加固其意识形态的优越性，所以，“一种文化对于美的欣赏，它关于趣味和优雅的观念，它对于艺术的看法，都有可能是其伦理道德价值的反映，这些事项绝非不偏不倚或纯洁无瑕的。”①

如伊格尔顿一样，罗朗·巴特也曾苦口婆心地劝告世人：“历史告诉我

① [英]丹尼·卡瓦拉罗：《文化理论关键词》，张卫东等译，南京：江苏人民出版，2006年版，“总论”第5—6页。

们，文学的超越时间的本质是不存在的。”[①]但这并非意味着文学一分钟内可以摇身七十二变，因为我们无法居于荒郊野外、与世隔绝，我们仍然拥有历史感——“这样一种高度文化修养的感觉，它在评价本时代的功绩和勋业时，也考虑到过去的时代”[②]。所以，一方面，摒弃了光芒四射的文学本质后不必忧心走向放任自流，我们仍可在臧否文学上达成共识；另一方面，没有必要再苦心孤诣地为文学重新打磨一个新的永恒本质。

① [法]罗朗·巴特：《两种批评》，张小鲁译，见《外国文学报道》1987年第6期，第15页。

② [德]歌德：《歌德文艺语录》，程代熙译，见《文艺理论研究》1980年创刊号，第173页。

二、伊格尔顿：为“本质主义”喝彩

（一）

特里·伊格尔顿（Terry Eagleton）声名远播的著作《二十世纪西方文学理论》中提出了对文学的一系列发人深省的见解：“在由于各种原因而被称为‘文学’的一切中，想分离出一些永恒的内在特征也许不太容易”，因为“文学根本就没有什么‘本质’”，因此，“我们可以一劳永逸地抛弃下述幻觉，亦即，‘文学’具有永远给定的和经久不变的‘客观性’。任何东西都能够成为文学，而任何一种被视为不可改变的和毫无疑问的文学——例如莎士比亚——又都能够不再成为文学。”[①]伊氏的大作20世纪80年代末登陆中国大陆后倍受追捧，它给国人系统地一一展示了进入文学的多重门径，因而敞开了文学存在的复杂性与丰富性。相形之下，那些僵化的条条框框、对文学唯一的正确解读等等都只能无奈地接受被弃若敝屣的命运。汲取伊格尔顿文论营养的一代学人早已产出了累累硕果，其中以《文学理论新读本》（南帆主编，2002）、《文学理论》（王一川，2003）、《文学理论基本问题》（陶东风主编，2004）为突出代表。时至今日，伊格尔顿依然是文论界炙手可热的话题人物，他绍介西方20世纪文学理论的这本专著被译为多国语言、被奉作文论经典，他本人也被视为反本质主义文学观理所当然的杰出代言人。

反本质主义当然不止于文学层面，而是由哲学蔓延至社会科学其他各个领域的一场飓风。在攻打本质主义精神碉堡的后现代主义大军中，它被公认为是智勇双全的骁将。在这场鏖战中，一批思想家的业绩被人们牢牢记住：尼采、韦伯、维特根斯坦、福柯、巴特、德里达、拉康、罗蒂、德·曼、米

① 特雷·伊格尔顿：《二十世纪西方文学理论》，伍晓明译，北京：北京大学出版社，2007年版，第8—10页。

勒，如此等等。问题是：伊格尔顿能否荣登上述的光荣榜？这时候，如果以为从其文学观可以触类旁通、推及其他就难免会出差池。实际上，不难发现，就是在那本闻名遐迩的《二十世纪西方文学理论》中，伊格尔顿对后现代主义已有少许的微词了，这种“微词”十多年后更演绎成一本批判后现代主义的专著——《后现代主义的幻象》（1997），也淋漓尽致地体现在其后他对“文化理论”的讨伐上——是为《理论之后》（2003）。因此，这样的判断似乎水到渠成：在文学园地之外，伊格尔顿并非如人们所期望的那样一以贯之、勇往直前，而是表现出更多的犹疑——确切地说，应该是审慎。大体上，他并未矢口否认后现代反本质主义的战果及优点，尽管耗费于这方面的文字显得太过寒碜——他实在不愿为此大唱赞歌，而是执着地发掘后现代主义的B面，并不失时机地亮出自己的利剑。

伊格尔顿在后现代思潮于学界风起云涌时不是一个随大流的“投机者”，毋宁说，在某种程度上他有点儿不合时宜地站在了后现代的对立面、不停地指责对方，但却为臭名昭著的本质主义费尽心机的百般辩护乃至大喝其彩。因此，当学者在讨论伊氏究竟是认同本质主义还是反本质主义的问题时，最起码的要求是应该把上面所谈的两个方面（文学及其他领域）清楚地区分开来，否则只能是公说公有理婆说婆有理，遗憾的是，大家根本就没有在同一个聚焦点上相遇过。另外，将两者分开也有利于文论界理直气壮地征引伊格尔顿的反本质主义文学观，而不必心虚地在意本质主义者的冷嘲热讽，从而避免自相矛盾的虚假困境抑或指控。

逻辑上，自然而然，接下来的要务在于弄清楚诸多令人关切的疑窦：伊格尔顿为什么不好好地安坐在反本质主义军营的将位上而跑到本质主义的地盘心甘情愿地做个摇旗呐喊的小喽啰？这种迥异的立场开始于哪里？因为什么，或者说，他的理论依据是什么？在涉及哪些问题时会发生如此巨大的转折？如此刺眼的分歧在伊格尔顿自身怎么融为一体，又或者他对此一直听之任之？这种有趣的反差在其他理论家身上有否重现？更重要的，反本质主义究竟能否真正地、了无牵挂地进行到底？解构的利刃是否亦有难以启齿的顾虑或者不得不坚持的底线？为何当先在的本质被无情揭破假面之后竟然引起慌乱的汹涌波澜？伊格尔顿对本质主义的固执守护能否让人信服？又该如何妥善解决终极基础坍塌之后稳定依靠的难题？

（二）

反本质主义实质上发端于哲学，其逻辑起点是对语言认识的刷新。如果说结构主义区分了符号与所指物，后结构主义则区别了能指与所指：能指与所指之间并无固定之别，我们无法达到一个不是能指的终极所指，因此，意义总是在不断滑动、延宕，我们无可避免地陷入能指嬉戏的怪圈中。[①]这看似无足轻重的语言游戏，其实却有着排山倒海般的气势。因为西方哲学是本质主义的、逻各斯中心的——它相信总会有某个终极词汇可以荣任一切思想、语言及经验之基础，譬如上帝、理念、世界精神、自我、实体、物质等。在语言游戏的透镜照射下，它们都原形毕露——它们亦不过是能指游戏链上的一员，岂能久入鲍鱼之肆而不染其臭！走出哲学的抽象，回到人世的鲜活，能指嬉戏之思想具有更大的冲击力与颠覆性：那些为我们所钟爱的词汇——如自由、民主、独立、秩序、家庭等等——不是也同样陷身意义的泥潭而无法自拔吗？我们又该拿什么为之作辩护？解构的刀锋所向披靡，一切坚固的东西都烟消云散了，反本质主义的气势于此真可谓是横扫千军万马。

反本质主义在这里有何意义呢？它提醒人们注意、思考意义的形成机制及其中隐藏的权力关系，因为在能指的游戏中“某些意义被种种社会意识形态提升到一个特权地位之上，或被弄成了其他意义被迫绕着它们打转的中心”。[②]理论家的任务就是要拆解、展开意义固定过程中纷繁复杂的诸种关系，打破其拥有永恒本质的迷思（Myth）。在这方面，伊格尔顿以文学为切入点做了一个漂亮的榜样，他梳理了“英国文学”如何从“灰姑娘”成长为“公主”的历史：宗教在社会与科学的双重夹击下无可挽回的走向衰落，英国面临着严重的意识形态危机，文学受命于危难之际、成了在动荡时局中充任社会“黏合剂”之最佳替补；所以，原本是在一些较为低级的附属学院而非大学针对下层人士（尤其是女性）开设的英国文学，一路跌跌撞撞地走过从下至上、从女性到男性、从低俗到高雅、从受人轻蔑到为人敬仰的坎坷历程。正因如此，伊格尔顿不无夸张地宣告，简直没有必要将文学与意识形态

① 伊格尔顿：《二十世纪西方文学理论》，伍晓明译，北京：北京大学出版社，2007年版，第126页。

② 伊格尔顿：《二十世纪西方文学理论》，伍晓明译，北京：北京大学出版社，2007年版，第129页。

看作两个相互联系的独立现象予以谈论，文学“就是一种意识形态”，“它与种种社会权力问题有着最密切的关系”。[①]

除了文学、除了上述所举的实例，上升到理论层面，伊格尔顿还赞同怎样的反本质主义呢？“的确存在简约地、虚假地、永恒化地、粗暴地、均质化地使用本质概念的情况，它们已经在性和种族的领域造成了巨大的破坏。在那里本质主义意味着某种类似‘把一种永恒的性质或者类型加以物体化’的事情，并且成为父权主义者、种族主义者和帝国主义者武库中的一件强大武器，尽管它也被某些女权主义者和族性活动家们自己当作武器挥舞。”[②]这不仅告诉我们伊格尔顿眼中本质主义的含义及两种不同的类型，还暗示了他的赞成及反对。具体而言，本质主义约等于永恒性的实体化，当它被女权主义者、族性活动家用来为女性、为民族争取权利时，就是好的、合理的本质主义，就会在政治上产生好的结果；反之，当它成为父权主义者、种族主义者和帝国主义者手中的武器时，就是“坏的”、不合理的本质主义，就会“有政治上的危险性”。到此为止，肯定或否定哪种本质主义一目了然；当然，对于那种反（“坏的”）本质主义伊格尔顿是双手赞成的。也即是说，伊格尔顿的反本质主义集中于四个板块：文学、性别、种族、国家。必须谨记的是，伊格尔顿之所以特别拈出三者是为了力避坏的本质主义所引发的政治恶果。

既然本质主义的武器可以为势不两立的双方所用，那么，伊格尔顿的批评与赞赏意味着只能是道义上的，而非逻辑上的、理论上的。换言之，尽管我们同意他为被压迫的弱势者呐喊助威的选择、立场，但须要明白其中存在的逻辑悖论：这不是一种颠倒的宽容吗？只许“百姓”点灯，不许“州官”放火？细细揣摩，伊格尔顿对反本质主义其实是爱恨交加：当它剑锋所向那些压迫者时，他为之鼓与呼；然而，当它的剑气伤及无辜者、弱小者时，他又于心不忍。面对如此的困境，我觉得与其牵强地守住本质主义的一角，恋恋不舍，不如先把本质主义忍痛放弃，不必再与“坏的”本质主义藕断丝连以致授人以柄，这样我们就可以义无反顾地拎起反本质主义的长剑。然后，另想办法来为我们心爱的事物辩护，没必要非得在本质主义的树上把自己给

① 伊格尔顿：《二十世纪西方文学理论》，伍晓明译，北京：北京大学出版社，2007年版，第21页。

② 伊格尔顿：《后现代主义的幻象》，华明译，北京：商务印书馆，2000年版，第119页。

活活吊死。

伊格尔顿还将本质主义分作两个版本："温和版"与"顽强版"。前者认为"事物是由某些属性构成的，其中某些属性实际上是它们的基本构成，以至于如果把它们去除或者加以改变的话，这些事物就会变成某种其他东西，或者就什么也不是"。而后者认为存在"核心属性，或者属性群组，必然地表现在所有并且只在所有具有共同名字的事物中"。伊格尔顿直言接受"顽强版"较为困难，他极力为之辩护的当然是"温和版"。在他看来，"温和版"本质主义"无伤大雅""平凡无奇""不正自明地正确"。[①]他举女权主义者的例子来进行说明：如果某人自称女权主义者但又强迫妇女从事劳动，那么她就不是一个女权主义者。因为"必须有某种事物，不必是一种事物，至少在此时算作是一个女权主义者而不是非女权主义者；倍受污蔑的本质主义概念的较为温和的版本试图证明的正是这一点"[②]。

这里，伊格尔顿多少显得有些委屈：（温和版）本质主义如此昭然若揭的道理不为人理解，竟然还需大费口舌。毫无疑问，他所举女权主义者与非女权主义者之间有某种东西能将两者区分开言之成理；不过，借以区分它们的东西能否算作"本质"就是另一码事了。我们认为，两者之间的相对位置被诸多既有的关系项锚定，当一个新的关系项加入进来而原有的关系结构能够包容时，它们就会相安无事；反之，当无以容纳新来的关系项时，旧有的结构必然就会被打破，新的结构随之也就建立起来。我们不能草率地把一个个层出不穷的关系项（从理论上来说是如此）认作本质，不然的话，就会有很多个能够把女权主义者与非女权主义者分开的本质。既然本质有可能会如此的泛滥成灾，那么，即便对本质主义者而言，本质这个概念还有多大的意义呢？譬如，数字17与18不同，17是100与83的差、6与11的和、289的算术平方根，而18是90与72的差、8与10的和、3与6的积，还可以列出无数个这样的假设，究竟哪一个才是17与18的本质性差别呢？"乱花渐欲迷人眼"，"本质"这个概念本身是不是出了问题，需要退而深思。

① 伊格尔顿：《后现代主义的幻象》，华明译，北京：商务印书馆，2000年版，第112页。

② 伊格尔顿：《后现代主义的幻象》，华明译，北京：商务印书馆，2000年版，第119页。

（三）

后现代主义思潮凶猛来袭，本质主义作为“十恶不赦”的罪人几乎没有了还手的机会，不战而败。伊格尔顿对此十分不满，他试图从几个方面澄清人们的误解。

第一，“对本质主义的信奉并不必然抱有这样一种难以置信的观点，即一件事物的所有属性都是它的基本属性。具有一定的重量是人的基本属性，正如具有浓眉不是人的基本属性一样。它也并不假定一件事物与另一件事物之间总是截然分开的，并不假定每一件事物都与其他任何事物相隔绝地闭锁在自己密封的本体论空间里。事实上，你可以与黑格尔和其他人一样地认为，事物的相关性正是它们的本质。”①

事实上，在人们的记忆中，本质主义的经典版本是为整个世界构想一个永恒的阿基米德点，所有其他的事物都可以没有丝毫后顾之忧地建基其上，于是，许多信心十足的候选者走马灯似的来了又去了，留给哲学史的是它们忧伤的背影。与柏拉图、黑格尔等有远大抱负的理论家相较，谈论某一件事物的本质显得微不足道，因为它过于斤斤计较。尽管很多理论家为之殚精竭虑，终极的本质依然渺茫；这时候，说道说道具体事物的本质或许不失为一种补偿，然而，它内心总有一片挥之难去的阴影。一件事物有很多属性，并没有谁会单纯地以为它们都能顺利地晋级为本质，因为正如伊格尔顿所言，在区分女权主义者与非女权主义者时，其凭据“必须有某种事物，不必是一种事物”，而唯有这个依凭方有资格沐浴本质的耀眼光辉。本质主义者承认不同事物之间也有联系，而非赤条条来无牵挂，但这无法得出结论说它们的相关就是它们的本质。17与18之间有着多样的相关性：17+1=18，17+5-4=18，17+0.3+0.7=18，等等，本质又该寄身何处呢？因而，笼统地说相关性即是事物的本质并没有多大的意义。

第二，“没有理由假定，对于事物来说，属于同一种类就意味着它们都得显示完全相同的本质特征，只有某些次要的变化使他们成为不同的客体。”换句话说，被归为一类的事物有可能没有共同的本质拿来分享，这里

① 伊格尔顿：《后现代主义的幻象》，华明译，北京：商务印书馆，2000年版，第113页。

隐隐有些反本质主义的萌芽，接下来伊格尔顿所举“文学批评”的例子亦提供了佐证。他认为，我们并不会因为许多非常不同的写作都共享完全相同的一般特点而称之为文学批评。不过，他又说当把英国诗人约瑟夫·艾迪生和英国诗人、文艺批评家威廉·燕卜逊同归文学批评家之列时，就是肯定他们“具有某些共同的属性，即使关于这一点最后证明是我们错了”。看来，伊格尔顿在此有些举棋不定，在坚持本质属性的同时做了让步。这样的话就与前面有了微妙的相悖：既然同类事物不一定有共同本质，那么，当多种事物被归为一类时，可以推论，它们也应不必有共同属性，何以艾迪生与燕卜逊就例外了呢？

第三，“本质主义并不必然是一种形式的简约主义。它并不必然包括这样一种信念，即关于什么是某一事物的本质什么不是从来没有任何疑问。相反，它可以是无限争论的主题。”[①]稍微知晓一点哲学史的人都会记得：为了登上最高本质的宝座，曾经有多少男女主角你方唱罢我登场。也就是说，关于什么是本质不仅存在争论，而且还很激烈；否则，柏拉图的“理念”论一出，傲视群伦、无人争锋，八方来朝、万世景仰，又哪里会有后世滋生的无限纷扰呢？本质的争夺战迄今仍然未能偃旗息鼓，因为总有痴情的理论家前仆后继。此刻，应该稍微花些时间考虑一下：几千年以来的本质追寻并无定果，他们的路向是不是出了麻烦？还有必要对一个不能真正解决复杂问题的幻影那么地难以割舍吗？

第四，“本质主义并不必然是政治右派的特征，而反本质主义也并不必然是左派的一种必不可少的特点。”[②]就是说，（反）本质主义与政治立场并无必然的联系，无论是本质主义还是反本质主义都不是铁板一块：譬如，既有反种族主义的反本质主义者，也有种族主义的反本质主义者；“马克思是一个本质主义者，而资产阶级功利主义之父杰里米·边沁则是一个狂热的反本质主义者。”[③]对伊格尔顿来说，本质主义“在政治上是重要的”，具有“激进”的“批判力量”，是偏向于左派的。比如，他认为“人性”的本质就

① 伊格尔顿：《后现代主义的幻象》，华明译，北京：商务印书馆，2000年版，第114页。

② 伊格尔顿：《后现代主义的幻象》，华明译，北京：商务印书馆，2000年版，第115页。

③ 伊格尔顿：《后现代主义的幻象》，华明译，北京：商务印书馆，2000年版，第116页。

是对人们的生存与幸福称得上是本质性的需求，它无论在伦理上还是政治上都是必需的，“诸如进食、保暖、享受与他人的交往和一定程度的身体健康”，而这些都无异于政治性的标准，否定了这些即是否定了人性。[①]因而，本质主义的共同人性成了对强大的现存社会制度批判的利器。说得浅白一些，因为我们都是人、都有共同的人性，所以，那些人世间的压迫、剥削、残害等等现象或制度都应该统统予以扫除。这当然是一个美好的愿望，也是缥缈的乌托邦，因为很多问题经由多重因素的缠绕后不是那么简单。例如，马克思提出过“全世界无产者，联合起来”的著名口号，在马克思的想象中，工人阶级都是遭受资本家盘剥的受害者（本质主义者或可将此看作他们的共同本质），理应团结起来进行革命、推翻资产阶级的统治，进而实现世界大同。一段时间内，世界各地接二连三的革命的确也点燃了人们很大的希望，但不可忽视的是：同是工人阶级，为什么美国的工人会罢工反对进口中国工人生产的商品？此刻，他们共同享有的工人阶级的本质被扔在一边，没有说话的份了。

可以看出，伊格尔顿的上述澄清中第一条不但未能说清、反而引发了另外的棘手难题，第二条既有反本质主义的契机又有些犹豫，第三条唠叨了一点常识且未能深入下去、似乎并无多大必要，第四条则说的较为在理、提醒人们不要把“本质主义”给本质主义化了。不应掉以轻心的是，伊格尔顿再一次透露出之所以会坚守本质主义是因为它在政治上、伦理上的重要性，以及对丑恶社会现实的批判力。或许，这也就能够合理地解释如下事实，虽然伊格尔顿说“顽强版”的本质主义很难接受，但他又不知不觉地向它靠拢：“人们希望政治解放在永远不能取消这个意义上，被证明是永恒的”，[②]他牵肠挂肚的还是政治。

在这次为本质主义辩解之后，时隔六年（2003），伊格尔顿仍对本质主义的被曲解难以释怀。他援引政治哲学家约翰·奥尼尔（John O’ Neill）的话说，绝大部分为后现代主义思想家所斥责为本质主义的东西都歪曲了有关本质的学说——可惜的是，这些学说无人进行捍卫。这一次，粉墨登场的伊格尔顿不再寂寞地在本质主义舞台上唱着独角戏，有奥尼尔与他为伴。他一

① 伊格尔顿：《后现代主义的幻象》，华明译，北京：商务印书馆，2000年版，第119—120页。

② 伊格尔顿：《后现代主义的幻象》，华明译，北京：商务印书馆，2000年版，第119页。

共谈了三点。

其一，“本质主义相信，有些东西若想成为自身就必须具备一些特性。要成为铜就必须有延展性、可塑性、可溶性、导电性、原子数为29等。这并不意味着一个物体的所有特性对它均必不可少。”这与《后现代主义的幻象》中所谈的第一点相同。其二，“本质主义并非整齐划一，亦非意味着所有同类的物体确实都分享共同的本质属性。”这与上文所言的第二点一致。其三，“本质主义并不一定忽视自然和文化现象间的差异。文化现象有某些特性，少了它们就变成别的现象了。”究其实，这里还是重申本质属性之不可或缺。讲完这三点后，伊格尔顿愤愤不平地说，“反本质主义主要是哲学票友（amateurism）与哲学无知的产物”，[①]其揶揄之情溢于言表。大笔一挥将一大批理论家的思想探索勾销殆尽，伊格尔顿的动作煞是潇洒，但结果恰恰相反，他自己反倒给人一种“无知”之印象。考虑到其政治立场，考虑到其对好的本质主义的拳拳之情，我们切不可把伊格尔顿一时激愤之词当真。

（四）

正如伊格尔顿指出的那样，“所有的总体性都是‘本质主义’的，可以简化为某种单一的决定原则。”[②]既然总体性与本质主义情同手足，伊格尔顿自然不会“对总体性开战”[③]袖手旁观。相比之下，伊格尔顿这一次不那么激烈，他极力使自己忍住悲伤，耐心追溯了传统意义上的总体性为何会日薄西山，进而被微观政治学取而代之；并敦促人们慎重思考总体性是否已经乏善可陈的问题。

或许，有必要先提醒一下伊格尔顿的马克思主义者——准确地说是英国20世纪60年代的“新左派”——这个身份。他写于1976年的《马克思主义与文学批评》中强调：“马克思主义是一种关于人类社会以及改造人类社会的实践的科学理论；更具体地说，马克思主义所要阐明的是男男女女为摆脱

① Terry Eagleton, *After Theory*, Landon: Penguin Books Ltd, 2003, p.121. 伊格尔顿：《理论之后》，商正译，北京：商务印书馆，2009年版，第117页。译文有改动。

② 伊格尔顿：《后现代主义的幻象》，华明译，北京：商务印书馆，2000年版，第16页。

③ 包亚明主编：《后现代性与公正游戏——利奥塔访谈、书信录》，谈瀛洲译，上海：上海人民出版社，1997年版，第141页。

一定形式的剥削和压迫而进行斗争的历史。”[①]通读伊格尔顿的论著，字里行间往往流露出为那些处于被剥削、被压迫的普通大众（“男男女女”是他著作中的一个高频词，足见其关切所在）鸣不平之意。因此，马克思主义文学批评“只有将过去的文学同人们反对剥削的斗争联系起来（尽管是间接的），才能充分理解我们的今天，有效地改变现状”，如果不这样做的话就不仅“无法弄懂作品，也不可能产生适应更优秀的艺术与更美好的社会的艺术形式”。一言以蔽之，马克思文学批评是“我们挣脱压迫的解放行动的一部分”。[②]文学与历史、现实结合之紧密由此可见一斑。

明乎此，我们才能真正感同身受伊格尔顿眼中的历史：“现代历史上最动人的记录之一，就是这样一些人的故事，他们是在各种形式的压迫下受苦的男人和女人，他们常常以付出巨大的个人代价，去获取对于他们更深刻的理解自己的处境所必须的那种技术知识，同时也获取对于改造它所必不可少的某些理论武器。”[③]当然，总体性即是其中（马克思列宁的谆谆教诲）的“理论武器”之一。“在所谓第三世界中，在对于帝国主义逻辑的某种总体性把握的指导下，人们力图把自己的国家从欧洲和美国的政治经济统治下解放出来。与欧洲学生运动同时，越南人民就正在如此地进行着争取解放的斗争，而尽管他们是有‘总体理论’的，他们几年以后将被证明为比巴黎学生更为成功。”[④]难道总体性的功劳还不够小吗？想必这是伊格尔顿很想发出的质问。所以，如果你兴致勃勃地告诉这些历经艰苦卓绝靠总体性取得国家、民族独立的男男女女，说他们只不过是买进了他们雇主的理论成果，或者陷入了本质主义的泥淖、与阳物中心主义眉来眼去，不是一种残酷的侮辱又能是什么呢！

上述的总体性伊格尔顿谓之“传统”意义上的总体性，它专为那些“迫切需要全面理解自己的受压迫状态，以便开始改变它们”的男男女女而准备。为了赢得来日的自由与幸福，他们需要把他们的“特别处境”“社会存

① 伊格尔顿：《马克思主义与文学批评》，文宝译，北京：人民文学出版社，1980年版，第2页。

② 伊格尔顿：《马克思主义与文学批评》，文宝译，北京：人民文学出版社，1980年版，第82页。

③ 伊格尔顿：《后现代主义的幻象》，华明译，北京：商务印书馆，2000年版，第9页。

④ 伊格尔顿：《二十世纪西方文学理论》，伍晓明译，北京：北京大学出版社，2007年版，第140页。

在”与“更大的语境”“更大的政治构架”连接起来，总体性也就在这个特殊的情景中不期然而然地诞生。[①]需要注意的是，这里埋下了一个隐患：假若曾经追求总体性的“主体”变了，又或者它所置身的环境今非昔比了，那么，是否也就意味着总体性必然会无可挽回地走向衰颓？换句话说，一旦特定的雄心勃勃的政治实验已然溃散，那么，蕴含其中的“实在论”假定还会安然无恙吗？

不幸的是，主体这个热血青年还真的“被击败、被收编、被粉碎或者被变形”了，当然，他面临的环境也大不如前——激进的政治运动失败了，左派不得不接受国家机器强大到他们无法摧毁的现实。失望在所难免，而且，这种痛彻心扉的失落感导致了巨大的转折：“如果在行动上实现人的政治意愿已经不再可能，那么人们将代之以把这些意愿指向符号。”[②]换言之，既然无力打破国家权力的种种坚固枷锁，那么就把过剩的力比多倾力发泄在对语言的颠覆之上，从而勉强地找回一点儿替代性安慰。不难想象，“激进的认识论”与“保守的政治学”此时惹人憎恶地打情骂俏。于是乎，“文本”成了学界眷顾的宠儿，“话语”分析亦迅速走俏。“如果关于国家、阶级、生产方式、经济正义等更抽象的问题已被证明是此时此刻难以解决的，那么人们总是会将自己的注意力转向某些更私人、更接近、更感性、更个别的事物。”[③]——是为文化理论中“新身体学”的崛起。语言的转向也好，新的学术领域的开拓也罢，无疑都是总体性失宠的结果。

那么，这个不再讨人喜欢的总体性是否就是反本质主义的对头呢？实际上，“被后结构主义认做敌人的‘总体结构’（total structure）是特定的历史产物：后期垄断资本主义的那一武装起来的、压迫人的国家机器，以及表明与之对立，其实却与这种统治深深地共谋着的斯大林主义统治。”[④]虽然反本质主义并非针对时间在前的“传统”总体性，但它挖空了后者立足之基础、使其本来就尴尬的处境再一次雪上加霜。

① 伊格尔顿：《后现代主义的幻象》，华明译，北京：商务印书馆，2000年版，第14—15页。

② 伊格尔顿：《后现代主义的幻象》，华明译，北京：商务印书馆，2000年版，第23页。

③ 伊格尔顿：《后现代主义的幻象》，华明译，北京：商务印书馆，2000年版，第22页。

④ 伊格尔顿：《二十世纪西方文学理论》，伍晓明译，北京：北京大学出版社，2007年版，第140页。

接下来的问题是，我们究竟还要不要总体性了呢？“不寻求总体性正是不正视资本主义的代码。但是，一种对于总体性的怀疑，无论是左的还是右的，通常都是假冒的。它通常转化成为意味着对某些种类总体性的怀疑和对其他种类总体性的热情认可。”①抛弃总体性无异于对资本主义秩序的消极逃避，而且，对总体性的虚假怀疑最后不过是拥抱了另外的总体性罢了。譬如，“生产方式、社会变革、教义体系”等这类总体性被悄然放弃的同时，“监狱、主教、身体、专制主义政治秩序”等另类的总体性却可以成为谈论的热门话题。在伊格尔顿看来，变化的只是总体性的内容，总体性方式仍然存在。“虽然我们可以忘掉总体性，但是我们可以肯定它不会忘掉我们。”②

可以看出，伊格尔顿对总体性思想的评说总是回到历史的具体场景，试图展示个中的复杂性，告诉人们哪些总体性的功绩不应忘记。需要补充的是，他不是一味地为之辩护，也有十分到位的批评：“一如诸种老的‘总体’政治教条主义地宣称局部关注仅有暂时的意义，新的微观政治亦倾向于教条主义地断定任何全面介入都是危险的幻象。”③就是说，伊格尔顿把两种教条主义，无论是总体性的还是微观政治的，各打五十大板。这也就意味着，他虽然一再拼命地为总体性效力，但还是曲折地承认局部的关注不可小觑。在这一点上，伊格尔顿似与卢卡契有着细微之差别，因为在卢卡契看来，在总体范畴之中整体对各个部分具有“全面的、决定性的统治地位”④。因此，局部、细节的肥大或者逸出总体、本质的框架就成为卢卡契的一块心病。他在那篇著名的《叙述与描写》中不厌其烦地劝告作家必须妥帖地安排好作品中所有的细节，而且，让它们都温顺地反映本质的东西；作家决不可以迷失在肤浅的细节纠葛中，没出息地让细节独立化或把本质给淹没了。⑤

① 伊格尔顿:《后现代主义的幻象》,华明译,北京:商务印书馆,2000年版,第16页。

② 伊格尔顿:《后现代主义的幻象》,华明译,北京:商务印书馆,2000年版,第146页。

③ Terry Eagleton, *Literary Theory: An Introduction*, MA: Blackwell Publishing Ltd, 2008, p.124.

④ 卢卡契:《历史与阶级意识》,杜章智等译,北京:商务印书馆,1992年版,第76页。

⑤ 卢卡契:《叙述与描写》,刘半九译,见《卢卡契文学论文集》(一),北京:中国社会科学出版社,1980年版,第57、58、61页。

(五)

伊格尔顿还给反本质主义出了一个更大的难题：当解构主义遭遇人权会发生什么？他故意调笑说，面对“人权”这两个字，解构主义有两件事情都很为难，“人”“权”各对应一件。何以如此呢？因为“以解构主义的眼光看，整个‘人权’概念无疑属于那种不光彩的形而上人文主义——并不是说这个概念在策略上也不可用，只是说它没有本体论根基。”[①]既然根基被证明是美丽的肥皂泡，那么，为何、又怎么为人权进行辩护？这是让很多性子有些急躁的理论家揪心的问题，也是最易产生误解之处。尽管已经没有“本质”来为人权保驾护航，但如果以为这就意味着可以任意妄为的话不啻是一种荒唐的想法。可以说，这种担心实际上多少有些杞人忧天。简单地看看美国哲学家理查德·罗蒂（Richard Rorty）对自己国家的总统、社会状况、单边主义政治等等犀利的批评就或许可以明白这一点。[②]

如果说罗蒂鲜明的政治立场可以少受伊格尔顿挖苦的话，那么，德里达就没有那么好的运气了。“解构主义的伦理尴尬更准确地说是政治伦理尴尬。德里达最近的著作里有大量的礼物和许诺、义务和责任，但是看不出他讲的东西与新斯大林主义的性质或妇女的压迫问题有什么联系。”[③]他认为在如此重大的政治斗争中双方只能是要么输要么赢，你如果把这样的二元对立给解构了话，你就是与政治现状同谋——不管是有意还是无意，这无疑是你身为知识分子莫大的耻辱。换言之，在重大的政治问题上，解构主义就不要再珍视多义与歧义了，暧昧的态度会使对其抱有极大热情的人们灰心丧气的。而德里达态度的游移遭到了伊格尔顿辛辣的嘲讽，他戏仿德里达的口吻

① 伊格尔顿：《历史中的政治、哲学、爱欲》，马海良译，北京：中国社会科学出版社，1999年版，第57页。

② 罗蒂认为布什是一个“无知而傲慢、既没有国际主义理想、也没有对社会正义之追求的总统”，美国是一个“糟糕的富豪统治的国家”，布什行政当局有着“单边主义的傲慢”，“正在将他们的国家在错误的道路上引领”。以上分别参见理查德·罗蒂：《不可预料的美利坚帝国——在纽约州立大学石溪分校的讲演》《羞辱与团结》两文，童世骏译，见童世骏、曹卫东编：《老欧洲新欧洲》，华东师范大学出版社，2004年版，第72页、第71页、第106页。

③ 伊格尔顿：《历史中的政治、哲学、爱欲》，马海良译，北京：中国社会科学出版社，1999年版，第58页。

说：我不赞成社会主义，但也不反对它。我既不是既不赞成也不反对，也不是简单的赞成或反对“赞成”与反对的对立。在这种绕口令般的文字游戏中，究竟想表达什么让人摸不着头脑。解构主义的这种“伎俩”使其显得超然脱俗，但这是一种“空洞”的超然，而且，空洞得简直无懈可击。所以，在伊格尔顿眼中，解构主义往往是这样：在它面前，任何其他人的意见都弱不禁风，最严肃的宣言终归不过是一场符号的游戏；然而，政治上极端保守，王顾左右而言他，没有明确的立场，结果“它就像不能伤人的空弹一样没有杀伤力”。[①]这可不是一个好兆头。

何谓理论？批判性的自我反省肯定不可遗漏。然而，当由反本质主义诱发的文化理论愈演愈烈时，总给人隐居避世、孤芳自赏之感。这不是说文化理论与现实隔绝了，恰恰相反，高深的学问似乎没能——或许也不再愿意——抵制住滚滚红尘的诱惑，它回归了日常生活——大众传媒、购物中心、香闺密室、秦楼楚馆等等。然而，伊格尔顿忧心的是，它们虽与现实接壤，但不过是纸上谈兵罢了，又有多少“批评生活的能力”呢？看来，即便到了晚年，伊格尔顿对马克思主义还是旧情难忘，这也解释了何以他对“好的”本质主义及总体性满怀激情地不懈维护。“哲学家们只是用不同的方式解释世界，问题在于改变世界”，[②]马克思的这句名言人们耳熟能详。伊格尔顿始终惦记着马克思所言的后半句，所以对仅是沉迷于前半句的理论家多有针砭。时至今日，人们仍然不可把它当作耳旁风。

① 伊格尔顿：《二十世纪西方文学理论》，伍晓明译，北京：北京大学出版社，2007年版，第142页。

② 马克思：《关于费尔巴哈的提纲》，见《马克思恩格斯选集》（第1卷），北京：人民出版社，1995年版，第57页。

三、何谓作为“事件”的文学

众所周知，作为文学理论家，伊格尔顿（Terry Eagleton）以其《文学原理引论》（*Literary Theory: An Introduction*，1983）在国际文论界享有盛誉。然而，伊格尔顿此后的诸多研究明显离开了文学，更多地聚焦于文化主题。譬如，《意识形态导论》（*Ideology: An Introduction*，1991）、《后现代主义的幻象》（*The Illusions of Postmodernism*，1996）、《文化的观念》（*The Idea of Culture*，2000）、《理论之后》（*After Theory*，2003）、《神圣的恐怖》（*Holy Terror*，2005）、《人生的意义》（*The Meaning of Life*，2007）、《陌生人的麻烦：伦理学研究》（*Trouble with Strangers: A Study of Ethics*，2009）、《论邪恶》（*On Evil*，2010）、《为什么马克思主义是对的》（*Why Marx Was Right*，2011）等。时隔30年，伊格尔顿又重返之前长期少有问津的文学领域，推出了新著《文学的发生》（*The Event of Literature*，耶鲁大学出版社2012年版。以下简称《发生》，凡引用该著均只标注页码）。值得考察的是，在处理文学的基本问题方面，这本著作有何延续与新变。理清这些问题，有利于恰当评估该著的意义。

（一）

伊格尔顿明确区分了“文学理论”与“文学哲学”，认为它们分别源出于欧陆和英美这两种不同的思想传统。相较而言，前者批判性强、富有想象力，随意洒脱，而后者则较为稳重、逻辑谨严。（第x页）如果说，1983年的《文学原理引论》（以下简称《引论》）仅是花了较少的篇幅——导言与第一章——来讨论文学哲学，而用了四章来绍介20世纪欧陆的现象学、诠释学、接受美学、结构主义与符号学、后结构主义、精神分析等文学理论，那么，《发生》则把大部分精力转向了英美式的文学哲学。之所以如此，是因为伊格尔顿认为纯文学理论已被泛滥的文化理论取代，人们不再关心文学理论中的基本问题。某种程度上可以说，《发生》一著是《引论》导言部分的扩充版。因为《发生》中详细阐述的定义文学的一系列方式在《引论》中都有简要评述，譬如，语言的特殊运用、道德价值、非实用性、虚构等。重要的是，两者只是繁简有异。正因如此，有学者犀利地指责伊格尔顿这是明目张胆的自我抄袭，有些地方简直是逐字逐句的抄袭，这也是伊格尔顿近年来饱受苛责之处。[①]除了内容，《发生》在论证方式上与《引论》也如出一辙，都是先抛出某个言论作为标靶，然后逐一击破。这种走马灯式的批判式介绍存在两个问题：一是总体上给人以“众人皆醉我独醒”之感，对同行学者有些不够厚道。而且，他常常是把对方——特别是费什、尧斯等学者——的观点简单化乃至歪曲化之后再施以批评，其说服力可想而知。二是无论解释他人思想的天才多么突出，终究也掩不住自身原创性匮乏的缺陷。[②]

不应误解的是，尽管回到了英美文学哲学的传统，但这并不意味着伊格尔顿把当年解构掉的文学本质全都原路送回。《引论》中，伊格尔顿对欧陆与英美两种传统中的本质主义都给予了彻底否定，宣称“根本就不存在文学的‘本质’这回事”。[③]到了《发生》一书，这种鲜明而激进的反本质主义立场有了微妙的变化。一方面，他仍然捍卫当年的论断。另一方面，他又强调：相比当时，自己现在更清楚唯名主义难以替代本质主义，文学没有本质并不意味着文学就根本没有合法性。（第19页）他援引维特根斯坦的“家族相似”范畴来说明这一点。在虚构的、道德的、语言的、非实用的、标准的这五项特征中，某项写作如果具备的愈多，就愈可能是文学。诚如伊格尔顿所言，这些特征仅是来自日常判断的经验式分类，并非具有严密逻辑的理论。（第25页）另外，在具体论证过程中，伊格尔顿其实还谈及其他一些文学判准。譬如，复杂的形式、统一的主题、深度的道德、创造性的想象（第48页）。又如，丰富的想象、生动的修辞、充沛的情感、精湛的技巧等。（第78页）问题在于，一旦诉诸这些经验来判定何为文学的话，就既与其反

---

① Rosen, David, *Terry Eagleton's Republic of Letters*. Raritan. Winter 2014, Vol. 33 Issue 3, p.154.

② Rosen, David, *Terry Eagleton's Republic of Letters*. Raritan. Winter 2014, Vol. 33 Issue 3, p.147.

③ [英]特里·伊格尔顿:《文学原理引论》,北京:文化艺术出版社,1987年版,第11页。

本质主义的立场构成无可回避的冲突，也易于堕入本质主义的陷阱。无论如何，对文学家族相似特征的认可意味着伊格尔顿修订了之前较为激进的反本质主义立场。有意思的是，他对此却又不以为然。（第29页）而这其实跟他对家族相似概念的反思密切相关。

伊格尔顿把本质主义分作两种形式：强硬版与温和版，前者如阿奎那式的神圣本质，后者如家族相似。（第22页）在《后现代主义的幻象》中，伊格尔顿曾为后者极力辩护过，甚至断言它是不证自明的。不过，这种辩护时常带有强烈的政治色彩，它所举的女权主义者的例子堪称生动的证明。他认为，如若有人强迫妇女进行劳动，但又自我标榜为女权主义者，那么，她就不会是一个女权主义者。因为“必须有某种事物，不必是一种事物，至少在此时算作是一个女权主义者而不是非女权主义者；备受污蔑的本质主义概念的较为温和的版本试图证明的正是这一点”。[①]换言之，对伊格尔顿而言，没有了不变的本质，不同的事物就难以相互区分，从而陷入相对主义泥坑。实际上，这样的相对主义是一个“稻草人”，因为人们总是在由诸多关系项组成的关系网络中来定位并区别事物。事物的区分总是相对的，相对于它周边可变的诸种关系。因此，就算没有那种稳如磐石的因素，依然可以明确划分事物的边界。正因赞同温和版的本质主义，伊格尔顿才把卡维尔（Stanley Cavell）的一席话引为知音——维特根斯坦并非放弃而是重塑本质的概念，它不同于阿奎那式的神圣本质，不再是某事物的充要性质，而是识别事物的一些规则。（第22页）

需要注意的是，有些学者由此得出伊格尔顿是在探寻文学“共相”的结论，忽略了他对家族相似的理解——“‘家族相似’与其说是某些永恒的‘本质’，不如说是一种具有交叠特点的网络”[②]；忽略了他在阐述家族相似特征之前特别强调的它们会随着时空变化而改变这一点。（第28页）也即是说，虚构的、道德的、语言的、非实用的、标准的等经验性的特征是历史的、文化的，并无夯定不移的内涵。由上可知，伊格尔顿在《发生》中只是功能性的、描述性的使用家族相似概念来界定文学，并非将其作为本质追寻的完美替代路径。相反，他对家族相似概念的缺陷有着清醒的认识。事实

① [英]特里·伊格尔顿：《后现代主义的幻象》，华明译，北京：商务印书馆，2000年版，第119页。

② [英]特里·伊格尔顿：《话语与意识形态》，马驰等译，刘纲纪主编：《马克思主义美学研究》（第2辑），桂林：广西师范大学出版社，1999年版，第362页。

上，也并非所有的文学哲学家都支持家族相似理论。伊格尔顿举出了一些批评性的意见并表示赞同。譬如，拉马克（Peter Lamarque）认为任何两件事物都能拥有相似性，而这必然使得重要的或有意义的相似性陷入危险之境。因此，应关注重要的相似性，而非那些数不胜数的很少构成文学本身的、被文学作品共享的特征。（第22—23页）又如，对于艺术而言，家族相似理论简直是无效的，因为不同的艺术作品难以归纳出共同特征，他们甚至很难组成一个自然的种类。（第24页）尽管如此，伊格尔顿还是坚持认为，整体而言，文学远比艺术更稳定、更有组织性，因此更易于适用家族相似理论。（第25页）从理论上说，"家族相似"之所以仍能充满活力有两个关键原因：其一，它具有扩张与变形的内在能力；其二，它是暂时的、空间的、自我解构的。（第27页）换句话说，家族相似只是特定时空内暂时的稳定状态，具有在新的环境中重新组合、自我更新的潜能。唯有在这个层面上，我们才能理解伊格尔顿所倡导的温和版本质主义，而非轻率地责斥其立场的华丽转身。

（二）

伊格尔顿还新启用了"事件"范畴，尽管这个判准赫然列于书名，但他并未予以必要的详细解释。因此，就不免出现一个令人有些尴尬的现象——诚如盛宁教授所言，国内文论界把"*The Event of Literature*"译作《文学事件》，但说不清究竟什么是文学事件。他认为，当把"event"译成名词性的"事件"时，就消解了其作为"发生"的动作意义。而鉴于这部著作意在说明"所谓'文学'这样一个'观念'及'文学'作为一种'文类'究竟是怎么产生的？讨论'观念'是怎么产生的，属于所谓的'发生学'（Phylogenetics）范畴"，因而，把"*The Event of Literature*"译为《文学的发生》更为恰切。而且，这也跟伊格尔顿在该书出版前夕应邀在耶鲁大学出版社驻伦敦站所作的相关访谈十分契合。[①]如果说，盛宁教授对伊格尔顿全书的把握较为准确的话，那么，他对文学作为事件的否认则有商量的余地。通读《发

① 盛宁：《文学，是事件吗？》，http://mp.weixin.qq.com/s?__biz=MzA3NzM0NTEwOA==&mid = 206091775&idx = 1&sn =46b31724c260771f6059a22f6d98dcb6 & 3rd = MzA3MDU4NTYzMw==&scene=6#rd

生》一书，不难发现，伊格尔顿的确在最后一部分旁征博引地讨论了作为事件的文学。在具体分析之前，有必要指出的是，作为一个哲学范畴，“事件”萌芽于古代哲学，到了梅勒（D. H. Mellor）、怀特海（Alfred North Whitehead）、德里达（Jacques Derrida）、巴丢（Alain Badiou）等哲学家手中得以发扬光大。回到文学领域，阿斯加（Asja Szafraniec）指出，视文学为事件并非德里达的独创，而是战后法国哲学家的共同取向。譬如，莫里斯（Maurice Blanchot）、德勒兹（Gilles Deleuze）、南希（Jean-Lue Nancy）、拉巴特（Philippe Lacoue-Labarthe）、巴丢等学者莫不如此。他还特别强调，他们赋予术语“事件”的含义并不完全相同，因此，我们需要追问何谓事件，这对于理解文学不可或缺。[①]这也启示我们，应注意辨别在使用事件范畴时，伊格尔顿又给予了它怎样的意义。

有学者认为，伊格尔顿“在使用中似乎把它当做了历史事件的同义词”，“对巴丢等人的遗忘是很令人注目的，尤其是考虑到他们都关注同一个概念，而且巴丢和德里达对事件的解释与伊格尔顿的解释有相当的契合”。[②]这一说法并不准确，因为伊格尔顿在《发生》中曾明确谈及巴丢的事件概念：“伯克（Kenneth Burke）向往一种纯粹创造性的行动，它是原创性的、除了自身而无任何外求的，如同神创天地的模仿一般。巴丢的‘事件’概念跟这种想象有些家族相似，它们都是神学的世俗化碎片。”（第136页）这里涉及伯克、巴丢两人的思想及两者的关系问题，但伊格尔顿的印象式判断经不起推敲。首先，他对伯克的间接引用存在断章取义的硬伤。回顾修辞学历史时，伯克说：“修辞可以成为扎眼的、纯粹的颓废装饰，譬如，在罗马的‘第二诡辩时代’即是如此。但我们已给出了充足的理由来相信，即使是最夸张的修辞也出自功能上的巨大紧迫性。当异教徒的修辞变弱，这样的词语训练可以寻求只为自身，为作为一项技艺展示的自身吸引力。因此，具有反讽意味的是，对朗基努斯出色的热情分析（‘热情’是其词语之一）是迈向这种衰落的标志性一步。”[③]据此不难看出，伊格尔顿割裂了伯克谈论的上下文，将伯克自己的态度与其批评对象混淆起来。据此也可推知，伊格尔顿在

① Asja Szafraniec, *Beckett, Derrida, and the Event of Literature*, California: Stanford University Press, 2007, p.58.

② 吕黎:《重访反本质主义文学观》,《中国图书评论》2013年第3期,第61页。

③ Kenneth Burke, *A Rhetoric of Motives*, California: University of California Press, 1969, p.66.

《发生》中并非是在巴丢意义上使用“事件”一词。因为文学不可能仅仅求诸自身，而是多种历史因素相互博弈的产物，譬如，文类、语言、历史、意识形态、符号编码、无意识、成规、日常经验等等。（第139页）问题在于，巴丢的“事件”哲学与伊格尔顿的思想有否共鸣，伊格尔顿对它的理解有否存在偏差。

在为《存在与事件》的英译本所写的序言里，巴丢简述了事件的含义：“唯有通过与支撑它的秩序进行决裂，真理才能建立，它绝非那一秩序的结果。我已把这种开启真理的决裂命名为‘事件’。真正的哲学并非始于文化的、语言的、制度的等结构事实，而是仅始于发生的事件，始于仍保持完全不可逆料的突现形式的事件。”[①]换言之，真理不是先定的本质，而是由男男女女亲手建立的事物。它既依赖于既有的环境，同时又并非其不温不火、顺理成章的结果。相反，它必须在与其断裂的过程中才能生产自我。易于看出，存在、主体、真理、事件相互依靠、相辅相成，它们是同一进程的不同侧面。照此说来，事件哲学与伊格尔顿的反本质主义思想有着某种程度的叠合。但两者的区别在于，巴丢特别强调事件与既定秩序的决裂，而伊格尔顿则较为凸显文学对其周边环境的依赖性。需要再次强调的是，由于真理起源于事件秩序，所以它有别于知识的累积。“除了与事物状态的规则保持一致外，只要不发生什么事情，那就明显有认知、正确的陈述和累积的知识；而不可能有真理。一个真理包含下面的悖论：它既是新事物，因此也是罕见和例外的”。[②]这种严格限定的真理明显迥异于一般所言的真理。巴丢还以马拉美的诗歌《骰子的一掷……》为例，阐述了事件的特征。“马拉美的诗把某一偶然事件的地点固定下来；事件将根据它所留下的踪迹得到阐释。诗歌不再从属于行动，因为文本的（单声的）意义取决于所宣称的在那里所发生的事件”，“仅就事件属于环境因而其本质无法确定这一点而言，一个事件的内容就在于事件（而这显然指‘在永恒环境中’投掷的骰子）的事件性除了不确定性不可能有其他形式”。[③]事件虽是偶然的，但它留有可以利用的蛛丝马

① Alain Badiou, *Being and Event*, Oliver Feltham trans., London: Continuum, 2006, pp. xii–xiii.

② 陈永国主编：《激进哲学：阿兰·巴丢读本》，北京：北京大学出版社，2010年版，第91页。

③ 陈永国主编：《激进哲学：阿兰·巴丢读本》，北京：北京大学出版社，2010年版，第45—46页。

迹，而且也能被暂时固定下来。不妨说，伊格尔顿所列出的文学的一些家族相似特征，在精神志趣上与此相合。差别在于，巴丢特别张扬事件的例外性、不可确定性。综上可以看出，尽管巴丢的事件哲学与伊格尔顿的反本质主义文学观存在某些能够相互发明之处，但伊格尔顿显然对其并不买账。

其实，早在《陌生人的麻烦》一著中，伊格尔顿就已经对巴丢的事件哲学口诛笔伐了。他认为，如果“事件是规则突增的、不可言喻的例外，是完全没有基础的真理的顿悟”[①]，那么，事件就飞离了它们赖以生存的规范，就像纯属它们自身的数学集合，而这严格说来根本就不可能。问题是，他对巴丢事件思想的概述有些偏差。在巴丢那里，事件并非没有基础，反而有赖于既定环境。尽管如此，在伊格尔顿眼里，事件过于强烈的决裂性最终导致它实际上没有基础。他还追问：我们如何确定是什么构成了事件，又如何知道那种情况是无限的多？除非真理概念从一开始就已在运转，但这又与巴丢行动化的真理不相吻合。伊格尔顿奚落说，尼采的精英主义跟革命的纯粹主义在巴丢前卫的伦理中握手言欢。不言而喻，巴丢的事件有着浓烈的极左政治色彩。因此，伊格尔顿强调，对巴丢而言，坚守真理事件是一件纯粹关乎信仰之事。[②]至此为止，我们才会恍然大悟何以他在《发生》中会说，巴丢的事件不过是神学的世俗化碎片而已。

（三）

漫长而让人乏味地[③]逐一评析完文学的家族相似特征之后，伊格尔顿指出，文学理论没有本质，但亦非观念的随意聚合。所以，家族相似理论同样可以运用到文学理论之上。它们都把文学作品视为一种策略，“一般而言，看待文学作品的方式可以分为两类：作为实体与作为事件”（第188页）前者如美国的新批评、俄国的形式主义等，至于结构主义与符号学阵营，则因人而异。显而易见，作为实体的文学与作为事件的文学截然不同。以新批评为例，文学文本对它来说是有待剖析的封闭的符号系统，是由不同层次的亚

① Terry Eagleton, *Trouble with Strangers: A Study of Ethics*, Chichester: Blackwell Publishing, 2009, p.261.

② Terry Eagleton, *Trouble with Strangers: A Study of Ethics*, Chichester: Blackwell Publishing, 2009, p.265.

③ 但汉松:《把文学还给文学:伊格尔顿〈文学事件〉》,《天南》2012年第9期。

系统组成的建筑结构。它在读者心目中是无视历史的整体，而非一个有着自身演化史的象征性行动。可以说，惟有回到文学生产的现场，惟有读者的积极参与，文学事件的大门才会真正开启。在一部写给普通读者的文学导读书中，伊格尔顿特别强调：文学作品是“一种交流沟通，而非物质对象。文学如果没有读者，就不能称为文学”。[①]在这个意义上，俄国形式主义内部存有一定的张力。它固然视文学为封闭的功能系统与结构整体，但其陌生化理论却因关涉到读者而须另眼相看。“谁进行理解，谁就总是已经进入了一种事件，通过这种事件有意义的东西表现了出来”。[②]陌生化进程对读者不啻一种转换工作，因为诗歌既是审美系统又是道德实践。因此，伊格尔顿认为，形式主义也是事件，是决定性的向实体倾斜的事件。谈论文学事件时，有学者竟说，伊格尔顿发现“无论哪一派文论，它们均认可文学是‘事件’”。[③]这明显有违伊格尔顿划分实体/事件的初衷，不明区别两者有何意义。

循着伊格尔顿的注释，我们可知，他采用的实体/事件的二分法来自阿特里奇（Derek Attridge）的《文学的奇特性》一书。阿特里奇认为，宣称一件作品不是实体而是事件或许是老生常谈，但却是其意义常被抵制的老生常谈。[④]当然，这种抵制倒不一定是有意为之，而往往是强大的惯习力量使然。毫无疑问，这又与男男女女所习得的理解文学的范式直接相关。阿特里奇提醒，我们仍在谈论作品的“结构”“含义”，谈论它是“关于什么的”，这种方式就是把文学当作一个稳固的、跨越时空的、永远等待我们检视的实体。与此相反，他一再强调，文学作品是跟写作行动或事件、历史偶然密不可分的阅读行动或事件，前者使其成为一个潜在的可读文本，后者则是其被传播与阅读的语境。应该注意的是，在谈论文学事件之前，阿特里奇专门探讨了作为事件的语言，并强调事件是符号概念的重要组成元素。因为文学由符号构成，照此逻辑，文学的事件性不言自明。伊格尔顿肯定性地援引了阿特里奇的实体/事件两分法，难免造成两人在文学事件问题上秉持相同观点

① [英]泰瑞·伊格顿：《如何阅读文学》，黄煜文译，台北：商周出版社，2014年版，第227页。

② [德]加达默尔：《真理与方法》(下卷)，洪汉鼎译，上海：上海译文出版社，2004年版，第634页。

③ 李晋：《“结构化”文学阅读策略——评伊格尔顿的〈文学事件〉》，《外国文学》2013年第2期，第149页。

④ Derek Attridge, *The Singularity of Literature*, London & NY: Routledge, 2004, p.59.

的错觉。如果浏览阿特里奇关于文学事件的解说，便会发现：他所言的作为事件的文学有一个必不可少的创造性因素。他指出，并非所有刷新常规的语言创新都是文学的创新，只有当这种刷新事件被读者体验为一个开启意义与情感新可能性的事件时，我们才称之为文学。为了保持文学术语的最宽泛意义，他甚至建议最好区分“一般的文学”与“创造的文学”。耐人寻味的是，当伊格尔顿引用阿特里奇的文学事件观时，有意回避了创造性与事件的关系。

讨论何谓文学时，《发生》第三章曾集中批评了20世纪把创造性与文学挂钩的一系列文学理论。有意思的是，阿特里奇也赫然在目。伊格尔顿批判的依据是，阿特里奇说过，如果文本仅是用一些陈词滥调重演成规的话，那么，它就不能被称作文学。伊格尔顿认为，这种美学观源出俄国形式主义的“陌生化”信条，并认为胡塞尔的现象学是其哲学基础，括起活生生的现实是其致命缺陷。而且，创造性意味着所有有价值的文学某种程度上是激进的或颠覆性的。当它成为一种教义的旗帜时，如下事实往往被抛诸脑后：很多例行的准则与习俗可能是积极的、值得珍视的而非应被挑战的。（第93页）就这个辩驳本身而言，不能说没有道理。然而，如果回到阿特里奇被引的那篇论文，就不难看出，伊格尔顿的引用割裂了上下文语境。阿特里奇文章的题目明明是《独特的事件：文学、创造与表演》，好辩的伊格尔顿再一次回避了创造性与文学事件的关系问题，也把阿特里奇何谓独特性的解释扔在一边。紧接着伊格尔顿的引文，阿特里奇申明，语言与形式的创新只是与诗歌、现代主义特别联系在一起的一种创新，另外还有其他许多形式的创新。譬如，一部作品虽然形式与语言是常规的，但它对不熟悉的情感模式的理解、对迄今为止尚未被开掘的人类关系的阐释、对新思想的具体化却可能是强有力的。重要的是，这些新的理解或情感依靠它们对语言的具体使用并在表演事件中成形，从而使其成为文学。尽管它们也许会改变人们思考与感受的方式，但它们特别的创新只有在这类事件中才能被体会到。[①]回过头来，再看伊格尔顿的指责，其无的放矢处就十分显眼了。首先，阿特里奇的创造性不能与形式主义的陌生化画等号，它不仅并非不食人间烟火，相反还有较

① Derek Attridge, “Singular Events: Literature, Invention, and Performance”, in Elizabeth Beaumont Bissell (ed.), *The Question of Literature: the Place of the Literary in Contemporary Theory*, Manchester: Manchester University Press, 2002, p.62.

强的现实介入感。其次，阿特里奇的创造性并未全盘否定既有的成规，因为他还认为"尽管文学创造性只是被个体体验的某物，但文化仍最大程度上决定了何谓文学"。[①]换言之，文化的成规仍是无法跨越的最后门槛。

（四）

伊格尔顿推测，直到小说的出现，伴着大众印刷科技的到来，作为实体而非实践的文学观念在批评观念中一直根深蒂固。（第169页）假如这个推断可以成立的话，那么，作为实践的文学观念则无疑是凸显了接受者的重要地位。文学决不能离开接受者而独自存在，根据加达默尔（Gadamer，Hans-Georg）的研究，"阅读、朗诵或演出，所有这些东西都是我们一般称之为再创造的东西的阶段性部分，但这种再创造的东西实际上表现了一切流动性艺术（alle transitorische künste）的原始存在方式"。[②]换言之，自始至终，接受者都不能、也不应是缺位的。伊格尔顿赞同伊瑟尔（Wolfgang Iser）读者的反应使"死文本"转化为"实际事件"[③]的观点，但又指责伊瑟尔与多数接受理论家一样，缺乏对意识形态的理解。这个批评有两个问题。其一，关于意识形态问题，已有学者辨明：伊瑟尔不是没有处理，而是用和伊格尔顿不一样的术语进行处理。[④]因此，伊格尔顿的指责并不属实。其二，关于伊瑟尔与接受理论家的关系问题。从伊格尔顿上述的引文中可以看出，伊瑟尔十分强调读者的反应模式，正是这种反应模式使之与接受理论拉开了一定距离。在《阅读行为》的"英文版序言"中，伊瑟尔还明确指出，他的"审美反应论"不同于"接受美学论"。前者"植根于本文之中"，需要处理的任务是"一个迄今尚未表述出来的情境怎样才能被加工乃至理解"；而后者则"源于读者的判断史"，涉及的是"现今的读者，他的反应证实了某些为历史

① Derek Attridge, *The Singularity of Literature*, London & NY: Routledge, 2004, p.61.

② ［德］加达默尔：《真理与方法》（上卷），洪汉鼎译，上海：上海译文出版社，2004年版，第212页。

③ Wolfgang Iser, *The Act of Reading: A Theory of Aesthetic Response*, Baltimore: Johns Hopkins University Press, 1980, p.129.

④ Rosen, David, *Terry Eagleton's Republic of Letters*. Raritan. Winter2014, Vol. 33 Issue 3, p.155.

所制约的文学体验”。[1]换句话说，两者的文学体验状态有显著差别，一为未完成，一为已完成。尽管如此，它们都使得阅读成为一个理论问题。因此，两者又有一些家族相似性。而且，它们都难以回避如下的质疑声音：当大量的效应史或接受史从历史主义、实证主义或形式主义的阐释习惯中解脱出来之后，这“与其说是一种范式在更换，倒不如说钟摆在摆动。如今人们不再研究生成史，而是研究效应史或接受史，不再从事作者研究，而是从事读者研究；不再进行作品分析而是进行读者分析，不再致力于表现美学而是致力于印象美学，不再致力于生产美学而是致力于接受美学”，“没有阐明它完全正确地强调的问题与生产美学及表述美学所提出的问题之间的相互关系”。[2]如果囿于读者的审美反应，那么，伊瑟尔所言的真实事件是否拥有足够的延展性或丰富性？这种体验版的真实事件与伊格尔顿所言的生动实践恐怕仍有不小的悬殊。

伊格尔顿认为，艾柯（Umberto Eco）的工作与接受理论较为相近，是符号学领域内视文学为事件者。对艾柯而言，文本的要旨并非仅是编码的读出物，更是不可简化的事件或符号行动。（第191页）具体说来，就算是既定的编码也不是稳定的结构或装置，而是符码规则短暂的结果，是读者用以解释的工作假设。唯有在阅读表演中，解释模式才能得以建立，两者是同一过程中相互依赖的不同侧面。伊格尔顿还以符号的播撒来强调结构的不稳定性：由于符号活动原则上是无限的，符号的意义只能靠另一个符号来填充，如此循环往复以至无穷。所以，让辛勤跋涉的读者失望的是，竟然没有一个天生稳固的地方来歇歇脚。无论如何，读者的阅读不能完全丢开文本结构，而是将其现实化、事件化。在读者与文本相互作用的意义上，伊格尔顿仓促压低读者的能动性，作出结论：艾柯的文学既是结构又是事件，既是事实又是行动，它们相互交织。为了避免误解，伊格尔顿一方面强调没有读者的现实化，就没有与特定物质实体相对的事件式文学作品，另一方面又补充说这种现实化活动并非自我决定的。不难推知，他当然是想把这种现实化引向繁复的意识形态区域。应予补充的是，艾柯的文学事件观包含一个关键的区分——诠释文本与使用文本，或者诠释与过度诠释，正是这种区分使得他和

① [德]沃·伊瑟尔：《阅读行为》，金惠敏等译，长沙：湖南文艺出版社，1991年版，第27页。

② [德]瑙曼等：《作品、文学史与读者》，范大灿等译，北京：文化艺术出版社，1997年版，第156—157页。

罗蒂在反本质主义的道路上分道扬镳。艾柯坚持“从作品与其社会文化语境相互作用的角度去对作品进行分析的方法”，强调“作品‘文本’的存在无异于一支舒心剂，它使我们的诠释活动不是漫无目的地到处漂泊，而是有所归依”。[①]由此可知，不管诠释文本还是使用文本，都算得上文学结构的事件化，但只有那些严格接受结构规约者才合度，而那些尽管由结构激发却放荡不羁者不过是文本随时而动的衍生物罢了。

与艾柯的符号学类似，斯特劳斯（Claude Lévi-Strauss）的“神话”也可视为文学事件。虽然同属于结构主义学派，但斯特劳斯的研究与热奈特（Gérard Genette）、格雷马斯（A.J. Greimas）把文学当作实体的做法不同。在他眼里，神话与文学虚构相似，它不仅是原始部落思考的工具，还是符号行动，是对自然与社会的策略性实践。（第197页）如果说，对斯特劳斯来说，神话是由事件碎片组成的结构，那么，对利科（Paul Ricoeur）而言，这一结构则还带有抵抗事件的潜能，因为话语本身就处于结构与事件的结合处。不应忽略的是，利科宣扬一种行动诠释学：文本与人的行动一样，都是开放的作品。“正是因为它打开新的指涉，接受到新的恰当性，所以人的行为也等待着决定其含义的新诠释。这样，所有的事件和所有有意义的行为都向着这种通过当前实践活动而进行的实际诠释敞开。”[②]有意思的是，事件的含义需要不断诉诸生生不息的诠释，并不是说结构发挥的作用无形中就被贬低。因为利科还断言，当代人的诠释在诠释过程中没有任何特别的优先性。换言之，诠释不是后浪推前浪，而是结构与事件、共时之轴与历时之轴之间永不停止的博弈。

（五）

以阿特里奇实体/事件的二分为参照系，伊格尔顿评述并吸收了伊瑟尔、埃科、斯特劳斯、利科等关于事件-结构之别的观点。在此基础上，他

①［意］安贝托·艾柯：《在读者与文本之间》，见［英］斯特凡·柯里尼编：《诠释与过度诠释》，王宇根译，北京：生活·读书·新知三联书店，2005年第2版，第72、84页。

②［法］保罗·利科：《从文本到行动》，夏小燕译，上海：华东师范大学出版社，2015年版，第215页。

还提出了自认技高一筹的“策略”或“结构化”。之所以如此，是为了超越一个悖论：文学作品在不可改变且自我实现的意义上是结构，然而，在这种自我实现是永动的、仅在阅读行动中实现的意义上又是事件（第201页）。策略或结构化两者名异而实同，它们都解构了结构与事件的区别，或者说，在策略的意义上调节结构与事件。结构化是指行动中的结构，它根据需要达到的目的而不断重塑自身。（第199页）换言之，在结构化的蓝图中，结构与事件既相互依赖，又相互作用。无论是“纯结构”还是“纯事件”，都因剑走偏锋而割裂了这种辩证关系。具体而言，“纯结构”又称“绝对结构”——利科称其为“绝对形式主义”——是空洞的，因为在纯结构面前，事件只有束手就擒，只有充当例证才有意义。伊格尔顿认为，当它把自己边界内发生的任何事件都执着地纳入其不可更改的逻辑链条时，就使这些事件陷入了随意的、可交换的危险境地，事件的独特性、反抗性被一并阉割。如此一来，结构就无异于永难打破的僵死之物，事件也就成了宿命般的毫无发言权的下属。相比之下，“纯事件”则是盲目的，它不能被编入任何解释性的结构中。作为一种达达主义的发生，它是不可言喻、高深莫测的。（第200页）到此为止，伊格尔顿的“结构化”范式已经完整建立起来。应该说，它是辩证的、富有启发意义的理论。问题在于，伊格尔顿立足于“纯事件”的缺陷，判定巴丢的事件理论有些矛盾。然而，“纯事件”一词尽管来自巴丢，但伊格尔顿的描述却有些歪曲式的张冠李戴色彩。在巴丢的事件理论中，纯事件是可以解释的，[①]而不可言说的事件指的是“数元的事件”。巴丢批评先验思想是一种先知式的思想，因为它“容忍了不可认知的东西”，但它“没有认可溢出和漂浮不定是存在的规律，它只冀望于一种完备的语言来承认我们尚未认识的东西”。与此不同，巴丢主张的“类性思想将不可认识之物作为所有真理存在的类型，并坚持认为漂浮不定的溢出就是存在之真，存在之所为存在”，“如果我们必须在这里冒昧地为数元的事件（我们是这个事件的同时代人）命名的话，我们应当同意，这个事件是一个真正不可认识的事件”。[②]显而易见，在巴丢那里，不可认识绝非什么不可示人的缺点，恰恰是应予大肆宣扬的优点。相较而言，数元事件比格尔顿所言的事件

① 陈永国主编：《激进哲学：阿兰·巴丢读本》，北京：北京大学出版社，2010年版，第247页。

② [法]阿兰·巴迪欧：《哲学宣言》，蓝江译，南京：南京大学出版社，2014年版，第56页。

更高一层。而且，巴丢的整个构架也比伊格尔顿的结构化显得更有开放性、更具包容度。综上可知，伊格尔顿根据“纯事件”的所谓缺陷，推论巴丢的事件理论矛盾，至少证据不力。

策略是不同取向的文论流派的松散组合，其内部自然会有差异乃至冲突。我们知道，《引论》一书的结论部分即是“政治批评”。伊格尔顿认为，政治是文学理论最重要的问题与意义所在，现代文学理论的历史是我们时代政治与意识形态历史的一个部分。[①]到了《发生》的收尾阶段，尽管他直陈并非每件文学作品都是占统治地位意识形态的婢女，但仍赋予了政治批评在策略中的重要一席。之所以重要，是因为它在吸收自己选择的物质时，建立了与现实的联系，其结果是给予了那个古老困境——艺术是自律抑或他律——一个崭新的认识角度。（第223页）正是在这个意义上，伊格尔顿强调，策略是彻头彻尾的世俗事务。换言之，“世俗”并非因为文学跟紫陌红尘直接一一对应，而是通过采用一些策略，文学将其织进自身。毋庸烦言，两者的关系复杂多样。如果不能把握好这一点，就易于堕入审美主义或市侩的两极。（第204页）前者搁置了与外部世界的各种关系，沉浸于贫血的审美境界；后者则过于重视外部世界而贬抑艺术自我的力量，从而陷入审美贫血的窠臼。一旦回到文学处身的外部世界，回到文学文本的对话空间，回到生龙活虎的关系网络，那么，“关联性”就会胜过“属性”，[②]实体式的文学观就会自然瓦解，文学就不再是对个体文本嘉奖的显赫标签，而是限于描述性的使用（第90页）。

值得注意的是，在某种程度上，伊格尔顿这种看待文学的方式跟其经常奚落的美国实用主义哲学家罗蒂（Richard Rorty）的主张不谋而合。罗蒂坚决反对任何事物的内在性质，认为“除了一个极其庞大的、永远可以扩张的相对于其他客体的关系网络以外，不存在关于它们的任何东西有待于被我们所认识。能够作为一条关系发生作用的每一个事物都能够被融入于另一组关系之中，以至于永远。所以，可以这样说，存在着各种各样错综复杂的关系，它们或左或右，或上或下，向着所有的方向开放：你永远抵达不了没有

① Terry Eagleton, *Literary Theory: An Introduction*, MA: Blackwell Publishing, 2005, p.169.

② ［美］大卫·雷·格里芬：《复魅何须超自然主义——过程宗教哲学》，周邦宪译，南京：译林出版社，2015年版，第157页。

处于彼此交叉关系之中的某个事物”。[①]在把事物置入关系网络中进行审视这一点上，伊格尔顿与罗蒂可以握手言和。不难想见，坚持温和版本质主义的伊格尔顿对激进反本质主义的罗蒂仍会有很大不满。譬如，其认识论的建构主义易于滑入怀疑主义，在把世界看作解释的产物时遗忘了物质世界的存在，只知解释世界而无法改变世界等（第44页）。不过，这是一种漫画化式的指责。因为罗蒂所言的关系网络并非从天而降，而是传承与新变两种力量相互搏斗的产物。因此，让人十分担忧的极端相对主义实则是一个“稻草人”。严格来讲，解释世界与改变世界相辅相成，难以判然劈开。当新的历史因素进入关系网络中，且能占据主导地位时，就完全有可能部分刷新甚至整个改变既有结构的性质，进而不同程度地改变世界。

结　语

何谓文学？在新作《文学的发生》中，伊格尔顿重演了30年前《文学原理引论》中的论证方式，修订了其中的反本质主义观点，反思了“家族相似”概念的利弊。他还新启用了“事件”范畴，尽管这个判准赫然列于书名，但他并未予以详细解释。实际上，它并不完全是在阿兰·巴丢“事件哲学”意义上的使用，而是对阿特里奇事件-实体二分法的借鉴。以此为参照，他还评述并吸收了伊瑟尔、埃科、斯特劳斯、利科等关于事件-结构之别的观点。在此基础上，他还提出了自认技高一筹的“结构化”或“策略”。它既是其“政治批评”的回响，又在某种程度上与其经常奚落的罗蒂的主张不谋而合。

---

① [美]理查德·罗蒂：《后形而上学希望》，张国清译，上海：上海译文出版社，2009年版，第32页。

第二章
批评观念

一、话语实践与政治批评

（一）

在《二十世纪世纪西方文学理论》一著的“导言：文学是什么”部分，通过揭示形色各样文学定义的不足，伊格尔顿屡屡申述其反本质主义的文学观，譬如，文学是极不稳定的东西、没有稳定的实体、根本就没有什么“本质”等等。值得注意的是，有学者竟将没有稳固的本质误读为主观化，认为在伊格尔顿眼里，文学是“人们在阅读中所创造的一种主观化的呈现”，“关于文学的任何定义都只是主观意愿的产物”。[①]一旦回到伊格尔顿的原文，这些误解便会冰消雪融。不难发现，前者从伊格尔顿谈论文学是一种“非实用性的阅读”而来。针对这种定义，伊格尔顿辩称，果若如此，任何作品都可被“诗意的”阅读、被当作文学来阅读。这看似走向了主观化，不过，如果联系到上下文就会看出，伊格尔顿的这种说法有着明确的限定因素。“的确，在学术机构中，许多被作为文学加以研究的作品就是为了要被读做文学而被‘构造’出来的，但却也有很多作品并不是这样”，“有些文本的文学性是天生的，有些是获得的，还有一些是被强加的”。[②]显而易见，并非任何人的任何阅读都能成为文学。唯有借助学术机构的力量，一篇非文学的文字才可能实现华丽的蜕变而成为文学。因此，在学术机构代代相传的规训之下，所谓的主观化定义如同戴着镣铐跳舞。

至于后者，它源自“文学是杂草”的比喻，但论者的理解与伊格尔顿的

① 参见刘锋杰：《被放大的“一切批评都是政治批评”——兼谈伊格尔顿的“美学的矛盾”》，《黑龙江社会科学》2014年第4期，第123—124页。

② [英]特雷·伊格尔顿：《二十世纪西方文学理论》，伍晓明译，北京：北京大学出版社，2007年版，第8页。

意思迥然相异。论者指出："文学社会学家的埃利斯曾用'文学是杂草'的喻指来说明文学定义的相对性，认为再好的园艺家也无法清晰划定标准来区别杂草与非杂草，他们只能凭借主观意愿进行清理工作。用在文学的界定上，当然是说关于文学的任何定义都只是主观意愿的产物。伊格尔顿承认这种说法，认为：'杂草不是一种特定的植物，而是园林工人由于这种或那种原因而不愿在他周围出现的任何一种植物。'"[①]需要对比的是，在举过杂草的例子后，伊格尔顿紧接着指出："'文学'也许意味着某种与之相反的东西：它是人们出于某种理由而赋予其高度价值的任何一种作品。哲学家可能会说，'文学'和'杂草'不是本体论（ontological）意义上的词，而是功能（functional）意义上的词：它们告诉我们的是我们的所作所为，而不是事物的确定存在。它们告诉我们一篇作品或一棵蓟草在某种社会关系中的作用，它与其周围环境的联系与区别，它的行为方式，它可能被用于其上的种种目的，以及簇集在它周围的人类实践，等等。从这一意义上说，'文学'纯粹是一种形式的、空的定义。"[②]不难看出，"杂草"与"文学"确有某种相似性，都与"某种原因"相关，一为清除、一为赋予。无论如何，这种原因不能简单地归之于园丁或人们的主观愿望，因为它最终决定于复杂的"社会关系"与"人类实践"。因此，否定了客观的文学本质，不等于文学能够摆脱周边客观存在的诸种束缚，变得主观化，俨然可以人言人殊。

其实，这一层意思，伊格尔顿在"导言"的结尾也有较为明确的表述。"如果把文学看做一个'客观'的、描述性的范畴是不行的，那么把文学说成只是人们随心所欲地想要称为文学的东西也是不行的。因为这类价值判断完全没有任何随心所欲之处：它们植根于更深层的种种信念结构之中，而这些结构就像帝国大厦一样不可撼动。"[③]接下来，伊格尔顿以英国文学的兴起为例来展开论证。简而言之，随着宗教的意识形态作用渐趋弱化，英国文学取而代之。然而，"英国文学，一门适合于妇女、工人和那些希望向殖民地人民炫耀自己的人的学科，花了很长时间才侵入牛津和剑桥的统治阶级权力

① 刘锋杰：《被放大的"一切批评都是政治批评"——兼谈伊格尔顿的"美学的矛盾"》，《黑龙江社会科学》2014年第4期，第124页。

② [英]特雷·伊格尔顿：《二十世纪西方文学理论》，伍晓明译，北京：北京大学出版社，2007年版，第9页。

③ [英]特雷·伊格尔顿：《二十世纪西方文学理论》，伍晓明译，北京：北京大学出版社，2007年版，第15页。

的堡垒”。[①]因而，定义文学绝非什么依据主观愿望之事，而是受制于繁复交错的各种社会权力。文学也绝非什么纯洁无瑕的晶体，作为意识形态的组成部分之一，它与其余的成员之间有着千丝万缕的纠葛。众所周知，意识形态是个复杂的概念，在不同的理论家那里含义往往有别。对伊格尔顿而言，“意识形态特别指权力斗争在意义层面展开的方式”，[②]它表示“种种话语与权力之间的连环（link）或接系（nexus）”[③]。换句话说，从话语的角度来看，意识形态的不同成员即是不同的话语实践，它们坚持不懈地进行意义生产，与权力保持或维护或反叛的关系。有学者以为，伊格尔顿的整部著作“只是绕着文学定义的边缘在用力走着，直至最后也没有给文学下一个定义”。[④]其实不然，因为到此为止，伊格尔顿对文学的定义已然呼之欲出：“我的观点是，最有用的就是把‘文学’视为人们在不同时间处于不同理由赋予某些种类的作品的一个名称，这些作品则处于被米歇尔·福柯成为‘话语实践’（discursive practice）的整个领域之内。”[⑤]由此，不妨说文学是一种话语实践。不言而喻，这种定义方式就把文学置入了众声喧哗的话语地带或意识形态场域。其中，文学话语与其他不同的话语形式相互碰撞，构成了纵横交错的坐标系，从而足以清晰地定位自身。

（二）

没有与世隔绝、纯而又纯的文学，同样道理，也没有那样的文学理论。《二十世纪西方文学理论》整部书都在致力于“从已经引诱了它的某些时髦的、求新的思想方法——认为‘文学’是赋有特权的对象，认为‘审美的’

① [英]特雷·伊格尔顿：《二十世纪西方文学理论》，伍晓明译，北京：北京大学出版社，2007年版，第28页。

② 伊格尔顿：《西方马克思主义中的意识形态及其兴衰》，见齐泽克等著：《图绘意识形态》，方杰译，南京：南京大学出版社，2006年第2版，第186页。

③ [英]特雷·伊格尔顿：《二十世纪西方文学理论》，伍晓明译，北京：北京大学出版社，2007年版，第212页。

④ 刘安海：《文学，在流动变异过程中——四本外国文学理论著作比较研究之一》，《外国文学研究》1989年第3期，第88页。

⑤ [英]特雷·伊格尔顿：《二十世纪西方文学理论》，伍晓明译，北京：北京大学出版社，2007年版，第206页。

是可与种种社会决定因素相分离的，等等——那里把文学批评唤回来”，[①]都在力图证明面目各异的文学理论不过是因时而变的意识形态的一个分支。由此自然可以推论，一切批评在某种意义上都是意识形态的。可是，伊格尔顿的全书的结论是“政治批评”，“所有批评在某种意义上都是政治的”。[②]问题在于，这两种说法有何区别。这就要看伊格尔顿究竟是在怎样的意义上使用“政治”一词了。伊格尔顿直陈：“我所说的政治的无非是指我们组织社会生活的方式，及其涉及的权力关系；我在全书中试图表明，现代文学理论的历史是我们时代政治与意识形态历史的一部分。”[③]虽然“政治”与“意识形态”并举，但就精神指向而言，这里的“政治批评”即是“意识形态批评”。因为伊格尔顿接下来指出：“在本书所考察的各种文学理论中，有些理论在任何时候都不像它们在企图全然无视历史和政治时那样清楚地表现出自己的意识形态性”。[④]此外，伊格尔顿关于马克思主义文学理论类型的相关讨论可以为此提供旁证。他认为，马克思主义批评大致可分四种。一是人类学批评，它“始于第二国际时期，它有百科全书式的学问和充满自信的总体化观念，它对社会主义必然性所依据的历史进步法则持有实证主义的肯定观点”。二是政治的批评，它从布尔什维克时代开始，“批评成了一种论战和干预的事情，竭力造就国家的文化政策或挫败某种对立的文化政治倾向，赢得同路人或打败孟什维克分子”。三是意识形态的批评，它“着力于文学作品与社会意识形式的关系”，是“另一种方式的政治，实际上包括了群众文化、文学性、普及教育、权力组合和主体性形式等问题”。四是经济的批评，它的主要问题并非具体的文学作品，而是“生产文化的全部物质设置这一中间领域”。[⑤]两相对照，易于看出，结论部分的“政治批评”与马克思主义批评四种类型之一的政治批评并非一物，而是其中所言的意识形态批评。

① [英]特雷·伊格尔顿：《二十世纪西方文学理论》，伍晓明译，北京：北京大学出版社，2007年版，第207页。

② [英]特雷·伊格尔顿：《二十世纪西方文学理论》，伍晓明译，北京：北京大学出版社，2007年版，第213页。

③ Terry Eagleton, *Literary Theory: an Introduction*, MA: Blackwell Publishing, 2008, p.169.

④ [英]特雷·伊格尔顿：《二十世纪西方文学理论》，伍晓明译，北京：北京大学出版社，2007年版，第197页。

⑤ [英]特里·伊格尔顿：《历史中的政治、哲学、爱欲》，马海良译，北京：中国社会科学出版社，1999年版，第109—117页。

需要强调的是，这种意识形态批评是有别于直接政治斗争的另一种政治。诚如冯宪光教授所言，“伊格尔顿的深刻之处在于，他所谓的文学理论、文学批评的政治性，并不是与具体的政治活动的目标直接联系在一起，不是要求文学艺术去配合特定的政治斗争，为某一特定的政治任务服务，而是指文学批评在对文学现象进行价值分析时，所确立的话语是具有意识形态、政治性的权力话语。这就使任何美学理论、文学理论都成为政治学。”①

有意思的是，有学者望文生义，认为在伊格尔顿那里，“没有纯粹地离开了政治的审美活动，因而一切关于文学的批评都只能是政治批评”。严格说来，这个转述并不确切，因为伊格尔顿说的是一切批评——“在某种意义上”都是政治的，而非“只能”是政治批评。差别在于，前者有一定的弹性，后者则较为绝对化。该学者还说，“这个一切都是政治的观点，是阶级斗争时代留下的思想蛮留”，须警惕它“有可能将我们带回到文学为政治服务的老路上去，从而从根本上抹杀文学作为人类活动的自身规定性与独立性”。②揆诸文学史，这种担忧合情合理。不过，这是张冠李戴式的担忧。再次与伊格尔顿提出的马克思主义批评四种类型对照，唯有其中的政治批评才扮演了阶级斗争战士的角色，而意识形态批评则不然。另外，作为特定历史阶段的产物，随着大规模阶级斗争时代的终结，“文学为政治服务”早已戛然而止。把伊格尔顿实为意识形态批评的政治批评与阶级斗争年代的政治批评混为一谈，固然有杯弓蛇影的因素在内，但更重要的是忽视了伊格尔顿强调政治性或意识形态性的历史语境。伊格尔顿特别强调，政治性并非意味着文学理论家对社会制度鲜明表态，对社会不公沉默不语，而是意味着文学理论有意或无意地充当了社会种种既有假定的帮手而不自知或假装不知。那么，文学理论究竟又为何会这样呢？具体而言，伊格尔顿之所以力倡政治批评，是为了批判文学理论拒绝社会历史的极端主义倾向。伊格尔顿提醒世人注意一个充满悖论色彩的现象：文学与男男女女的生存状况紧密相关，但现代文学理论却执着于构建逃离人间烟火的替代神话，譬如，诗本身、有机社会、永恒真理、想象力、人类心智结构、神话、语言，如此等等。从历史脉络而言，它们是对19世纪占据支配地位的历史还原主义的反拨。遗憾的

① 冯宪光：《论伊格尔顿的“文化生产”美学》，《文艺理论与批评》1997年第3期，第121页。

② 刘锋杰：《被放大的“一切批评都是政治批评”——兼谈伊格尔顿的“美学的矛盾”》，《黑龙江社会科学》2014年第4期，第123—124、127页。

是，这种反拨矫枉过正，走向了另一个极端。“甚至就在逃离种种现代意识形态的举动之中，文学理论也暴露出它与这些现代意识形态的经常是无意识的共谋关系，并且恰恰就在那些被它认为是自然的语言之中，即在那些被它用于文学作品的‘美学性的’或‘非政治性的’语言之中，流露出它的精英主义、性别歧视或个人主义。”①

需要补充的是，对于伊格尔顿《二十世纪西方文学理论》在中国文论界的接受问题应予认真研究，它有助于弄清在理论旅行中种种选择与变化到底是如何形成的。伴随改革开放的大潮，当代西方的文艺理论争先恐后地涌入中国，满足了时人对域外新思想的极度渴求。这从伊格尔顿这本出版于1983年的著作在1980年代后期近乎同时出现的几个中译本也能窥见一斑。因此，当时文论界尤为看重的是它对西方迭起的思潮、繁多的流派的绍介之功，对建设中国文学理论的参照之用。其“导言”与“结论”部分的反本质主义观以及对新兴的审美论的潜在解构，则要待到新世纪才得以如火如荼地展开。至于伊格尔顿使用的社会历史方法或强调的意识形态批评，乍看之下，与我们批评界一直在用的没什么两样。当时，有敏锐的学者指出了一个耐人寻味的现象：“当代西方文学理论和批评思潮介绍和评述的著作文章，多得数不胜数。有趣的是，我们在几年前还一度发生了一场‘空战’。对这场‘空战’中的各派之说，或洋洋大观的评介之作，只要稍一审视，不难发现，人们运用同一种社会历史学的方法在交手。由此让人思考起一个问题：同样运用社会历史学方法，为什么产生两种截然不同的结论？有人将当代西方文学理论的特征看作是科学发展推动人们寻求自身价值的表现，有人则看作是反科学的、唯心主义的泛滥。两者都有‘社会’‘历史’‘现实’的材料作佐证。都是从具体历史运动当中寻找文学理论发展的谜底。对同一事物，运用同一评价法，结果却如此悬殊，不得不让人对这种评价方法产生怀疑。”虽然所持论点针锋相对，但毋庸置疑的是，它们都认可了当代西方文学理论与社会历史或意识形态之间难解的关联，这一点倒是与伊格尔顿有共同之处。所不同者，伊格尔顿“不是把社会的和历史的存在作为文学的证明。他把文学看作是一种历史的运动的产物，一切文学理论和文学创作，都是历史的运动中的一个环节。其理论视角、理论本身的构建确是富有历史感

① [英]特雷·伊格尔顿：《二十世纪西方文学理论》，伍晓明译，北京：北京大学出版社，2007年版，第198页。

的，又是动态的。与此相反，那种机械地把社会历史和文学硬扯在一起的做法，以至从社会历史现象条条中找文学答案的习惯，虽说这也是一种社会历史学的方法，但是，其抽象出的往往是一种任意的带主观意志的理论”。[①]无论是当时还是其后，伊格尔顿的启示都值得人们牢牢记取。

(三)

与《二十世纪西方文学理论》一书的运思方式相似，在另一部著作《美学意识形态》中，借由对一系列美学思想的逐个剖析，伊格尔顿凸显出它们与意识形态的密切联系。而且，伊格尔顿在“导言”中直言：“在写本书时，我确实想驳斥这样一些批评家。他们认为，美学与政治意识形态的任何联系都必定是令人厌恶反感的或是让人无所适从的。”有感于具有左倾色彩的理论家对政治记忆的遗忘、对国际社会主义运动丰富遗产的歪曲乃至掩盖，伊格尔顿雄心勃勃，“试图通过美学这个中介范畴把身体的观念与国家、阶级矛盾和生产方式这样一些更为传统的政治主题重新联系起来”。[②]无疑，这是通透理解《美学意识形态》的一把不可或缺的钥匙。有学者不明就里，对伊格尔顿把美学与意识形态勾连起来、认为美学就是意识形态十分不满，从三个方面提出了质疑。首先，他认为依照伊格尔顿政治批评的逻辑，既然没有非意识形态的美学，那么，就不可能产生反抗意识形态的审美活动；既然美学就是意识形态，那么，它又岂能挑战自己？美学对意识形态的挑战是不同的意识形态之间的斗争，“而非另类的溢出了意识形态的‘美学’对于‘意识形态’的挑战”。[③]归根到底，以上的质问其实未能搞清对伊格尔顿而言，美学与意识形态是什么关系。返回伊格尔顿定义文学的话语实践或意识形态场域，非常明朗的是，意识形态是一个包罗万象的意义生产与博弈场域，而美学话语只是其中的一个组成部分。换言之，意识形态有着复杂的构成，而非铁板一块。美学当然是意识形态，但意识形态则不全是美

① 许国良：《构建当代文学理论的参照系——读伊格尔顿的〈文学理论概览〉》，《社会科学》1987年第3期，第78—79页。

② [英]特里·伊格尔顿：《美学意识形态》(修订版)，王杰等译，北京：中央编译出版社，2013年版，第7页。

③ 刘锋杰：《被放大的“一切批评都是政治批评”——兼谈伊格尔顿的“美学的矛盾”》，《黑龙江社会科学》2014年第4期，第124页。

学。两者是被包含与包含的关系，而论者竟把它们完全对等起来，从而得出美学无以反抗自身的怪论。退而言之，即便两者同为一物，也不能排除自我否定之可能。美学对意识形态的挑战可以说成是一种意识形态与另一种意识形态之间的争斗，但必须明白的是，这种挑战是以“美学”的方式——而非伦理、法律、宗教、新闻等方式——进行的。在论者的视野中，美学就是美学，不属于意识形态。这既不合乎美学的历史，也恰恰与伊格尔顿的认识截然对立：“美学著作的现代观念的建构与现代阶级社会的主流意识形态的各种形式的建构，与适合于那种社会秩序的人类主体性的新形式都是密不可分的。正是由于这个原因，而不是由于男人和女人突然领悟到画或诗的终极价值，美学才能在当代的知识遗产中起着如此突出的作用。”①

其次，论者认为作为意识形态一部分的文学与美学，“不可能真正地给予文学与美学以独立的地位”。②需要追问的是，所谓的真正“独立”究竟是怎样的一种状态。是“遗世而独立”，还是在跟其他话语实践形式既相互联系又保持相对的独立性？令人疑惑的是，真的离开了意识形态场域的“纯文学”存在吗？以20世纪80年代中国文学界“纯文学”为例，它并非横空出世，而是担当着反对过往极端政治化文学的重任。到了90年代，它则又奋力对抗流行的商业文化。实际上，早在出版于1976年的《马克思主义与文学》一书中，伊格尔顿就探讨过文学与意识形态的关系。他批评了两种相互对立的观点，一是庸俗马克思主义的批评，认为文学仅是占统治地位的意识形态的表现形式，二是就以挑战这一点来界定文学。他进而提出：“科学的批评应该力求依据意识形态的结构阐明文学作品；文学作品既是这种结构的一部分，又以它的艺术改变了这种结构。科学的批评应该寻找出使文学作品受制于意识形态而又与它保持距离的原则。”③可以看出，以艺术的形式与意识形态保持距离即是文学的独立性所在。

再次，论者指出：伊格尔顿“在提出了美学政治化的主张后，也能一瞥到美学的非政治化的一面，即承认美学或多或少还是有其自律的部分，终于

① [英]特里·伊格尔顿：《美学意识形态》(修订版)，王杰等译，北京：中央编译出版社，2013年版，第3页。

② 刘锋杰：《被放大的“一切批评都是政治批评”——兼谈伊格尔顿的“美学的矛盾”》，《黑龙江社会科学》2014年第4期，第127页。

③ [英]特里·伊格尔顿：《马克思主义与文学批评》，文宝译，北京：人民文学出版社，1980年版，第23页。

暴露出了‘美学的矛盾’”，“在面对美学的复杂性时，他要想彻底否定美学的自律也是不可能的”。[①]这种说法既给人以伊格尔顿未能认识到“美学的矛盾”、想要彻底否定美学自律的印象，又认为只有美学的非政治化一面才称得上是自律。其实，伊格尔顿一开始就几次强调了美学的矛盾问题，譬如，“美学始终是一个矛盾的、自我消解的工程，在提高审美对象的理论价值时，人们有可能抽空美学所具有的特殊性或不可言喻性，而这种特殊性在过去往往被认为是美学之最可宝贵的特征”，“美学又是一种极其矛盾的现象”，“美学本身具有矛盾性”等。伊格尔顿也从未要否定美学自律，而是充分展现出自律观念的“模棱两可”：“如果说它一方面提供了资产阶级意识形态的核心要素，那么，另一方面，它又强调人的力量和能力的自我决定的特性”。[②]再来看美学自律与非政治化问题。这里涉及两种不同的理解范式。周宪教授对此有较为明晰与到位的论述：在以康德为代表的经典的自律性理论那里，审美自律意味着一种普遍人类的审美趣味与本性，此即迄今为止仍为一些学者奉行的纯粹审美论。问题在于，到了哈贝马斯、布尔迪厄、比格尔等当代理论那儿，这种审美论就被无情地解构了，它们人类普遍本性面纱之下的资产阶级意识形态被揭露无遗。譬如，比格尔就认为：“‘自律’的范畴不允许将其所指理解为历史地发展着的。艺术作品与资产阶级社会的生活实际相对脱离的事实，因此形成了艺术作品完全独立于社会的（错误的）思想。从这个术语的严格的意义上说，‘自律’因此是一种意识形态范畴，它将真理的因素（艺术从生活实践中分离）与非真理因素（使这一事实实体化，成为艺术‘本质’历史发展的结果）结合在一起。”[③]“经典的自律性理论只是对艺术自律性做出规定和确证，但对这种文化观念的形成过程及其历史机制则缺乏深入的分析。而当代理论日益转向对自律观念形成的历史过程和社会动因的具体分析”。[④]显然，在社会历史的视域下，自律问题的复杂性无可逃遁。仍旧执拗地沿着人类普遍性的审美自律观念的道路一意孤行，并

① 刘锋杰：《被放大的“一切批评都是政治批评”——兼谈伊格尔顿的“美学的矛盾”》，《黑龙江社会科学》2014年第4期，第126、127页。

② ［英］特里·伊格尔顿：《美学意识形态》（修订版），王杰等译，北京：中央编译出版社，2013年版，第2、3、8、9页。

③ ［德］彼得·比格尔：《先锋派理论》，高建平译，北京：商务印书馆，2002年版，第117页。

④ 周宪：《审美现代性批判》，北京：商务印书馆，2005年版，第226页。

据此坚决否定自律与意识形态或隐或现的联系不啻闭眼看世界。

结　语

伊格尔顿否认文学拥有永恒的内在本质，有研究者将其误读为任何定义都只是主观意愿的产物。事实上，抛弃了文学本质并不意味着可以随心所欲，因为作为话语实践的组成部分，何谓文学取决于意识形态的关系与实践。也正是在这一层面上，伊氏断言一切批评都是政治批评。有人以为它会把文学带回“为政治服务”的老路上去，而忽视了伊氏强调政治性的历史语境。这种忽视也直接导致对其“审美意识形态”的一些误判。

二、美学批评与文化批评的对话

2000年6月，年届古稀的哈罗德·布鲁姆出版了一部写给普通读者的导读书——《如何读，为什么读》（*How to Read and Why*）。而当年8月20日，伊格尔顿就在《观察者》上发表题为《布鲁姆的时刻》的书评。在开首简短肯定布鲁姆早年文学理论的有趣之后，伊格尔顿接下来极尽嘲讽之能事，全面否定布鲁姆的这本新作。譬如，它的语言低劣而乏味，论证马虎，只要轻轻一推，这本“煞有介事、妄自尊大”的书就会轰然倒塌，如此等等。[①]《如何读，为什么读》一书的中译者黄灿然对此愤愤不平。他认为：作为专业批评家，伊格尔顿的成就有目共睹，但他“就是缺乏某种更个人、更接近读者的孤独，更提升或扩大读者的自我的深度与视域”，因此，“在批评布鲁姆这个复杂的综合体时，他只能用近于无赖的语言！”[②]实际上，黄灿然为布鲁姆所作的反批评并未挑明问题的真正要害。伊格尔顿之所以严词批评布鲁姆的这本著作，是由于两人的文学观与批评观有着根本性分歧，而这种分歧又导源于他们对本质主义思想范式的拒斥与坚守。与布鲁姆相类，伊格尔顿也偶有放下大学者身段、力图接近读者的通俗之作，譬如《如何读诗》（*How to Read a Poem*，2007）、《文学阅读指南》（*How to Read Literature*，2013）等。再有，伊格尔顿的语言一贯辛辣幽默，将其斥为“无赖”不免有些夸大其词。

① [英]特里·伊格尔顿：《异端人物》，刘超、陈叶译，南京：江苏人民出版社，2014年版，第190页。

② [美]哈罗德·布鲁姆：《如何读，为什么读》，黄灿然译，南京：译林出版社，2011年版，“中译序”第8页。

（一）

布鲁姆与德·曼、希利斯·米勒、杰弗里·哈特曼四人常被学界合称为“耶鲁四人帮”，是为“耶鲁解构批评学派”。伊格尔顿影响甚广的《20世纪西方文学理论》一书也是如此。值得注意的是，这仅是一个笼统印象，还需对布鲁姆与其他三人之间的差异做到心中有数。否则，也就会对他竟跟伊格尔顿——某种程度上奉行解构主义——有根本分歧这一点感到疑惑不解。伊格尔顿提醒：布鲁姆“希望从在某些方面受他尊敬的某个解构批评的虎口中抢救出一个将把作者、意图以及想象的力量都恢复起来的浪漫主义的人本主义”。[①]换言之，无论是作者、意图还是想象力，都在解构的刀锋下豁然四散，而布鲁姆却全力以赴，要将它们凝成一体，一如既往地使用它们来解读文学作品。在解构批评小组的其他成员眼里，这种姿态无疑是本质主义的，从骨子里透着老旧气息。有意思的是，布鲁姆并不掩饰他们之间的差异。在他所列的公开反对名单中，“保罗·德·曼及其同伙的解构主义”就赫然在目。[②]问题在于，布鲁姆凭什么又被归为解构批评之列。依照布鲁姆的夫子自道，“在逆向思维或逆向意识方面，我和解构主义学派如出一辙，这是在技术或者哲学层面上的逆向，但这些都来自否定神学”。[③]也即是说，布鲁姆与解构主义学派虽“同归”而“殊途”。很大程度上，正是这种不同的思想来源决定了他是耶鲁批评学派中的“异类”，正是这些仅有的共同点决定了他跟通常意义上的解构——最常与法国哲学家德里达相联系——迥然有别。简而言之，解构质疑权威，质疑意义的边界，质疑封闭的思考系统，诉诸历史，反对本质主义，把西方思想中二元对立的逻各斯中心主义特征公之于世等等。[④]解构的这些内涵都是布鲁姆所难以接受的，或者说，布鲁姆在《如何读，为什么读》中展示的文学观、批评观与解构的旨趣相去甚远。

① [英]特雷·伊格尔顿:《20世纪西方文学理论》,伍晓明译,北京:北京大学出版社,2007年版,第184页。

② [美]哈罗德·布鲁姆:《西方正典》,江宁康译,南京:译林出版社,2011年第2版,第431页。

③ 郑丽:《文学是生命最美的形态——哈罗德·布鲁姆教授访谈录》,《外国文学》2014年第2期,第154页。

④ [英]麦克奎兰:《导读德曼》,孔锐才译,重庆:重庆大学出版社,2015年版,第7—8页。

布鲁姆的文学观亦即其经典观，因为对他而言，文学乃是一个涉及伟大传统的问题。在其1994年出版的《西方正典：伟大作家和不朽作品》一著中，这一点体现得淋漓尽致。相比之下，由于言说对象的变化——从学术界到普通读者，《如何读，为什么读》一书除了文风平易之外，核心思想并无不同。不妨说，《如何读，为什么读》是《西方正典》的普及版。与这两部书所详细解读的经典作品比起来，布鲁姆给出的经典书目远远庞大，它包括从神权时代、贵族时代到民主时代、混乱时代的整个西方文学传统。尽管没有具体条目，布鲁姆还是提到了中国古代文学。他自己也清醒地意识到，普通读者不可能有充裕的时间读完他的书目。这种知其不可而为之的态度源于他的一个悲观判断："我们正处在一个阅读史上最糟糕的时刻"。[①]具体说来，一方面，普通读者常常沉迷于泛滥成灾的声像文化中，经典因此被束之高阁或敬而远之。另一方面，让布鲁姆更气恼的是，就连在大学中，经典也失去了昔日的辉煌地位。"现时的大学文化，已经用欣赏维多利亚时代女人内裤取代欣赏查尔斯·狄更斯和罗伯特·勃朗宁。"[②]有鉴于此，布鲁姆认为唯一的解救之道是精英式阅读，他对大学内外少数孤独的读者寄予厚望，期待他们能不为外界的流俗所惑，我自岿然不动，沉下心来，孤独地享受阅读经典的乐趣。易于看出，布鲁姆奋力捍卫经典，有着极强的现实针对性——针对现今居于霸权地位的影视文化、娱乐文化，针对部分学者热衷文化而抛弃经典的时弊，对传承经典文化、改善文化生态等不无裨益。

毋庸置疑，垂暮之年的布鲁姆执着护佑经典的姿态值得称赞，但其观点的偏颇却令人难以苟同。首先，布鲁姆把文学视为经典的做法陷入了本质主义的窠臼。相反，伊格尔顿则大声疾呼："我们可以一劳永逸地抛弃如下幻觉，亦即，'文学'具有永远给定的和经久不变的'客观性'。任何东西都能够成为文学，而任何一种被视为不可改变的和毫无疑问的文学——例如莎士比亚——又都能够不再成为文学。"[③]撇下文学的这种流动性不言，除了经典之外，男男女女可以阅读或观看的内容异常丰富，其中不仅有大众文学或通

① [美]哈罗德·布鲁姆:《西方正典》,江宁康译,南京:译林出版社,2011年第2版,"中文版序言"第3页。

② [美]哈罗德·布鲁姆:《如何读,为什么读》,黄灿然译,南京:译林出版社,2011年版,第8页。

③ [英]特雷·伊格尔顿:《20世纪西方文学理论》,伍晓明译,北京:北京大学出版社,2007年版,第10页。

俗文学，还有与时俱进、日新月异的媒体文化。众所周知，阅读并非同质化的，不同读者群的阅读内容、审美取向不见得完全一致，有时还可能相互龃龉。文学专家高度评价的作品，普通读者不见得就会十分喜爱。相反，在普通读者中有口皆碑的作品，也可能得不到专家的认可。譬如，路遥长篇小说《平凡的世界》即是如此。它赢得了不同年龄段读者的好评，却不被文学史家看好。无论如何，将流行的大众文学、网络文学一概排斥在阅读范围之外，既不太现实，也不可能。如火如荼的媒体文化则更是如此，因为微博、微信、资讯、影视等已经成为世人日常生活不可或缺的一部分。如此看来，布鲁姆意义上的经典只是整个阅读或观看图谱中的一员，至于它在整体中所占权重的多少，端赖它与其他成员之间的博弈。

其次，布鲁姆的经典观让人起疑。在他看来，“世俗经典的形成涉及一个深刻的真理：它既不是由批评家也不是由学术界，更不是由政治家来进行的。作家、艺术家和作曲家们自己决定了经典，因为他们把最出色的前辈和最重要的后来者联系了起来”。[①]换句话说，经典的形成不过是作家们在前辈作家影响的焦虑之下，进行弗洛伊德式争斗，努力成为所谓“强力诗人”的过程；是审美价值通过作家之间相互影响，从而得以建立的过程。实际上，被布鲁姆否定的诸多因素，都不同程度地参与了经典的生成。将它们摒除在外，显然把经典问题简单化了。伊格尔顿奚落布鲁姆的言论看起来英雄主义十足，实则充满深刻的绝望与疯狂的固执。他认为，莎士比亚“之所以是伟大文学是因为文学制度将他构成为这样。这并非意味着他的作品并不是‘真正的’伟大文学，亦即，所谓伟大文学只不过是人们对他的看法而已，因为，离开了作品在种种特定形式的社会生活和制度生活中所受到的种种对待方式，就根本无所谓‘真正’伟大的或‘真正’如何的文学”。[②]伊格尔顿坚持文学制度对经典的形塑之功，坚持经典与特定时空的密切关系，坚持在复杂的关系网络中来审视经典。既知其然，又知其所以然。因此，这并非如布鲁姆所担心的那样是在反对文学经典，沦为面目狰狞的“憎恨学派”，而恰恰可以丰富人们对经典的认识与理解。

① [美]哈罗德·布鲁姆：《西方正典》，江宁康译，南京：译林出版社，2011年第2版，第433页。

② [英]特雷·伊格尔顿：《20世纪西方文学理论》，伍晓明译，北京：北京大学出版社，2007年版，第204页。

(二)

关于文学批评，伊格尔顿在评论《如何读，为什么读》一书时，对布鲁姆的观点进行了逐条批驳。一是历史批评。布鲁姆明确拒绝把经典予以历史化，认为伟大作家、伟大作品可以超越时空，可以摆脱时空的羁绊。这不啻是把经典偶像化，有些反讽的是，他却认为"不管是把过去或现在历史化，都是一种偶像崇拜，是对时间中的事物的过分膜拜"。[①]伊格尔顿指出："布鲁姆的批评总是受到社会条件的制约。诗歌中的那些困在浩荡战场上的勇士们，都是来自美好过去的美国企业家，只不过他们披上了文学的外衣"，"布鲁姆用纽约口音发言支持普遍的人性"，"错把这当作了一种普遍的真理"。[②]二是理论话语。布鲁姆对理论话语深恶痛绝，他认为文学批评应是经验的而非理论的。因此，他建议读者恢复读书方式的第一个原则就是"清除你头脑里的学院虚伪套话"，听从"内心之光"的引导。[③]所谓学院套话，是指马克思主义、新历史主义、解构主义、女性主义等"憎恨学派"的理论。伊格尔顿认为，布鲁姆的批评风格相当陈腐、昏聩，因为它极力抵制现代的专业化的批评体系，重新回到19世纪盛行的那种感悟式、赏鉴式的批评风尚中去。按照伊格尔顿的意见，理论的功用是把文学作品从感受力的遏制中解放出来，使其向诸种不同的分析方法开放。然而，"很多文学批评家则根本就不喜欢方法这一概念，而宁愿依靠印象、直觉和顿悟来工作。也许幸好这种做法还没有渗入医学和航空工程学之中；不过，尽管如此，我们也无须认真看待这种对方法的谦虚的抛弃，因为你之有怎样的印象和预感是取决于一个种种假定所形成的潜在结构的，而这一结构则经常就像任何结构主义者的结构一样的顽固"。[④]换言之，倡言印象而否定理论者忽视了自己的印象不可能与理论绝缘。在这个层面上，可以说，敌视理论实质上是反对他人的理论，

---

① [美]哈罗德·布鲁姆:《如何读,为什么读》,黄灿然译,南京:译林出版社,2011年版,第8页。

② [英]特里·伊格尔顿:《异端人物》,刘超、陈叶译,南京:江苏人民出版社,2014年版,第189页。

③ [美]哈罗德·布鲁姆:《如何读,为什么读》,黄灿然译,南京:译林出版社,2011年版,第8页。

④ [英]特雷·伊格尔顿:《20世纪西方文学理论》,伍晓明译,北京:北京大学出版社,2007年版,第200页。

而遗忘自己的理论。

布鲁姆固守印象式批评，哀叹专业读书的可悲之处是难以体验文学的美学意义。因此，远离大学，远离学院派便成了当务之急。在中国文学批评界，这种极端偏激的观点也不乏同道。譬如，有人大放厥词："大多数学院派研究人员都在从事着生产批评'垃圾食品'的勾当"，认为他们"把不痛不痒的话题，说得头头是道"，"有意把简单的问题复杂化，把复杂的问题简单化"，"缺少灵性，缺少真性情，缺少真知灼见，缺少把复杂的问题用清晰明白的文字表达出来的基本能力"。[①]显然，对理论介入的厌恶与对美感直觉的珍爱对比鲜明。问题在于，文学批评能否仅仅止于美感的欣赏、玩味，要不要冲破文本的樊篱，看看美感究竟是如何建构或生产出来的，它如何潜移默化地影响了人们对特定事物的认识，其中又有着怎样的奥秘或玄机。文学批评是对文学作品的再描述，不言而喻，切入的角度有很多个。问题是，为什么印象的品鉴、美感经验的抒发还不够，为什么一定要有"理论"的介入。恐怕应该深究的是，除去那些因为对理论一知半解而生搬硬套者以外，众多的理论工具帮助人们打开了怎样不同的视野。"理论"涵盖的内容十分广泛，它也不是专为文学研究量身定做的，而学院的文学研究者之所以乐此不疲地频频征引，最根本的原因是"它们对语言、心理、历史或者文化的分析为文学文本和文化现象提供了种种新的令人信服的阐释"，"它们所提供的视界或者观点对于那些并不研究这些学科的研究者具有启发性或有成效"。[②]文学所涉及的事物可谓包罗万象，而众多的理论资源可以帮助研究者处理他们在面对文本时遇到的各种问题，帮助他们在新的视野下重新理解文学的功能。文学话语只是整个社会意义生产链条上的一个组成部分，而且，它也与话语光谱中的其他话语形式之间有着错综复杂的关联。因此，开展文学批评与文学研究，就决不能是眼睛只盯着文学话语本身，还必须要有更宏阔的视域。而一旦走出封闭的文学文本，其他学科的知识就不可或缺，哪怕是作为知识背景。

三是文化批评。布鲁姆痛惜文学批评被文化批评取代，"周围全是些哗众取宠的教授，充满着法德理论的克隆，各种有关性取向和社会性别的意识

① 陈歆耕:《被网络资本'压迫'的文学——文学杂谈五则》,《福建文学》2016年第2期。

② [美]乔纳森·卡勒:《当今的文学理论》,生安锋译,《外国文学评论》2012年第4期。

形态，以及无休止的文化多元主义”，呼吁人们必须在“美学价值，或者是种族、阶级以及性别的多重决定”这二者之间进行抉择。[①]布鲁姆的口气大有“世人皆醉我独醒”的意味，带有文学正在罹难、自己要挺身而出、力挽狂澜的悲壮情怀。事实上，与布鲁姆一样，伊格尔顿也批判美国学术界对性的痴迷。但与布鲁姆的全盘否定不同，伊格尔顿在批评一些学者“性迷心窍”的同时，也肯定其历史功绩——使以往长期被忽略的学术领域浮出水面。布鲁姆虽然态度决绝地排斥意识形态，但他的批评不可能完全与之脱离。伊格尔顿调侃道：布鲁姆视阅读为“一种提高信心的方式，或者说是强化精神力量的方式，是一种人们熟悉的美国化崇拜物，但这却来自一个宣称厌恶意识形态的人”。[②]文化批评不是简单的研究对象的转移——从经典文学到扩大至其他所有意义生产领域，更是方法论的转换，它“利用各种理论，包括马克思主义、结构主义、后结构主义与女性主义”，“在社会权力的背景下探讨作为陈述的表意实践的文化”。[③]用在文化上，文化批评自然当仁不让，它可以揭橥其中盘根错节的权力关系，向男男女女展示惯习的由来，以及对他们深刻的形塑作用。用在文学上，就让布鲁姆焦虑不已，因为他看到许多同行避开了审美领域，或者把审美降为了意识形态。于是，布鲁姆再三强调，“审美只是个人的而非社会的关切”。[④]这明显割裂了审美得以生成的历史语境，将审美本质化了。中国文学批评界也有不少学者认为审美是文学不变的本质，审美是文化批评不可侵犯的神圣领地。其实，文学的审美批评与文化批评并非必定要怒目相向、剑拔弩张——这也不是文化批评所追求的境地，而是相互依赖、相互促进的关系。如果说，布鲁姆们止步于审美批评，那么，文化批评则以此为基础，以此为起点再次出发，探究审美本身的意识形态。关于这一点，伊格尔顿甚至动用整整一部专著——《美学意识形态》——来反复申说。他驳斥一些批评家，“他们认为，美学与政治意识形

① [美]哈罗德·布鲁姆：《西方正典》，江宁康译，南京：译林出版社，2011年第2版，第430、432页。

② [英]特里·伊格尔顿：《异端人物》，刘超、陈叶译，南京：江苏人民出版社，2014年版，第190页。

③ [英]克里斯·巴克：《文化研究：理论与实践》，孔敏译，北京：北京大学出版社，2013年版，第37页。

④ [美]哈罗德·布鲁姆：《西方正典》，江宁康译，南京：译林出版社，2011年第2版，第14页。

态的任何联系都必定是令人反感的或是让人无所适从的”。[①]如此说来，就着实没有必要如布鲁姆那样，在审美批评与文化批评之间作你死我活式的无谓抉择。

结 语

伊格尔顿严词批评布鲁姆《如何读，为什么读》一著，显示出两人文学观与批评观有着根本性分歧，而这种分歧导源于他们对本质主义思想范式的拒斥与坚守。在声像文化泛滥、一些文化研究抛开美学批评之际，布鲁姆勉力捍卫经典与审美价值，此举针对时弊、值得称赞。但布鲁姆将美学批评与文化批评截然对立，这一偏狭立场更应予以超越、克服，因为两种批评实际上相互依赖、相互促进。反思伊格尔顿与布鲁姆之争，对于中国文艺理论界具有借鉴意义。

① [英]特里·伊格尔顿：《美学意识形态》(修订版)，王杰等译，北京：中央编译出版社，2013年版，“导言”第7页。

三、论伊格尔顿的革命批评

（一）

一直以来，本雅明论述文艺与社会的一系列著作都是后来的文化批评者汲取灵感的重要源泉之一。譬如，伊格尔顿就经由解读本雅明的思想而完成了批评观念的范式转换。此前，由于受阿尔都塞“科学的”马克思主义思想的影响，他在《批评与意识形态》一著中着力构建批评理论的“文本科学”，意识形态理论为其迥异时论的批评利器。尽管如此，“文本科学”很大程度上仍然囿于文本分析而与男男女女的日常生活相距遥遥。他认为，随着社会生活的深刻变迁——全球资本主义危机重重、撒切尔主义的登场与社会主义内部的新气象，“文化研究所关注的重心，已从狭隘的纯文本或概念分析转移到了文化产生问题和艺术品在政治中的运用”。[①]如果说，伊格尔顿的《布莱希特及其同伴》以戏剧作品的形式贯彻了上述转向的精神旨趣，那么，其《沃尔特·本雅明》一书则从理论上实践并确立了这种转变，而“革命批评”的提出是其显著标志。他指出：“促使笔者写作此书的动机也是政治性的，而非单纯为了学术研究。通过写作此书，我想我可以发现本雅明是如何在其著作中阐释‘革命批评’目前正面临的某些关键问题的。”[②]换句话说，革命批评可谓是这部书的核心内容，而本雅明的批评文字既是这种批评方式的示例，又留下了进一步探讨的空间。

本雅明高度赞扬弥尔顿“不可简约的表意的过剩”的寓言式语言风

① [英]伊格尔顿:《沃尔特·本雅明》,郭国良、陆汉臻译,南京:译林出版社,2005年版,“序言”第2页。

② [英]伊格尔顿:《沃尔特·本雅明》,郭国良、陆汉臻译,南京:译林出版社,2005年版,“序言”第1—2页。

格[1]，这与艾略特、利维斯两位批评家对它的竭力贬抑形成了鲜明的对比。前者认为活力四溢、放浪不羁的符号在后者眼里显得啰里啰唆、冒冒失失，因为它们严重威胁、甚至破坏了整体的和谐，后者钟爱的绳趋尺步的措辞对前者来说意味着沉沉死气。伊格尔顿一针见血地指出，这是两种不同的审美意识形态的对峙，是寓言与象征的抗衡。“象征必然要理想化，必然要使物质客体服从于一种从内部启迪和救赎它的精神激流。在那理想化的闪现中，意义和物质性调和为一；在这脆弱、非理性的一瞬间，存在和意味和谐地整合成了一体。”[2]如若象征是有序的、有机的、总体的、浪漫主义的，那么，本雅明极力推崇的巴罗克悲苦剧中的寓言恰恰张扬无序、脱节、碎片与现代主义。耐人寻味的是，虽然艾略特与利维斯都隐约地真切感受到了弥尔顿修辞中潜藏的意识形态危险，但他们都是从形式上讨伐弥尔顿，不愿直面弥尔顿作品之中的神学与政治内容，更不会大大方方地承认这种形式主义背后的经验主义与非理性主义标准实际上是一种意识形态建构。有意思的是，就算面对自己十分喜爱的作品，譬如多恩的《诗歌和十四行诗》等，他们依然有意无意地回避其中的意识形态，从而不免造成褒贬的错位。相反，本雅明对悲苦剧的分析则超越了这一形式主义路径，这充分体现在他对悲苦剧的形式与其时神学大背景下各种思潮的隐秘关联、悲苦剧对君主的影响、悲苦剧中的堕落与救赎、罪孽与惩罚主题等方面的研讨。伊格尔顿赞赏本雅明对形式主义的超克，这自然也为其意识形态批评奠定了坚实基础。正是在这个意义上，很多研究者断言《沃尔特·本雅明》的出版标志着伊格尔顿政治批评、意识形态批评的确立。对伊格尔顿而言，这两种批评虽名异而实同。因为他在那本声名远扬的《二十世纪西方文学理论》的“结论：政治批评”部分直言：“我用政治的（the political）这个词所指的仅仅是我们把自己的社会生活组织在一起的方式，及其所涉及的种种权力关系；在本书中，我从头至尾都在试图表明的就是，现代文学理论的历史乃是我们时代的政治和意识形态的历史的一部分。”[3]应该说，从批判形式主义的角度来讲，研究者对伊格尔

① [英]伊格尔顿：《沃尔特·本雅明》，郭国良、陆汉臻译，南京：译林出版社，2005年版，第5页。

② [英]伊格尔顿：《沃尔特·本雅明》，郭国良、陆汉臻译，南京：译林出版社，2005年版，第7页。

③ [英]特里·伊格尔顿：《二十世纪西方文学理论》，伍晓明译，北京：北京大学出版社，2007年版，第196页。

顿的上述断言真实有效。问题在于，政治或意识形态批评还只是革命批评的必备条件，并未真正到达革命批评所要求的境地。关于这一点，可以从本雅明的批评实践、伊格尔顿对布鲁姆的指责以及对革命文学批评的构想中得到有力的证明。

本雅明宠爱的巴罗克寓言击破了象征主义的逻各斯中心主义，“悲苦剧的形象粗鲁地解构人体，来将他的各个部分寓言化，撕裂它的有机整体（以一种类似弗洛伊德的风格），以便能从它零落的碎片中拯救某些意义。和本雅明本人后期的历史哲学一样，沉溺于现时的稍纵即逝及拯救它以赢得永恒之需要的悲苦剧，炸开了一致性，以挽救处于原始给定性中的它们。”[①]换言之，本雅明的历史哲学把悲苦剧的批评精神理论化、抽象化了，而“在行动的当儿意识到自己是在打破历史的连续统一体是革命阶级的特征”。[②]毫无疑问，对这群拥有“破坏型人格”的革命者而言，革命批评绝非仅是遏止枯燥乏味的资产阶级美学、代之以新的审美意识形态那么简单、轻松，它更关联着如何理解历史、如何摧毁那种僵化的历史主义并在此基础上重构历史、现实与未来的重任，而马克思的历史唯物主义在这方面给予本雅明以强大的理论支援。他指出，其《拱廊计划》“这个项目的方法论的目的之一就是展现一种历史唯物主义，它从自身内部取消了关于进步的观念。正是在这点上，历史唯物主义有足够的理由把自己与资产阶级的思维习惯截然划清界限。它的基本概念不是进步，而是现实化。”[③]在伊格尔顿看来，本雅明的这一方法论有着革命性的意义：“如果说法西斯主义通过自己的形象重新书写历史而抹煞历史，那么历史唯物主义重书过去，是为了革命合法性而救赎过去。”[④]当然，本雅明的革命救赎是弥赛亚式的，它期望彻底中断历史的连续体，为了被压迫的过去而努力战斗，以伟大的革命开启历史的新篇章。每一时代的男男女女要想有所作为，都必须不断重演这种竭力拯救过去的革命批评行动，因为墨守成规的历史态度总是试图牢牢掌控过往与现时。

①［英］伊格尔顿：《沃尔特·本雅明》，郭国良、陆汉臻译，南京：译林出版社，2005年版，第30页。

②［德］阿伦特编：《启迪：本雅明文选》，张旭东、王斑译，北京：生活·读书·新知三联书店，2008年版，第274页。

③［英］伊格尔顿：《沃尔特·本雅明》，郭国良、陆汉臻译，南京：译林出版社，2005年版，第116页。

④［英］伊格尔顿：《沃尔特·本雅明》，郭国良、陆汉臻译，南京：译林出版社，2005年版，第66页。

伊格尔顿认为，布鲁姆的焦虑美学可以充作本雅明这一历史观的生动注释。然而，在本雅明政纲的映照下，布鲁姆的美学存在致命的缺陷。因为他把“先驱的观念中革命的部分倾倒一空，用无力而花哨的文学史取而代之。布鲁姆的历史是孤寂的儿子和父亲之间的一场文学之争；但是，在本雅明看来，每个‘后来的’现在都有两大对抗性的前辈，它们是‘历史’和‘传统’复杂对接的产物。历史是统治阶级的同质的时间；而传统则属于被压迫和被剥削阶级的——这个阶级具备统治阶级所不具备的常识，即紧急状态并非例外，而是普遍规律”。[①]需要特别注意的是，本雅明大刀阔斧地把“历史”与“传统”分别派给了两个相互对抗的阶级。不言而喻，在这个二元结构中，涓涓细流般的革命能量日积月累。到了一定程度，“传统的力量会聚合起来，把现时砸个粉碎。那一震惊的瞬间就是社会主义革命”。[②]而随着革命的或者具有革命潜力的阶级坚持不懈地书写迥异于所谓“历史”的斗争“小说”，在表述自我中创造“传统”，文化革命便在悄然之中一步步展开。其实，在《马克思主义与文学批评》这本小册子里，伊格尔顿就对本雅明关于文化革命的言辞赞誉有加。他认为本雅明《作为生产者的作家》一文富有创造性，因为它把马克思生产力与生产关系发生矛盾从而引爆革命的观点运用到艺术之上。于是，本雅明就在艺术家与群众之间建立了新的社会关系——为了打破少数人对艺术的垄断、使男男女女也能享用艺术，革命的艺术家不能满足于利用现有的工具传播革命的理念，而必须重塑新的革命化的艺术生产方式。到了《沃尔特·本雅明》一书，伊格尔顿则明确列出了革命文化工作者面临的三大基本任务。“第一，投身到作品和事件的制作中去，这些作品和事件在改造过的‘文化’媒介范围内大力虚构‘现实’，以取得有益于社会主义获胜的种种效果；第二，作为‘批评家’，要提示那些非社会主义作品用来制造政治上不可取的效果的修辞结构，以作为抗击假意识（这样的称呼现在已不合时宜）的一种手段；第三，尽量‘独辟蹊径’地阐述这些作品，以便从中攫取任何对社会主义有价值的东西。”[③]不难看出，这

① [英]伊格尔顿：《沃尔特·本雅明》，郭国良、陆汉臻译，南京：译林出版社，2005年版，第62页。

② [英]伊格尔顿：《沃尔特·本雅明》，郭国良、陆汉臻译，南京：译林出版社，2005年版，第105页。

③ [英]伊格尔顿：《沃尔特·本雅明》，郭国良、陆汉臻译，南京：译林出版社，2005年版，第149页。

些任务实际上都是为了社会主义文化、为了男男女女文化解放的革命批评，差别在于有的偏于负面揭露而有的偏于正面阐述。另外，革命文学“批评”作为革命批评的重要组成部分，伊格尔顿还明确指出了它在革命文化蓝图中应该扮演的角色：“它将拆解‘文学’的统治观念，在文化实践的整个领域中重新插入‘文学’文本。它将努力地把这种‘文化’实践与其他形式的社会活动联系起来，努力改造文化机器本身。它将把它的‘文化’分析与一贯的政治干涉有机地糅合成一体。它将解构现存的‘文学’等级制度，重新估价现有的判断和假定；与文学文本的语言和‘无意识’打交道，以揭示文本在主体的意识形态建构中的作用；调动这些文本——如有必要，可采取解释的‘暴力’——力争在更广阔的政治环境之中改造这些主体。”[①]显然，文学的革命批评并非在意识形态批评之后就裹足不前，它还须把文学的文化实践与形式多样的社会活动密切结合，履行重塑文化生产机制、打造社会主义新人的历史使命。这也再一次证明革命批评所含蕴的革命性能量不容小觑抑或忽视。

（二）

面对后结构主义对人文社会科学诸领域的汹涌冲击，伊格尔顿指出：本雅明“在其著作中令人瞩目地预言了后结构主义的许多当代主题。因此，本书除研究本雅明的其他方面外，也旨在介入那些争论”。[②]即是说，在伊格尔顿眼里，本雅明既是后结构主义诸多主题的先行者，又与之保持着清晰的畛域。就两者可以共鸣的地方而论，譬如，本雅明对历史同质性的解构就与福柯的考古学较为神似。在某种意义上甚至可以说，他的这种解构预示了当代解构主义批评实践的大潮。关键在于，两种解构的视野有别、关怀不一，因而有着质的差别。具体说来，本雅明的解构属于革命批评，它在建造新文化、形塑新人的过程中起着破除形形色色障碍的功效。换句话说，本雅明的解构不仅仅是文本的革命，更是文化革命、社会革命的组成部分。相比之下，解构批评不单没有那么大的政治抱负，反而刻意回避意识形态，在政治

① ［英］伊格尔顿：《沃尔特·本雅明》，郭国良、陆汉臻译，南京：译林出版社，2005年版，第129页。

② ［英］伊格尔顿：《沃尔特·本雅明》，郭国良、陆汉臻译，南京：译林出版社，2005年版，“序言”第3页。

上显得淡泊无为乃至无能无力。“后结构主义是从兴奋与幻灭、解放与纵情、狂欢与灾难——这就是1968年——的混合中产生出来的。尽管无力打碎国家权力的种种机构，后结构主义发现还是有可能去颠覆语言的种种结构的”，“学生运动被从街上冲入地下，从而被驱入话语之中”。[①]轰轰烈烈的政治运动归于沉寂，之前激情四射的革命主体杳然无踪，而被压抑的革命巨能则以扭曲的形式入驻文本的狭小天地。这种场景着实令人可悲，更可悲的是看似激进的解构主义执迷于自己的解构游戏中难以自拔，甚至时有让人瞠目的观点。伊格尔顿辛辣地嘲讽说，后结构主义把“总体结构”视为死敌，而无论是垄断资本主义还是斯大林主义政治都是特定历史阶段的产物。早在后结构主义诞生之前，一代代社会主义者就一直与之战斗。“但是他们，以及危地马拉（Guatemala）的游击队员们，却都忽略了这样一种可能性，即阅读所产生的色情的frissons（身体震颤），甚至那种仅限于那些被称为可悲地神志不清的作品，竟是对此问题的适当解决”。[②]解构主义对实际斗争领域的漠然相向由此可见一斑。如果立于这个角度来重审巴特的《S / Z》，那么，无论它如何努力拒绝结构主义封闭的结构，如何自由地拼接种种代码，以显示出文本多么诱人的开放性，它依然处于一个与外界隔断的批评文本之内，而且对此心满意足。这是解构批评与生俱来的缺陷。当我们为伊格尔顿对解构主义到位的批评由衷喝彩时，还需注意他对解构主义的另一些漫画式的描述或简单化的判断。

首先，与革命批评锐不可当的气势相较，后结构主义显然望尘莫及。正因缺乏前者直接的革命能量，伊格尔顿嘲讽它是不能伤人的“空弹”，没有杀伤力。然而，这绝不意味着解构批评没有间接的革命潜能。一方面，伊格尔顿承认，解构批评抓住了经典结构主义二元对立的典型认知模式这个要害，将其中的压抑机制暴露于世。另一方面，伊格尔顿又认为“解构主义者坚信形而上学封闭圈的不可突破性”[③]，这个有些自相矛盾的断言对解构主义并不公允。众所周知，任何具有优势的概念都以对他者或暗或明的贬低为

---

① [英]特里·伊格尔顿:《二十世纪西方文学理论》,伍晓明译,北京:北京大学出版社,2007年版,第139页。

② [英]伊格尔顿:《二十世纪西方文学理论》,伍晓明译,北京:北京大学出版社,2007年版,第141页。

③ [英]伊格尔顿:《沃尔特·本雅明》,郭国良、陆汉臻译,南京:译林出版社,2005年版,第177页。

代价，譬如，男人与女人，西方与东方，中心与边缘，理智与疯狂，如此等等。不言而喻，概念的优劣或者话语权力的有无跟特定的政治利益之间有着千丝万缕的纠葛。虽然后结构主义明确驱逐主体、拒绝社会行动，然而，它仍然与两者有着藕断丝连的曲折关联。因为一旦解构主义把概念构建的历史和盘托出，把其中逻各斯中心主义的把戏公之于众，就会刷新男男女女的世界观、人生观，重塑错综复杂的权力关系，进而或慢或快地重塑他们身临其境的红尘俗世。当今世界，大规模的政治斗争早已成为过眼烟云，但小型的斗争实践仍然不绝如缕。无论是反对男性至上主义、种族主义，还是抵制地区歧视、环境污染等活动，其实都从解构主义思想中汲取了宝贵的理论营养。值得关注的是，在指责后结构主义是“空弹”的同时，伊格尔顿也一转身又肯定了它与女权主义、妇女解放运的关系。总之，解构主义使过去社会性地被排除的他者浮出地表，催生了拉克劳与墨菲式的多元主义与差异政治。可以乐观地预期，解构主义在社会领域与政治领域的后续影响将会连绵不绝。

其次，伊格尔顿眼里的解构近于疯狂，它“不停地击打脚下将要崩塌的悬崖，准备一起坠入无穷无尽的指号过程和精神分裂症的汪洋大海中”。[①]即便解构主义难以解构自身，它的确使能指的嬉戏达到无以复加的地步。问题在于，一路酣畅淋漓的解构之后，还有否整体存在的可能？我们又该如何理解整体与局部？伊格尔顿认为解构主义并不操心这些扰人的问题，而本雅明则给出了有益的启示。“正当我们在消解独断专横的联合体的时候，我们该如何完整地理解总体性和具体性，坚决避免一种自我沉溺式的游戏片段呢？至少可以说的是，如果本雅明是一个原解构主义者并致力于对那些摆脱概念束缚的事物进行细枝末节的微处理，那么他并不止于此：因为正是从这些无常、极端和矛盾的元素中，一个积极的构造将应运而生”。[②]换言之，本雅明在解构形而上学与总体性的同时，又借助以往被忽略或轻视的元素实现了新的整体性建构。因此，伊格尔顿盛赞本雅明“非形而上学的形而上学”是对上述问题的独创性回答。应予指出的是，伊格尔顿薄彼厚此的态度陷入了流行的窠臼之中：只是看到后结构主义、后现代主义——需要补充的是，一般

① [英]伊格尔顿：《沃尔特·本雅明》，郭国良、陆汉臻译，南京：译林出版社，2005年版，第177页。

② [英]伊格尔顿：《沃尔特·本雅明》，郭国良、陆汉臻译，南京：译林出版社，2005年版，第155页。

认为后结构主义是后现代主义内部的诸多学派之一——的解构与否定向度，而对其丰富性、多样性尤其是建设性向度沉默不语。伊格尔顿的《后现代主义的幻象》一书亦是如此。为了改变这种盛行至今的刻板印象，格里芬尤为强调“建设性后现代主义”。其建设性具体表现在以下几个方面：一是倡导创造性，这一创造既尊重无序也尊重有序；二是鼓励多元思维，推重对话；三是提倡对世界的关心爱护，重建人与自然、人与人之间的关系。[①]如此说来，后结构主义就不是一味面色阴郁地解构、否定、怀疑，甚至堕入虚无主义、悲观主义的囚牢，而是有着较为积极向上的建构一面。

第三，由于无视后结构主义的建设性，伊格尔顿才对解构主义场域内意义的稳定性问题疑虑重重：“如果说意义，即所指，只是词语或能指的暂时产物，并因而始终变动不居，半现半隐，那又怎么能有任何确定的意义或真理?”另外，“主张有关现实、历史或文学文本的一种解释‘好于’另一种又有何意义?”[②]换句话说，解构主义重新召回了可怖的相对主义幽灵。于是，意义在解构的链条上无法驻足，而且导致一种此亦一是非、彼亦一是非的尴尬局面。很多学者每每据此义正辞严地指斥后结构主义，问题是，让人恐惧与担忧的相对主义不过是“作为一种被想象出来吓唬人而实际上根本就不存在的虚构”。[③]试想一下，男男女女无不处于特定的时空之中，无不受到诸多特定历史与现实条件的制约，谁人的话语又能无所依凭的随心所欲呢？而且，只要回到具体语境，“怎么都行”的忧虑便会迎刃而解。按照罗蒂的说法，“除了一个极为庞大的、永远可以扩张的相对于其他客体的关系网络以外，不存在关于它们的任何东西有待于被我们所认识”。[④]换言之，解构了本质性的意义并非是说事物就失去了稳定性，因为一切都需也都能在关系网络中进行定位——在与周边多种关系项的相互勾连、相互衡量中，客观性得以暂时锁定。关于意义或真理问题，建设性后现代主义表示：“希望保留对现代性至关重要的人类自我观念、历史意义和一致真理的积极意义”，甚至

① [美]大卫·格里芬编:《后现代精神》,王成兵译,北京:中央编译出版社,1997年版,“代序”第3—8页。

② [英]伊格尔顿:《二十世纪西方文学理论》,伍晓明译,北京:北京大学出版社,2007年版,第141页。

③ [加]让·格朗丹:《哲学解释学导论》,何卫平译,北京:商务印书馆,2009年版,第222页。

④ [美]理查德·罗蒂:《后形而上学希望》,张国清译,上海:上海译文出版社,2003年版,第34页。

“愿意从曾被现代性独断地拒斥的各种形式的前现代思想和实践中恢复真理和价值观”。[①]既然如此，我们以后就不应再被相对主义这个“稻草人”吓得两股战战。

第四，伊格尔顿讽刺德·曼等人的解构批评尊奉德里达文本之外无一物的理念，“将种种饥馑、革命、足球比赛和雪莉甜食（sherry trifle）皆视为不可决定的‘文本’”，这不啻是对旧的新批评形式主义的强势复归。[②]如果说后者还能以间接的方式触及现实，那么，前者则始终未能走出政治失败的阴影。伊格尔顿以为把真实的东西变成游弋的文本实属荒谬，但他的这一政治正确的批评意见未能正视德曼们究竟要表达何意。必须予以澄清的是，易于诱发误解的“文本之外无一物”并不否认文本之外事物的真实存在，更不是劝导男男女女埋首文本而不顾喧嚷的现实，而是强调任何事物都不能彻底逃离文本性，强调文本或修辞对建构真实世界不可或缺的作用。麦克奎兰敏锐地指出：当伊格尔顿列出那一连串的真实事物时，是要求助于它们的表面意义，但归根结底它们都是修辞性的。“伊格尔顿的文本和其中所代表的传统政治思想模式认为可以走出语言而进入现实（the literal）。然而，伊格尔顿在文本中所能成功展示出来东西是这种政治依赖于比喻（trope）的事实，它成功地抹除了自身的隐喻的状态。因此，伊格尔顿求助于字面的意义，想成功地将语言带走，将它转移到真实的世界中（好像语言并不总是已经存在于世界之中一样）。这种转移自身就是一个隐喻，它是语言的次要的运作——伊格尔顿通过语言而去批判语言。”[③]

（三）

在《沃尔特·本雅明》一书的序言中，伊格尔顿坦陈自己“是为了抢在反对者之前去理解他”，才撰写这部研究本雅明的第一本英语专著。[④]正因如

①［美］大卫·格里芬编：《后现代精神》，王成兵译，北京：中央编译出版社，1997年版，第237页。

②［英］伊格尔顿：《二十世纪西方文学理论》，伍晓明译，北京：北京大学出版社，2007年版，第143页。

③［英］马丁·麦克奎兰：《导读德曼》，孔锐才译，重庆：重庆大学出版社，2015年版，第102页。

④［英］伊格尔顿：《沃尔特·本雅明》，郭国良、陆汉臻译，南京：译林出版社，2005年版，“序言”第3页。

此，他斥责弗兰克·克莫德、乔治·斯坦纳的言论简直是对本雅明的侮辱，严词指责批评界对本雅明的僭用。譬如，把本雅明的马克思主义视为偶然过失，或者尽力调和本雅明启示论与其马克思主义，以为本雅明如果仍然健在就会怀疑任何形式的新左派等等。对伊格尔顿来说，向本雅明表达敬意的方式倒不是绞尽脑汁地从其著作中把唯心主义与唯物主义分开，而首先是怎样理解它们何以竟能奇异地混为一体。有学者认为，"革命批评"是伊格尔顿理想中的批评取向，这同样不免忽视了本雅明"革命批评"的混杂性，忽视了其中存在的唯心主义缺陷问题。实际上，这是西方马克思主义美学的通病。"因为'革命批评'的问题不在于有被纳入资产阶级学院的危险，而在于从一开始就总是部分地已被纳入其中。佩里·安德森注意到了'西方马克思主义'是如何突然退回到哺育它的唯心主义源泉的；这种回退表现最明显的也许莫过于西方马克思主义的主导支脉，即其种种艺术理论。这不仅是西方马克思主义一家的失败。从马克思到马尔库塞，从普列汉诺夫到德拉·沃尔佩，'马克思主义美学'大体上是唯心主义的混合体。这种'不纯性'，尤其在后布尔什维克发展中是有其历史背景的。西方马克思主义具有易受唯心主义歪曲的脆弱性，这种脆弱性首先就在于它相对地脱离了大众的革命实践；大多数'马克思主义美学'的命运就是在一个特定的层次上重构这种状况。"[①]换言之，与解构主义在政治上先天的乏力相似，西方马克思主义批评生来就在政治上孱弱，因为大体说来它发轫于阶级斗争日趋衰落、无产阶级被部分收编的时期。由于远离现实的革命实践，很多西方马克思主义美学就十分容易返回其唯心主义的"安乐窝"。接下来，伊格尔顿就特别着眼于这一角度梳理了马克思主义批评的历史。譬如，普列汉诺夫在无法解释"美"时就不得不求助于康德美学；托洛茨基解释艺术起源与意识形态的内容时采用历史唯物主义，触及形式问题时则无奈地交给美学家去处理；卢卡奇耗费了后半生的光阴，力图使斯大林主义与资产阶级人道主义能够互敬互爱；而布莱希特干脆不愿驱散所谓"虚假意识"的迷雾，不愿在理性与怀疑主义之间一刀两断；如此等等。当然，不应遗忘的是，还有一些马克思主义美学家已在马克思主义与形式主义之间架起了桥梁，不再僵化的非此即彼，而是亦此亦彼。譬如，巴赫金"被赋形的意识形态"，杰姆逊"社会形式的诗学"，

① [英]伊格尔顿:《沃尔特·本雅明》,郭国良、陆汉臻译,南京:译林出版社,2005年版,第108—109页。

伊格尔顿本人的“形式的意识形态”等等，均是如此。

回到本雅明的唯心主义问题，伊格尔顿认为他是“马克思主义美学”唯物主义与唯心主义奇异杂交的最典型代表。具体而言，它表现在如下几个方面。一是技术主义与文化主义的携手并进，两者分别将历史确定性归结于技术力量与文化力量，“本雅明意图把经济基础客观化，又把上层建筑主观化，并以最小量的协调在‘物质力量’和‘经验’之间摇摆。有时候，技术力量被唯心化，正如上层建筑的物质性有时有融入‘经验’本身的‘直接性’之中的危险”。[①]二是本雅明的历史想象带有挥之不去的唯心主义意味。伊格尔顿指出，尽管其《历史哲学论纲》是一份杰出的革命文件，但由于本雅明受困于时代的政治特点，受困于社会民主主义与斯大林主义之间，因此，他在描述阶级斗争时一直使用的都是意识、意象、记忆与经验等词语，所以实际上并未对政治形式问题有所发言。如此一来，催人奋进的革命就不过是纸上谈兵，不过是一场畅快的文字演习。更为严重的问题是，在本雅明的历史哲学中，他“将历史唯物主义与弥赛亚主义这两个水火不容的极端结合在一起讨论历史是很可怪异的。因为，弥赛亚的突然降临来自历史的外部，它不受历史进程本身因果关系的影响而干预历史的进程；而历史唯物主义坚持的阶级斗争则必须借助于历史自身的主体即无产阶级才能实现。但本雅明认为，政治行动本身就意味着弥赛亚的神启”。[②]换句话说，腥风血雨的阶级斗争不是不需要，而是说它和所有其他事物到最后都必须通过弥赛亚才能完成救赎。否则，男男女女就无从迎接上帝之国的降临。于是，马克思的革命与弥赛亚主义的救赎亲密无间，就此融为一体。伊格尔顿强调，本雅明这一洋溢着消极神学色彩的历史唯物主义应该归咎于革命政党的缺失。某种程度上，这也充分解释了伊格尔顿何以不因唯心主义问题而责怪本雅明，反而每每由此提醒人们注意其历史唯物主义的一面。譬如，本雅明的历史启示论有唯心主义色彩，却已经跟历史唯物主义的悲观方面较为接近；他的语言学因带有神秘的原始主义而是唯心主义的，但“对于词语和身体的表达统一性的犹太信仰，由于辩证法的扭曲，却可以轻易地作为对社会实践内部的话

① [英]伊格尔顿：《沃尔特·本雅明》，郭国良、陆汉臻译，南京：译林出版社，2005年版，第234页。

② 朱国华：《纯粹语言、经验、理念与弥赛亚时间》，《华东师范大学学报》2006年第5期，第65页。

语进行唯物主义重新定位的基础而重新出现”[①]；虽然本雅明的弥赛亚信念是其唯心主义的力证，但它也是其革命思想的强大源泉之一；如此等等。

另外，讨论理想的批评模式时，不应忽视伊格尔顿对本雅明“星座化”观念的激赏与心仪：“尽管它有许多问题，确凿无言，在今天，星座化观念仍然是最耐用的和富有建设性的。”[②]在《德意志悲苦剧的起源》一书的序言“认识论批判”中，本雅明详细阐述了何谓星座化。它既是哲学的认识论，也是本雅明分析悲苦剧的方法论与身体力行的批评范式。本雅明开篇即强调，表达问题是哲学文字特有的现象。他认为哲学研究的对象是各种理念，认识是一种占有，真理在被表达的理念的往复交替中自我展示，而概念的区分建立在拯救现象的基础之上，现象唯有以其元素在得到拯救的情况下方能进入理念王国。不难看出，本雅明的上述架构在认识迥异于真理、拯救现象等方面沿袭了柏拉图的理念论。本雅明的新创在于阐释理念的意义方面：“理念与物的关系就如同星丛与群星之间的关系。这首先意味着：理念既不是物的概念也不是物的法则。它不是用来认识现象的，这也绝不会成为对理念是否存在的判断标准。毋宁说，现象对于理念的意义仅仅限于作为理念的概念元素。诸现象以其存在、其共同点、其差异来决定那些涵盖诸现象的概念的范围和内容，而对于理念来说，这一关系颠倒过来，是理念作为对诸现象的客观化阐释（更确切地说是对现象元素的阐释）来决定诸现象彼此相连的。理念是永恒的聚阵结构，包含着作为这样一个结构之连接点的现象元素，由此现象既被分解又得到拯救。而那些元素，将其从现象中抽离出来就是概念的任务”。[③]换句话说，理念如同运动不息的恒星，在跟其他恒星的动态关系中组成了和谐的天体。理念无意于占有现象，抓取现象背后的不变本质，而是更注重拯救或解放现象，展示其中的丰富性与复杂性。这显然是对那种体系化、总体化式哲学认识论的直接批判。正因如此，伊格尔顿赞扬星座化击中了传统美学的要害，因为在传统美学那里，原本熙来攘往的细节从来都是温顺地臣服于整体性、统一性，而非成为不懈抵抗的生力军。把这种

① [英]伊格尔顿:《沃尔特·本雅明》,郭国良、陆汉臻译,南京:译林出版社,2005年版,第202页。

② [英]伊格尔顿:《美学意识形态》(修订版),王杰、付德根、麦永雄译,北京:中央编译出版社,2013年版,第317—318页。

③ [德]本雅明:《德意志悲苦剧的起源》,李双志、苏伟译,北京:北京师范大学出版社,2013年版,第11页。

星座化的理念运用至悲苦剧的分析中，本雅明打破了艺术哲学领域积习已久的陈规，开辟出一条崭新的道路。他批评美学研究中的归纳与演绎法，如果说前者“放弃了对理念的划分与整理，从而让理念降格为概念”，那么，后者则“通过将理念投射到一种准逻各斯的连续体做了同一件事”。[①]无论是归纳还是演绎，实际上都无视理念与概念之间的差别，罔顾对现象的回溯或拯救，丢弃了艺术形式赖以生存的特定历史条件，只是执迷于寻求它们的共同点或统一性。本雅明奚落这种求取普遍艺术规律的做法把艺术形式实体化了，从骨子里透着无效、肤浅与庸俗。与此截然相反，本雅明研究悲苦剧的星座化方法极力反对本质主义思维，主张返回历史的现场，而这也正是本雅明所用“起源”一词的要义：“起源尽管完全是历史的范畴，却与形成毫无共同之处。起源所指的不是已生成者的变化，而是在变化和消逝中正待生成者。”[②]我们知道，伊格尔顿《20世纪西方文学理论》一书的“导言”部分坚决否弃了文学的不变本质，第一章“英国文学的兴起”则讨论了文学如何替代宗教的角色去发挥意识形态的作用，如何成为一门最初仅适于社会低贱阶层者的学科，然后又经过漫长的革命才进入牛津和剑桥等高等学府等问题。不妨说，这些即是本雅明星座化思想的生动演练。

① [德]本雅明:《德意志悲苦剧的起源》,李双志、苏伟译,北京:北京师范大学出版社,2013年版,第23页。

② [德]本雅明:《德意志悲苦剧的起源》,李双志、苏伟译,北京:北京师范大学出版社,2013年版,第26页。

第三章
文化研究

一、身体、美学与政治
——论伊格尔顿的身体观

身体是男男女女存在的物质前提。从古至今，加于其上的管理措施与社会观念顺时而变、绵延不绝、繁复多样，为学术研究提供了丰富的矿藏。作为学术分析的热点话题，身体研究已经吸引了社会学、历史学、文化研究、哲学、人类学等多门学科的纷纷加盟，也理所当然地成为跨学科研究重要的理论增长点。不言而喻，既然有那么多的视角切入身体，诸种意见的分歧乃至纷争就在所难免，但这又都会使得对身体的理解变得愈来愈复杂化、多维化、立体化。伊格尔顿指出，“对身体的重要性的重新发现已经成为新近的激进思想家所取得的最可宝贵的成就之一”。他坦言，自己乐于为这个时髦的主题辩护，“试图通过美学这个中介范畴把身体的观念与国家、阶级矛盾和生产方式这样一些更为传统的政治主题重新联系起来”。[①]换言之，有关身体的讨论已然热闹非凡，而这是伊格尔顿参与其中的独特进路。

（一）

众所周知，美学学科的诞生以1750年哲学家鲍姆加登《美学》一著的出版为标志。而伊格尔顿强调的则是，“美学是作为有关身体的话语而诞生的”。[②]在他眼里，鲍姆加登的这个术语首先所指的并非艺术，而是人类的全部知觉与感觉领域。18世纪中叶，美学术语开始强化的也不是艺术跟生活之间的区别，而是物质与非物质之间，即事物和思想、感觉和观念之间的区别。“美学关注的是人类最粗俗的、最可触知的方面，而后笛卡尔哲学

① [英]伊格尔顿:《美学意识形态》,王杰等译,北京:中央编译出版社,2013年版,“导言”第7页。

② [英]伊格尔顿:《美学意识形态》,王杰等译,北京:中央编译出版社,2013年版,第1页。

(post-Cartesian)却莫名其妙地在某种关注失误的过程中，不知怎的忽视了这一点。因此，美学是朴素唯物主义的首次冲动——这种冲动是身体对理论专制的长期而无言的反叛的结果”。[①]即是说，之前遭受压抑的感觉经验终于浮出水面，成为美学的核心构件，倍受青睐。不过，美学确立的意义绝不止于此。伊格尔顿提醒我们，不要局限于学科的疆域之内，而应放开眼界，看到感觉经验与政治秩序之间的密切关系。具体而言，如若后者对前者不够关心或者漠然置之，那么，结果往往是给自己招致不尽的麻烦乃至灭顶之灾。男男女女的感觉经验无疑是细小、琐碎、一团乱麻，看起来微不足道的。然而，这并不妨碍它们能够汇成感觉的洪流，积聚巨大的能量。这种能量既能加固，也能损害甚至颠覆现有的政治秩序——所谓“星星之火，可以燎原”，就是这个道理。显然，如何管理好男男女女的感觉经验就是一个重大的政治问题，应运而生的美学话语主动分担了这个重任。

回到美学诞生的特定时空，伊格尔顿认为，它是18世纪德国政治封建专制主义的一种表征。其时的德国邦国割据，对外相互排他，对内则横征暴敛。普通的农民自然遭受残酷剥削，就连新兴的资产阶级也难以抬头。有意思的是，那些自私自利的贵族阶级虽然在经济上占据了统治地位，却将文化领导权拱手相让给勃然兴起的职业文化阶层。历史告诉人们，不必对这群资产阶级启蒙先驱寄予太高的期望。囿于其政治与经济地位，他们一方面反对封建专制主义，另一方面又极度尊崇权威。同样的道理，“诞生于18世纪的陌生而全新的美学话语并不是对政治权威的挑战，但它可以解读为专制主义统治内在的意识形态困境的预兆。为了自身的目的，这种统治需要考虑‘感性的’(sensible)生活，不理解这一点，任何统治也不可能是安稳的”。[②]换言之，随着时代风云的变幻，封建专制主义的那一套意识形态左支右绌。如何既改变这种窘境，同时又维护政治权威就成了这个时代的棘手问题。鲍姆加登出示的答案是理性与美学：高贵的理性取代了落伍的意识形态，成为感觉世界马首是瞻的标杆。理性既要找到统辖感性经验的方式，为其营造相对宽容的氛围，让其得到恰当地发抒、宣泄，以免它聚沙成塔，对自身、进而对政治秩序造成威胁。同时，又要把握其中的度，始终得以保持自身的权

① [英]伊格尔顿:《美学意识形态》,王杰等译,北京:中央编译出版社,2013年版,第1页。

② [英]伊格尔顿:《美学意识形态》,王杰等译,北京:中央编译出版社,2013年版,第3页。

威。伊格尔顿一针见血地指出，鲍姆加登固然开拓了整个感觉领域，但究其实，他开拓的则是理性的殖民化。当然，理性要想维持自己的领导权位置，就不能重蹈专制主义的窠臼，而是使感觉体验从骨子里接受理性，并以理性的女性类似物运作。换句话说，美学的任务是把“百炼钢”的理性“化为绕指柔”，将其潜移默化地渗透于男男女女的身体中，并内化为他们感觉世界的一部分，从而使其自发地认同理性、认同政治秩序。伊格尔顿指出，“审美之所以在18世纪逐渐显示了它所具有的意义，是因为这个词的词义可谓整个统治方案的概述，表达了通过感性的生活来对抽象理性进行的大量融合。首要的不是艺术，而是从内部改造人类主体的进程，以及传达主体的细腻感情的过程和传达身体对不是法律的法律的最微妙反应的过程”。[①]说审美概括了整个统治方案不免有些夸大，但它的确以自己特有的方式为统治权力尽心尽力。在这个意义上，所谓的“为艺术而艺术”无异于不食人间烟火的神话，因为它忽视了艺术审美“熏”“浸”“刺”“提”男男女女的重要效应。在这个意义上，伊格尔顿还强调，关于审美与意识形态之间的关系问题，那些究竟是反映还是超越抑或陌生化的论争煞是无味，因为审美是达成意识形态领导权的策略与桥梁，审美等于意识形态。毫无疑问，这是《美学意识形态》一著的点睛之笔。

美学意识形态与专制主义的强制性机构迥然相异，“维系资本主义社会秩序的最根本的力量将会是习惯、虔诚、情感和爱。这就等于说，这种制度里的那种力量已被审美化。这种力量与身体的自发冲突之间彼此统一，与情感和爱紧密相连，存在于不假思索的习俗中。如今，权力被镌刻在主观经验的细节里，因而抽象的责任和快乐的倾向之间的鸿沟也就相应地得以弥合。”[②]相比之下，这是美学筑成的属于进步的中产阶级的一种顺应历史的政治新秩序，统治新理路，社会新关系。上述权力的想象有着明显的乌托邦色彩。毕竟，在这个美丽新世界中，无论再怎么软化，坚硬的法律、制度、军队、监狱等国家机器都不会销声匿迹，而是隐居幕后、暗中窥伺。在看到理性殖民感性、为统治秩序服务的同时，还须看到那些难以为理性管控的本能、冲动与激情，它们涌动不止、奔腾不息。再强大的理性也很难把男男女

① [英]伊格尔顿：《美学意识形态》，王杰等译，北京：中央编译出版社，2013年版，第31页。

② [英]伊格尔顿：《美学意识形态》，王杰等译，北京：中央编译出版社，2013年版，第9页。

女的感觉世界一网打尽、完全驯服，而且，伴随着社会的不断发展，接连更新的感觉经验与陈旧的理性教条之间往往形成持续的紧张气氛。一段时间内，理性确实可以勉为其难地成功制服跃跃欲试的身体体验，但最后却不得不无奈地撒开双手，为其敞开大门。于是，男男女女的感性经验以及感觉结构得以刷新。而感觉结构是他们感受、审视世界的视窗，一旦这个结构实现了范式转换，就会催动政治秩序或早或迟地改革或变换，美学话语的解放力量也由此淋漓尽致地显现出来。毫无疑问，这段里程绝非风平浪静，而是感觉与理性、与强制性的国家机器往复角力、相互搏斗的结果。既是解放的能量，又是压抑的帮手，因此，“审美从一开始就是个矛盾而且意义双关的概念”。①

（二）

尽管美学是作为有关身体的话语而诞生的，但在回顾马克思主义之前的美学史后，伊格尔顿结论说，作为一种唯物主义的美学并未很好地发展起来。譬如，康德“从审美表达中驱逐了所有感性的东西，只留下了纯粹的形式”；席勒“把美学分解为某种富于创造性的不确定性，通过与物质领域的不一致，美学被有目的的转变了”；黑格尔“对于身体是严苛的，对于身体，他仅仅认可那些就其本身而言可以以某种方式进行概念化的感觉”；叔本华的美学“因彻底拒斥与物质世界之间的联系而终结了”；而克尔凯廓尔则对美学“表现出一种强烈的否定情绪”。②如此等等。所以，伊格尔顿认为，与其说它们是美学，还不如说是“非美学”。有鉴于此，回到美学的起源，将美学从唯心主义的泥潭中解救出来就势在必行。这要求从身体出发，寻找身体与理性的结合点，重建理性与政治。伊格尔顿认为，这是一项满是危险的工程，而马克思、尼采与弗洛伊德分别通过劳动的身体、权力的身体和欲望的身体来从事这一工程。很多研究者每每谈及，这三种身体是伊格尔顿身体话语的三大理论来源。这当然没错，问题是，伊格尔顿以此重建理性与政治的宏大抱负被置之脑后。比较起来，伊格尔顿对马克思的身体论述最

① [英]伊格尔顿:《美学意识形态》,王杰等译,北京:中央编译出版社,2013年版,第17页。

② [英]伊格尔顿:《美学意识形态》,王杰等译,北京:中央编译出版社,2013年版,第177页。

为倾心，这也与其马克思主义者的身份较为合拍。

伊格尔顿赞同马克思在《1844年经济学哲学手稿》中的断言，所有科学都需要以感性为基础，惟有当科学从感性和感性需要的两重形式开始，它才称得上是真正的科学。“对于马克思来说，感觉是构成人类实践的前提，而不是一种沉思的器官；它能够成为沉思的器官只是因为它已经是人类实践的前提”。[①]身体的重要性于此可见一斑。其实，在《手稿》中，马克思正是从身体起步重新思考历史与社会的，而且还以关于控制与僭用身体的斗争过程为基础，建构了基础与上层建筑的学说。如此说来，马克思倡导以感性为基础的科学而不陷入陈腐的经验主义，其主要原因就并非如伊格尔顿所言的那样——感觉对马克思而言是较少异化的领域，因为接下来伊格尔顿对青年马克思的分析恰恰证明了感觉在资本主义社会的两极分裂与严重异化的现实。具体说来，伊格尔顿粗线条地拎出了工人与资本家两大对立群体，认为资本家通过把雇佣劳动者的需求降到最低限度，使劳动过程变成一种抽象的机械运动，从肉体性快感中剥离出来。当工人的感觉被资本家剥夺后，资本家连带着也剥夺了自己的感觉，伊格尔顿援引《手稿》中的话来说明这一点：“你越少吃、少喝、少买书、少去剧院、少赴舞会、少上餐馆，越少想、少爱、少谈理论、少唱、少画、少击剑，等等，你积攒的就越多，你的既不会被虫蛀也不会被贼偷的财宝，即你的资本，也就会越大。”[②]一方面，工人为满足基本的需要而被动物般地驱使，另一方面，资本家占有了他们辛辛苦苦创造出的剩余价值，财富如滚雪球似的越来越大。在伊格尔顿看来，挨饿与过饱把整体性的身体自由拦腰斩断，“创伤性地分割为畜生般的物质主义以及变幻莫测的理想主义，要么太缺乏理想，要么太异想天开，要么与骨骼分离，要么膨胀为堕落的情欲”。[③]不难看出，这幅对比鲜明的工人与资本家形象图透着冷漠与残忍。正因如此，马克思致力于恢复被掠夺的身体力量、矫正畸形的身体生态，提出要想彻底解放人的一切感觉，就应该扬弃私有财产，使得需要及享用祛除先前的利己主义性质，使感觉不论在主体上还是客

① [英]伊格尔顿:《美学意识形态》,王杰等译,北京:中央编译出版社,2013年版,第180页。

② [德]马克思:《1844年经济学哲学手稿》,北京:人民出版社,2000年版,第123页。

③ [英]伊格尔顿:《美学意识形态》,王杰等译,北京:中央编译出版社,2013年版,第182页。

体上都真正变成人的。这就顺理成章地通向了共产主义社会。问题在于，到了伊格尔顿所处的年代，马克思立足的资本主义图景早已有了剧烈变化：工人阶级不再仅是为了填饱肚皮而当牛做马，资产阶级也不再只是守财奴式地积累资本。发达的工业社会甚至使男男女女的生活方式趋于同化，诚如马尔库塞所言，工人可以跟他的老板享受同样的电视节目，漫游同样的旅游胜地。打字员可以跟其雇主的女儿打扮的一样漂亮，黑人也拥有了高级轿车。更为重要的是，虽然还存在资产阶级对工人阶级的剥削，但伴着发达资本主义劳动条件的愈益完善，被剥削者的态度和地位也有了微妙的变更，"资本主义的发展已经改变了这两大阶级的结构和功能，使他们不再成为历史变革的动因。维持和改善现制度这个凌驾于一切之上的利益，在当代最发达的地区把先前的敌手联合起来了"。[①]随着全球化、娱乐化、图像化社会的来临，他们的感觉与身体变得日益复杂化，身体与意识形态的纠葛发生了巨大变化。凡此种种，都明显超出了马克思《手稿》中截然对立的概念框架。

伊格尔顿认为，尼采把美学推向了一个革命性的极端，因为尼采破除了传统哲学忽略身体研究的惯习，从身体的视角重新审视理性、艺术与历史，他的"权力使身体完全膨胀"。[②]所谓"极端"是指，对尼采而言，男男女女所获知的全部真理都源自身体而非某个形而上的先在，是身体而非精神指引他们认识周遭的世界，他甚至还断言美学是实用生理学。所谓"完全膨胀"是指，与马克思把权力归于由物质生产决定的利益冲突不同，"尼采把权力本质化，认为它本身就是一种目的，其发展是自足的，理性无法超越。尼采式权力的目标不是物质的生存，而是丰富性、充盈、过剩；它为之奋斗的不是什么理性而是它自身的实现"。[③]换言之，形而上的理性完全为身体所替代，身体即是活生生的现实，即是斗志昂扬的权力意志，它在为自身的自足发展中体现出强烈的审美特色。权力意志洋溢着惊世骇俗的激进性，伊格尔顿肯定了其批判资本主义的积极意义，同时，也提出了一些质疑。譬如，权力意志究竟是事实还是价值，男男女女为何要认同它，即便认同又该如何进

① [美]马尔库塞:《单向度的人》,刘继译,上海:上海译文出版社,1989年版,第4页。

② [英]伊格尔顿:《美学意识形态》,王杰等译,北京:中央编译出版社,2013年版,第245页。

③ [英]伊格尔顿:《美学意识形态》,王杰等译,北京:中央编译出版社,2013年版,第229页。

行选择等等。跟尼采相似，弗洛伊德也猛烈攻击古典美学的命题，认为美是性感情的蠢蠢欲动，而道貌岸然的法则不过是欲望的升华。无意识的冰山一角一朝显露，长期被超我管辖的本我就喧闹不已，它强烈摇撼了自我统一的主体，解构了文化与市民社会之间的对立，力比多光明正大地进驻一切功利领域。弗洛伊德不无耸人听闻的观念意味着，晚期资本主义社会“不单要通过政治力量和意识形态的机器，而且要通过消除死亡内驱力的根源、消除俄狄浦斯情结和原始攻击力的方式来维护其统治”，“为了战胜本我，文明通过扼杀本我的倾向的方式来复制自己，通过处于如无意识的生活那般的茅屋节制的压抑状态中的自我的替代物，文明又使那些内驱力缩回自身”。[①]在美学领域内，弗洛伊德积极地为本我辩护，批评超我的蛮横霸道。吊诡的是，当转向直接的政治问题时，弗洛伊德的思想不仅不再激进，而且俗不可耐——他甚至被伊格尔顿指责为政治上的极权主义者，既悲观又保守。

（三）

除了劳动的身体、权力的身体、欲望的身体之外，伊格尔顿还述评了规训的身体、狂欢的身体、痛苦的身体、恐怖的身体等理论资源，而这一点常常为研究者漠视。规训是《规训与惩罚》中的核心范畴，是福柯创造的一个新概念。“在西文中，这个词既可以作名词使用，也可以作动词使用；它具有纪律、教育、训练、校正、训诫等多种释义，还具有‘学科’的释义。福柯正是利用这个词的多词性与多义性，赋予它新的含义，用以指近代产生的一种新的特殊的权力技术，既是权力干预、训练和监视肉体的技术，又是制造知识的手段”。[②]换句话说，男男女女的身体既是权力处心积虑被动监控的对象，又是其主动形塑的结果。无论是《疯癫与文明》《临床医学的诞生》，还是《规训与惩罚》《性经验史》中对身体的描述，都生动地证明了这一点。然而，伊格尔顿对福柯的权力美学颇有微词，认为它与其激进政治相互冲突。具体而言，在他看来，福柯的权力是“经典的尼采式的：从残忍强制，到狡诈霸权，再到从暴政和内心的抢救出来的权力，到被称颂为自为因

① [英]伊格尔顿：《美学意识形态》，王杰等译，北京：中央编译出版社，2013年版，第256页。

② [法]米歇尔·福柯：《规训与惩罚》，刘北成、杨远婴译，北京：生活·读书·新知三联书店，1999年版，第375页。

果、自我支撑的权力。像审美艺术品一样，权力是非工具、非目的、自主和自我指涉的”。[①]不难看出，依照这种意见，一方面，权力是政治压迫，能够招致男男女女源源不断的抵抗；另一方面，权力又是审美化的，可以为他们暗流涌动的潜能提供表演的平台。这正好说明福柯的权力是复杂的，而非同质的。有意思的是，在伊格尔顿那里，这却成了福柯看待权力的态度深刻矛盾的力证。问题是，不同的权力维度定然连带着相异的指向。退一步说，即便存在矛盾，也算不上什么大不了的缺点，反倒是跟审美——“从一开始就是个矛盾而且意义双关的概念”[②]——十分相似。这种矛盾并不需要刻意地去解决，实际上也无法真正地解决。审美如此，权力亦如此。伊格尔顿还指责福柯对启蒙运动的态度非常极端、不够辩证，因为“他一下子就几乎擦除了一切重要文明成就，在这里，他只能看到形成主体的阴险狡诈技术”[③]。对福柯而言，这一指责也是不公正的，它将福柯对启蒙运动组成部分的区分对待搁在一旁。福柯拒绝在明确二元对立的命题之间进行选择，譬如，到底是赞同启蒙还是反对启蒙。他既赞美启蒙——“启蒙精神”，又批判启蒙——并非针对启蒙观念及其对自由、平等的承诺，“而是直指它形成的历史环境”。正因如此，“他仔细地研究了启蒙阴暗的一面；这种阴暗面不仅涉及17、18世纪天赋人权的教义是怎样产生的，更重要的是，‘人’从那时起被赋予了怎样的含义，人在社会中怎样被管理、定位，以及在身体上又是怎样被塑造的”。[④]对于启蒙的历史进步作用，男男女女早就耳濡目染，但启蒙的负面影响却往往难于为人所见。因此，福柯的著作侧重于揭示后一方面，但这丝毫也不意味着他对启蒙精神的拒绝与否定。

在《陀思妥耶夫斯基诗学问题》与《拉伯雷的创作与中世纪和文艺复兴时期的民间文化》两部著作中，狂欢都是巴赫金谈论的焦点。他追溯了西方文化史上的狂欢节传统，描述了狂欢节的特征及其对文学的影响，并从狂欢视角别出心裁地剖析了拉伯雷的小说，以狂欢的变体之一“对话”为关键词

① [英]伊格尔顿：《美学意识形态》，王杰等译，北京：中央编译出版社，2013年版，第373页。

② [英]伊格尔顿：《美学意识形态》，王杰等译，北京：中央编译出版社，2013年版，第17页。

③ [英]伊格尔顿：《美学意识形态》，王杰等译，北京：中央编译出版社，2013年版，第372页。

④ [德]马文·克拉达、格尔德·登博夫斯基编：《福柯的迷宫》，朱毅译，北京：商务印书馆，2005年版，第68页。

分析了陀思妥耶夫斯基的小说。伊格尔顿感兴趣的并非巴赫金的整个狂欢诗学，而是狂欢的身体政治学——男男女女横冲直撞的身体对庄严权力的戏仿、倒置、嘲弄与解构等，以及这种人间喜剧所体现的乌托邦情结。与本雅明弥赛亚式乌托邦的凄凄哀哀相比，巴赫金的乌托邦则生机勃勃："通过肉体的骚乱，狂欢扰乱了一切超验能指，使它屈服于荒谬和相对主义"，"狂欢不仅仅是解构，狂欢还使现存的权力结构显得异化和独断，它释放了一种潜能，使一个黄金时代、一个'人人回归自我'的、充满'狂欢真实'的友善世界的出现成为可能"。[①]换言之，狂欢打破了所有规则与禁忌，泯灭了所有等级之间的边界，男男女女可以尽情舒展那些怪诞、狎昵与亵渎的言行举止而不必担心受到惩罚。很大程度上可以说，这一切都只是短暂的幻象，只是统治阶级的自我调适。"的确，从某一观点看，狂欢节可以看成是法律与自由，权力与欲望共谋关系的一个极好的例子"，而且，"不管从何种意义上讲，狂欢毕竟是一个特许的活动，是得到许可的霸权分裂，是一种受到控制的大众释放，其令人不安性和相对的无效性一如革命的艺术品"。[②]换言之，在狂欢的节庆中，男男女女被压抑的不羁能量汹涌爆发。问题是，这种具有极大破坏力的巨能也在狂欢仪式中得到了升华或净化，狂欢过后一切如故。考虑到巴赫金写作时所处时代的斯大林主义背景，狂欢显然是他在茫茫暗夜中找到的一丝光亮，既可慰藉自我，又能讥讽时政。虽然狂欢的乌托邦还停留于"批判的武器"层面，但伊格尔顿仍对之寄予厚望，认为它蕴藏着在实践中实现乌托邦而必需的潜能。

与性的、受规训的、狂欢的身体在学术界的备受追捧相比，痛苦的身体则少人问津。伊格尔顿对此十分不满。在《甜蜜的暴力——悲剧的观念》一书中，他提出悲剧是人类最重要的符号形态，并借助一系列悲剧观念与悲剧作品展开了悲剧的政治研究。如果说这里更多的是旁敲侧击的话，那么，其《神圣的恐怖》《理性、信仰与革命》《论邪恶》等著作则直面现实，接续了对悲剧的讨论。譬如，《神圣的恐怖》将恐怖主义追溯至希腊诸神的世界，认为神圣与恐怖之间密切关联，文明和理性的核心有着隐秘的暴力和恐怖。跟悲剧里的主人公相似，那些自杀炸弹客通过交出自己神圣的身体，同时成

① [英]伊格尔顿：《沃尔特·本雅明》，郭国良等译，南京：译林出版社，2005年版，第192—193页。

② [英]伊格尔顿：《沃尔特·本雅明》，郭国良等译，南京：译林出版社，2005年版，第196—197页。

为胜利者与受害者。然而，勃朗姆威奇对伊格尔顿关于恐怖主义缘起的解析不以为然，他认为伊格尔顿更为沉醉的是恐惧的美学，“恐惧的美学引力与一种愿望相关——它可以由宗教满足，同时也导致了宗教的产生——即去体验敬畏的情感，并且到达神启的临界点。这种强调难以想象来自于一位因对文学作政治性批判而闻名的作者”。[①]

（四）

伊格尔顿之所以肯定身体研究，是因为这是一块被忽视的领域，而激进政治将其变成了合法的研究对象。一方面，这当然是其取得的突出成就之一，但另一方面，蔚然成风的身体集中关注的往往是“色情的身体”“交欢的身体”而非“饥饿的身体”“劳作的身体”，“性”取代了“胃”。[②]在伊格尔顿看来，这倒还在其次，更坏的结果是：“过去的列宁主义者现在是彻头彻尾的拉康主义者，每一个人都从生产转向性欲倒错。格瓦拉的社会主义让位于福柯和方达的身体学。在前者纯粹法国式的悲观主义中——这与他更为政治行动主义者的特色相反——左派能够为它自己的政治瘫痪找到一种精致复杂的逻辑依据”。[③]换言之，之前轰轰烈烈的革命政治风光不再，而身体研究的崛起是阶级政治溃退的产物与表征。讨论时髦的身体话题时，视野中决不能缺少这一背景。也正是在这个意义上，他严厉批评彼得·布鲁克斯的《身体工作》一著“陷在花哨的概念堆里，几乎不可能掉转头来探问一下自身存在所凭藉的历史条件。首先该问为什么要用三百页的篇幅来谈身体？就算是对现代语言学会发出的愤怒回答吧。但是如果想使回答少些平庸气的话，就需要一种比美国批评目前准备的答案更宏大的叙事”。[④]全球范围内，那种大规模你死我活式的阶级斗争政治已成过眼云烟，资本主义也早已采取各式各样的措施来舒缓与工人阶级的矛盾。而且，随着技术的突飞猛进与阶

① 陈奇佳、张永清主编：《左翼立场与悲剧文化》，北京：人民出版社，2014年版，第91页。

② ［英］伊格尔顿：《理论之后》，商正译，北京：商务印书馆，2009年版，第4—5页。

③ ［英］伊格尔顿：《后现代主义的幻象》，华明译，北京：商务印书馆，2000年版，第81页。

④ ［英］伊格尔顿：《历史中的政治、哲学与爱欲》，马海良译，北京：中国社会科学出版社，1999年版，第205页。

级的分化与重组，作为资产阶级掘墓人的工人阶级再度集结、开展革命的动力也严重不足。但这并不意味着阶级剥削的自动消失，并不意味着世界各地全都繁荣富足、和平宁静。因此，伊格尔顿仍是念念不忘传统的政治主题。对新兴的身体学，伊格尔顿则认为有些过犹不及，不应“性”迷心窍，一股脑儿将全副精力投入其中，而漠视男男女女日常生活中坚固的存在主题。否则，一味地刻意回避政治经济学维度，必然会与马克思主义背道而驰。这不独是身体学所要面对的问题，实际上是在西方马克思主义文化转向之后，整个文化研究都须直面的难题。

考察身体学的思想特征时，伊格尔顿指出，作为一种始终局部的现象，身体完全符合后现代对总体性或大叙事的怀疑。对于后现代主义兴起的缘由，可谓仁者见仁、智者见智，伊格尔顿特别强调它主要还是政治失败的后果，但它经常借助诸种话题去勉力冲淡乃至遗忘这一点。问题是，抛开总体性的同时也就放弃了对资本主义的宏观把握，而且，“它通常转化成为意味着对某些种类的总体性的怀疑和对其他种类总体性的热情认可”。[①]具体而言，后现代主义悄然搁置了生产方式、阶级斗争、社会变革等重大社会主题，眉飞色舞地畅谈起身体、快感、监狱等另类的总体性来。显而易见，这并非彻底地放弃大叙事，而是选择性地重构了另外的大叙事。伊格尔顿认为，身体还符合实用主义对具体事物的痴迷，他以惯用的讽刺口吻写道：中产阶级的美国人对身体的着魔出现在几乎其所有流行的成见之中。不过，如此全方位笼统的指责不见得都那么恰切。譬如，伊格尔顿认为“美国对抽烟的病态恐惧就如同它对肺癌的恐惧一样是地球人多余的恐惧”，“食物和饮料当然也是如此，中产阶级的美国如今心存恐惧、颤抖地接近它们。这些危险物质的那些部分大量进入你自己的身体内，这现在已经成了一个全国性的神经症。睡眠也是身体向难以控制的力量的一种屈服，这也许是美国人看来难以入眠的一个原因（利益动机无疑是另外一个）。”[②]问题是，讨论日常生活时采用“美国”这样的全称单位是否恰当？即便可以使用，担忧抽烟、食物与饮料的危害为何不是对男男女女身体健康的关注，反倒成了一种多余的病态？没有调查数据的有力支持，断言美国人失眠很是无谓。伊格尔顿还以旧

① [英]伊格尔顿:《后现代主义的幻象》,华明译,北京:商务印书馆,2000年版,第16页。

② [英]伊格尔顿:《文化的观念》,方杰译,南京:南京大学出版社,2003年版,第103页。

的身体学来审视新的身体学，“我们这个时代有关身体的最佳著作肯定是莫里斯·梅隆-庞蒂的《感觉现象学》一书，但是这本书带有把身体视为实践和构想的人本主义意义，因此对于某些思想家来说是完全过时的。从梅隆-庞蒂向福柯的转移，是作为主体的身体向作为客体的身体的转移”。[①]言下之意，身体在福柯的论述中是非实践的，舍弃了人本主义。果真如此，福柯有何必要长篇大论什么“主体解释学”“生命政治的诞生”等问题?

卡西尔的《人论》提出了“人是符号的动物”这一著名观点，它强调人类与动物最重要的区别在于能够借助符号创造出属于自己的文化与理想的世界。反过来，文化成型、积淀下来之后，其繁复的意义又会施加于人类身上，所谓新的身体学着力阐发的正是这一点。伊格尔顿也承认，“意义一旦被附加在我们的肉体存在上，那种存在就再也不能与自身保持同一”。[②]换言之，身体，甚至整个人类世界都离不开意义的建构，如果没有意义的参与、诠释与定位，任何事物都难以在文化中现身。唯有作为文化的产物，唯有借助男男女女的阐释，身体才会具有生动活泼的意义。特别需要注意的是，这“并不等于否认其存在是自然界的一部分，而是说它们有意味的自身并不能正确地说明自己的自然属性”。[③]据此可以推论，身体的意义并非源自其自然实体，而是源自身体所处的由政治、经济、文化等组成的关系网络。令人不解的是，伊格尔顿却批评道：“重要的是要看到这样一点——后现代主义基本上看不到这一点——即我们作为‘文化’生物的程度并不高于作为‘自然’生物的程度，而文化的存在必须借助于我们的自然，这就是说必须借助于我们所具有的身体的种类和它们所属的世界的种类。”[④]不难发现，这个指责并不属实。之所以会有如此的误判，跟伊格尔顿的侧重点密切相关。与新的身体学重在剖析意义如何形塑男男女女的身体不同，他关注的依然是政治维度：文化对男男女女身体的束缚、不合理压制，以及自然的身体在遭到形形色色的文化阻挠时所爆发出的潜能。正因如此，他才将《李尔王》与《经

① [英]伊格尔顿：《后现代主义的幻象》，华明译，北京：商务印书馆，2000年版，第83页。

② [英]伊格尔顿：《文化的观念》，方杰译，南京：南京大学出版社，2003年版，第115页。

③ [英]丹尼·卡瓦拉罗：《文化理论关键词》，张卫东等译，南京：江苏人民出版社，2006年第2版，第73页。

④ [英]伊格尔顿：《后现代主义的幻象》，华明译，北京：商务印书馆，2000年版，第85页。

济学哲学手稿》相提并论，认为它们都从对身体的反思中演绎出一种激进政治。基于此，他批评福柯无力解释“全然被权力构成的一切如何会对抗这种权力”。[①]这再一次把福柯的权力思想简单化，只看到了作为政治压迫的权力，而未见及审美化的权力。

结　语

伊格尔顿的身体论述视野宏阔，它意在借助美学范畴，将身体与国家治理、阶级矛盾与生产方式等传统政治主题重新链接。很多研究者每每谈及其身体话语的三大理论来源——劳动的身体、权力的身体和欲望的身体，而忽略了他以此重建理性与政治的宏大抱负，忽略了他对规训的身体、狂欢的身体、痛苦的身体、恐怖的身体等资源并不完全妥当的述评。在这样的背景下，他强调蔚然成风的后现代身体话语是阶级政治溃退的产物，并指责它过于重视身体的社会构造而无视其物质基础，但这种指责并不属实。

① [英]伊格尔顿：《文化的观念》，方杰译，南京：南京大学出版社，2003年版，第115页。

二、伊格尔顿的“文化主义”批判述论

（一）

对于“文化主义”（culturalism），那些熟悉文化研究历史的人肯定不会感到陌生，因为霍尔曾将它与“结构主义”并称为文化研究的两大范式。[①]而另一位学者葛罗斯伯格有感于文化研究一词的滥用、文化研究内部的差异被忽视等现象，在回顾英国文化研究史时，也特意把“文化主义”与“文学人道主义”“辩证社会学”“结构-时势主义”“后现代-时势主义”等并列为五种暂时稳固的文化研究形式。[②]不过，在讨论“文化主义”问题时，伊格尔顿并未沿着上述的理论路径，而是对它有着独特的界定。他认为，“文化主义”指的是男男女女“是不折不扣的文化生物”这样一种观念，并把文化主义者明确区分为“罗蒂式”与“费什式”两类。[③]显然，伊格尔顿针对的是美国理论家，他坦陈自己“对左派思想中增长的文化主义感到越来越不安，因此写作《文化的观念》一定程度上是因为我觉得整个文化领域的理论实质内容正在不断地流失。文化研究对此负有主要责任，当然不是所有的文化研究，而是美国的某种主流的文化研究”。[④]如果说“文化主义”在此指向分明且范围较小的话，那么，当伊格尔顿在《后现代主义的幻象》一著中提

---

① 参看［英］斯图亚特·霍尔：《文化研究：两种范式》，孟登迎译，陶东风、周宪主编：《文化研究》（第14辑），北京：社会科学文献出版社，2013年版，第314页。

② ［美］劳伦斯·葛罗斯伯格：《文化研究的形制》，唐维敏译，包亚明主编：《后大都市与文化研究》，上海：上海教育出版社，2005年版，第138页。

③ ［英］泰瑞·伊格顿：《文化的理念》，林志忠译，台北：巨流图书公司，2002年版，第121—122页。

④ ［英］伊格尔顿、［英］博蒙特：《批评家的任务：与特里·伊格尔顿的对话》，王杰、贾洁译，北京：北京大学出版社，2014年版，第231页。

出“后现代主义是一种形式的文化主义”时，[①]实际上就把批判的矛头扩大至整个后现代主义领域——尽管他的批判颇为笼统而印象化，没有进入某一后现代理论家的著作内部展开细致的解读。这种“后现代文化主义”也经常以“后现代文化”的面目，频繁出入于《文化的观念》一书之中。至此，伊格尔顿笔下“文化主义”的三个板块均已浮出水面。就“费什式”的“文化主义”来说，它强调“如果我的文化一直每况愈下，那么我把文化‘自然化’（‘naturalize’）为绝对（absolute）的作法不仅是正常，而且也是无可避免的”。[②]如此一来，任何进入视野的别种文化，都必须经由自我文化这个绝对标准进行衡量。于是，受限于自我文化，甚至成为自我文化的囚徒，就是意料之中的事情。问题是，伊格尔顿对费什的以上描述并不十分准确。他认为费什在《任其自然》一著中坚持上述论点，但这部论文集涉及形式主义、弥尔顿、弗洛伊德、文学史等众多话题，“所有的论述最终都归到同一个论点：在丰富了的实践概念当中，解释理论的长短得失都会消失。因此《任其自然》强调的是实践批评，其标题指的也是扎根于一种实践语境的非反映性活动”。[③]另一个问题，男男女女不是生活于真空之中，受限于自己的文化在所难免。关键在于，在文化交流的过程中，不妄自尊大、盲目排外，而是取长补短、相互促进。对特别强调“实践”的费什而言，这乃是题中应有之义。

就“罗蒂式”的“文化主义”来说，它不遗余力地倡导一种反讽的立场，认为“只有通过陶冶教化一个带有讽刺性色彩的心智习惯来超越自身的文化”。伊格尔顿尖锐地指出，“有这种超越特权的人只局限于少数的文明人”。[④]需要指出的是，反讽的对立面是常识，反省并不意味着必定需要超越。实际上，对于生存其间的自由主义社会的制度与文化，罗蒂就申明再三，呵护倍加、钟爱不已。根据“反讽主义者”的三个条件，能够反讽的主体确实是知识分子，他们可以自觉地反省自己所用的语汇以及相关的文化常

①［英］伊格尔顿：《后现代主义的幻象》，华明译，北京：商务印书馆，2000年版，第139页。

②［英］泰瑞·伊格顿：《文化的理念》，林志忠译，台北：巨流图书公司，2002年版，第122页。

③ 王逢振：《费什的新作〈任其自然〉》，《外国文学评论》1990年第4期，第135页。

④［英］泰瑞·伊格顿：《文化的理念》，林志忠译，台北：巨流图书公司，2002年版，第122页。

识，而芸芸众生则往往做不到这一点。虽然非知识分子不会是反讽主义者，但罗蒂乐观地预见道：总有一天，前者也会明白后者的核心理念，把唯名论与历史主义当作常识。不言而喻的是，这一天的到来需要持之以恒的普及性教育。在《人权、理性和情感》一文中，罗蒂重申了教育所起的重要作用，“我们不应该称所有那些千方百计地找到并杀死萨勒曼·拉什迪的人为不合乎理性的人，我们应该称他们为丧失了接受良好教育机会的人”。这种教育的内容并非“接受真理和道德知识”，而是“安全感和同情心”，它们相辅相成。“出于同样的理由，和平和经济生产也是相辅相成的。情况越是紧张，你便越是不得不担惊受怕，你的处境越是险恶，你便越是没有时间和精力来思考你或许不予直接认同的某些人的各种事情。同情心教育只对那些放松到足以来倾听的人才产生作用”。[①]不难看出，罗蒂在这里强调的是安全感与同情心教育之间互相配合、互相辅助、相得益彰的关系。吊诡的是，伊格尔顿却从中读出了西方文化的傲慢、自大与排外。他认为这段话证明了“在想象和西方世界之间，其实存在着一种内部的链结”。并由此做出一连串推论：“只有在富裕的时候，你才能富于想象力”，“今天只有西方世界真正了解移情作用，因为唯有他们才有闲情逸致想象自己是阿根廷人或是一个洋葱头”，“像罗蒂那样相信饱受蹂躏的社会没什么功夫去想象其他社会的感觉，实属谬论，有许许多多的例子显示，正是他们的饱受蹂躏才驱使他们能够感同身受这种经验”。[②]浅白地说，罗蒂的意思无非是“仓廪实而知礼节，衣食足而知荣辱”，无非是马斯洛的需求层次理论——人类的需要是分层次的，由低到高，从生理需求、安全需求到社交需求、尊重需求、自我实现需求等。罗蒂要说的道理不过是物质基础与安全条件是施行同情心教育的重要前提，伊格尔顿却无视这一点，故意歪曲性夸张，武断地认为这是仅属于西方世界的事情。在伊格尔顿看来，同是遭受压迫的被殖民社会是想象性同情的重大来源。在反抗殖民统治的过程中，不同殖民地之间的确有过同气相求、

① [美]理查德·罗蒂：《后形而上学希望》，张国清译，上海：上海译文出版社，2009年版，第309页。

② [英]泰瑞·伊格顿：《文化的理念》，林志忠译，台北：巨流图书公司，2002年版，第58—60页。需要指出的是，另一中译本将“you can be imaginative only if you are well heeled”译作“你只有在被紧紧跟随的情况下才具有想象力”（参见《文化的观念》，方杰译，南京大学出版社，2003年版，第54页），“well heeled”（富有的）被误译为“紧紧跟随”。

互相声援的历史。问题在于，从罗蒂的言说中并不能直接导出“饱受蹂躏的社会没什么功夫去想象其他社会的感觉”，因为罗蒂意在说明险恶的处境不利于思考那些自己不予直接认同的人与事。换言之，这并未排除可以跟自己直接认同的人与事产生共鸣的可能性。相较而言，罗蒂的视角是个体的，而伊格尔顿的视角则是集体的。就立论本身来讲，伊格尔顿“殖民主义是想象性同情的重大来源”的言论可以成立，还可以与罗蒂的观点相互补充，但不能成为否定它的理由。

（二）

伊格尔顿先从逻辑上着手，展开对“文化主义”的批判：“如果说我们是不折不扣的文化生物，这样的主张一方面把文化绝对化，另一方面却又把这个世界相对化。这样的主张相当类似于声称变迁（flux）是宇宙的基础一样。如果文化无处不在，构成了最真的自我，那么我很难想象自己不是隶属文化生物，而这只不过是我文化中的某种相对性知识使我如此想象。这的确正是文化的另一层意义，亦即创造性的想象，坚信我们如此想象。我们如何能够具有文化教养，同时又兼备创造性的想象（both cultured and cultured）——无动于衷地任由某种生活方式塑造，可是又对于其他这样的生活世界充满想象的移情作用？这似乎是说我好像非得漠视界定自身的差异，而要维持这种立场绝非是件容易的差事。”[①]换句话说，伊格尔顿认为，我们无法既接受某种文化形塑，同时又能具备创造性的想象。而这一判断建基于我们“无动于衷地任由某种生活方式塑造”之上，但这显然抹煞了男男女女的能动性，也屏蔽了文化交流的过程。一旦回到生龙活虎的文化现场，那就是再自然不过的事了，而现实生活中正在发生的事情甚至比那还要复杂得多。我们知道，一种语言、一种文化意味着一种生活方式、一种认同方式。“在更广泛的含义上，身份认同主要指某一文化主体在强势与弱势文化之间进行的集体身份选择，由此产生了强烈的思想震荡和巨大的精神磨难。其显著特征可以概括为一种焦虑与希冀、痛苦与欣悦并存的主体体验。我们称此独特的身份认同状态为‘混合身份认同’（hybrid identity）。这种身份认同，也是

① [英]泰瑞·伊格顿：《文化的理念》，林志忠译，台北：巨流图书公司，2002年版，第121页。

后殖民、后现代文化批评关注的主要焦点"。[①]如此说来，对男男女女及其所处文化生态的复杂性，伊格尔顿明显是低估了，而这个低估也使其对"文化主义"的批评显得较为乏力。

在批判"文化主义"与"自然主义"偏颇的同时，伊格尔顿树立了自己关于文化与自然关系的辩证观。"如果真的像文化主义者所主张的，我们只不过是文化生物，或是像自然主义者所坚持的自然生物，那么我们的生活将会惬意许多。事实上，问题在于我们处在自然与文化交汇的歧点(cusped)，而精神分析对于这个歧点有着浓厚的兴趣。让我们的生活艰困的并非是文化等同于我们的天性，而是文化属于我们的天性这个事实。文化不是单纯地取代自然；文化反倒是以某种方式补充了自然，这种方式既是必须也是多余的。我们并非天生就是文化生物，亦或是自给自足的自然生物；我们是体质如此无助的生物，文化因而成为我们存活下来的必需品。文化是种'补给品'（'supplement'），填补了我们天性中核心部分的罅隙，而我们的物质需求则随着文化的条件而有所变化"。[②]即是说，"自然主义"只是把男男女女视为固定不变的纯粹肉欲的组合，散发着浓烈的反文化的气息。"文化主义"试图予以矫正，宣称男男女女是文化的生物。伊格尔顿指出，"文化主义"正确地凸显了意义对身体的影响："意义一旦被附加在我们的肉体存在上，那种存在就再也不能与自身保持同一。"[③]很大程度上，"文化主义"力图彰显的正是现实之物的这种建构性，或者说，文化对自然的建构。大千世界，万事万物，唯其进入人类的文化结构中，它们才会拥有标示自身的意义；也唯有在重叠交错的意义网络中，它们才可以获得更为繁复的理解。但这丝毫也不意味着，意义的生成与赋予完全否定了自然的维度。尽管如此，伊格尔顿还是坚持认为，"文化主义"的矫正又走向了另一个极端，"忽略了共享、脆弱、衰退、自然以及顽固的物质身体究竟是怎么一回事"[④]，"呈现出还原论的形态，它看任何事情都着眼于文化"，"将整个世界

① 陶家俊：《身份认同》，赵一凡等主编：《西方文论关键词》，北京：外语教学与研究出版社，2006年版，第465页。

② [英]泰瑞·伊格顿：《文化的理念》，林志忠译，台北：巨流图书公司，2002年版，第126页。

③ [英]伊格尔顿：《文化的观念》，方杰译，南京：南京大学出版社，2003年版，第115页。

④ [英]泰瑞·伊格顿：《文化的理念》，林志忠译，台北：巨流图书公司，2002年版，第133页。

转化成文化，是否认世界独立存在于我们之外”。[①]可资对照的是，伊格尔顿还给“后现代主义”下了一个整体式宣判，认为它们均未能看到“我们作为‘文化’生物的程度并不高于作为‘自然’生物的程度，而文化的存在必须借助于我们的自然”。[②]伊格尔顿在别处又把这一“罪状”加于“教条式的文化主义”头上，并认为这些自然的身体“已经转变为遵从文化差异与分野的原则”。[③]到这里为止，容易发现，在伊格尔顿眼里，“文化主义”明显有“教条式的”与“非教条式的”两类。因此，我们不妨大胆推测，那些“非教条式的”“文化主义”其实并未将自然抛诸脑后。

让伊格尔顿闹心的是，“文化主义”因未能辩证看待文化与自然的关系而引发的政治后果。具体而言，伊格尔顿认为，人类的天性是文化的蕴含着保守的政治倾向。因为果真如此的话，我们的天性中就不会有任何因素能与压迫性文化相抗衡。这实际上把文化视为铁板一块，抹煞了文化内部的诸多复杂性。以中国古代的“君权神授”为例，君权文化固然是一种压迫性文化，但这并不是说其中就缺乏反抗的因子。当君王无道、逆天而行时，日积月累，就会引爆新一轮的“替天行道”运动。在一个全球化的时代，文化旅行、文化交流日益频繁，文化生态亦日趋多元化，文化对自然的形塑愈演愈烈。它们究竟是否在政治上保守还须具体问题具体分析，不宜一概而论。更令伊格尔顿忧心忡忡的是，“如果自然任由文化塑造，那么结果将是一场政治浩劫”。但他同时又信心满怀，“如果文化企图压抑我们的需求，就会是十分不智的做法。马克思年轻时将这些需求称为我们‘物种生物’（‘species being’）的那种需求，包括了食物、睡眠、遮蔽、温暖、身体的完整性、伴侣、性生活的完满、某种程度上的个人尊严与安全、免于痛苦、受难与压迫以及过度的自觉等诸如此类的事物。如果自然被文化所塑造，自然也同时抗拒文化；而对于一个像这样否定需求（need-denying）的政体，我们有充分的理由期望某个扎实的政治抵抗出现”。[④]就第一点来说，即便自然成了文

① [英]特里·伊格尔顿：《理论之后》商正译，北京：商务印书馆，2009年版，第153页。

② [英]特里·伊格尔顿：《后现代主义的幻象》，华明译，北京：商务印书馆，2000年版，第85页。

③ [英]泰瑞·伊格顿：《文化的理念》，林志忠译，台北：巨流图书公司，2002年版，第142页。

④ [英]泰瑞·伊格顿：《文化的理念》，林志忠译，台北：巨流图书公司，2002年版，第127页。

化手中的陶土，也不一定引来政治浩劫，因为这还要看到底是怎样的文化。就第二点来看，伊格尔顿变相地承认了自然需求是反抗文化的重要动力。问题在于，马克思所言的那些需求究竟在何种程度上遭受压抑或得到满足，恰恰是由文化调教出来的，不同的时空下常常千差万别。因此，就算文化一直在抑制男男女女的上述需求，如若其他的配套解释策略顺利跟上的话，至少不会立马招来敌意或抗拒，而这一点已然为人类统治的悠久历史证明再三。而且，上述需求的实现从来不是一蹴而就的，很多时候往往是一个漫长的过程。否则，男男女女早就过着童话故事里无忧无虑的甜蜜日子了。当伊格尔顿指责人类的天性即是文化这一观点政治保守，同时又把自然定位成反抗的动力之源时，这就隐约地默认了人类的天性即是自然在政治上的激进性——无论文化如何变迁，男男女女最终都可以回到自然、诉诸自然，从中汲取不竭的能量。此时此刻，伊格尔顿不自觉地陷入了自然与文化截然对立的陷阱之中，在批判“文化主义”绝对化文化时，将自然夸大化了。毕竟，文化的兴衰、更替是一个系统工程，仰赖多种因素的综合作用，反抗一种文化更需要依靠的是另一种文化。

(三)

作为后现代的对于普遍性持怀疑论态度的文化主义者，罗蒂的伦理学成了伊格尔顿批判的标靶：它一方面张扬道德价值嵌在偶然的地方传统中，另一方面却又拥戴了另一个形而上的本质。具体而言，伊格尔顿以罗蒂的《团结》一文为例，就其中所讨论的团结问题提出了质疑。罗蒂一共举了三个例子，前两个分别是丹麦人与意大利人、比利时人为何要救助他们的犹太邻居。就这两例，伊格尔顿比较准确地评述道：“那些在上一次世界大战中帮助犹太人的人们，他们这样做也许不是因为他们把犹太人看作是人类伙伴，而是因为他们和自己属于同一个城市，相同的专业或者其他社会团体。”[①]第三个例子，“再看一看当代美国自由主义者如何看待美国大城市中，年轻黑人悲惨的生命和永无止尽的绝望。我们会不会说，这些人之所以应该得到协助，乃是因为他们和我们一样都是人类？我们也许会这么说，但是，不论在

① [英]特里·伊格尔顿:《后现代主义的幻象》,华明译,北京:商务印书馆,2000年版,第130页。

道德上或政治上，远具有说服力的作法，是将它们描述为我们的美国同胞，并坚持美国同胞竟然活得如此绝望，是可忍孰不可忍”。[①]伊格尔顿由此得出结论，“简而言之，道德其实只是爱国主义的一个种类”，并进而推论，罗蒂的观点仍然是“非常普遍主义的”，“‘美国’几乎是和某种元语言或者形而上本质一样地发挥着作用”。[②]乍看之下，伊格尔顿的总结陈词言之凿凿，无可挑剔。特别需要注意的是，正是这个例子引出了麻烦，显示出伊格尔顿惯用的战无不胜的辩论策略——有意无意地曲解对方。回到罗蒂那段话的上下文，回到罗蒂所举三个例子的要旨，“这些例子的重点是说，在团结被视为‘我们之一’的表现，且这‘我们’指涉某种比‘人类’更狭隘、更具地方性意义的东西时，我们的团结感才最为强烈。这就是为什么对于一项慷慨的行为而言，‘因为她是人类’，乃是非常微弱而难以服人的解释”。[③]容易发现，在谈及罗蒂的第三个例子时，伊格尔顿取“椟”而舍“珠”，忘记了“美国”不过是罗蒂的例子之一，不但置其要说明的道理于不顾，还把对方的言辞上纲上线到“本质”的高度，无谓地玩了一把以其人之道还治其人之身的游戏。伊格尔顿还就此例反问罗蒂，“对于一个针对普遍主义的真正批评家来说，把他的伙伴之情建立在某种真正的地方主义上面，比如城市街区，不是更好的选择吗？”[④]有意思的是，这倒是多少契合了罗蒂正在申述的观点。不过，伊格尔顿对此仍不买账，认为即便如此，还是有均质化的嫌疑，还是会通向普遍主义、基础主义。再次回到罗蒂的上下文中，可以发现，伊格尔顿的论述实属无的放矢。在《团结》这一部分，罗蒂要解决的问题是男男女女何以都有一项道德的义务，去感受与他人之间的团结感。世俗的伦理普遍主义者出示的答案是，基本的人性、人类共有的核心自我或人性本质。与之迥然相异，罗蒂则张扬是更加可感的细枝末节、是较为具体的地方性事物构成了男男女女的团结感。不应、也不必——如伊格尔顿那样——

①［美］理查德·罗蒂：《偶然、反讽与团结》，徐文瑞译，北京：商务印书馆，2003年版，第271—272页。

②［英］特里·伊格尔顿：《后现代主义的幻象》，华明译，北京：商务印书馆，2000年版，第130—131页。

③［美］理查德·罗蒂：《偶然、反讽与团结》，徐文瑞译，北京：商务印书馆，2003年版，第272页。值得注意的是，对伊格尔顿而言，是“共有人性”导致了团结（见《理论之后》第153页，商正译，商务印书馆2009年版），而这正是罗蒂一直在批判的俗见。

④［英］特里·伊格尔顿：《后现代主义的幻象》，华明译，北京：商务印书馆，2000年版，第131页。

误解的是，这种团结感不会固步自封，以至于形成狭隘的爱国主义，因为罗蒂坦言，“我的立场并不排斥我们应该尝试将我们的‘我们’意识，扩大到我们过去视为‘他们’的人身上”，“我在此所提出的观点相信有所谓的‘道德进步’，而且这进步也确实朝着更广大的人类团结的方向发展”。[①]换言之，更大范围内的团结不仅在理论上可行，而且在现实生活中正在稳步推进。

在与“自由人本主义者”的对比中，伊格尔顿展示出“文化主义者”的错误所在。如果说，前者的症结在于忽视了特定的文化模式下人性总是具体的，却幻想一种永恒的价值，那么，后者则相反，错在认为“因为所有语言都是特别的，所以它们根本不能作为语言来说。这使得人们很难清楚地看出，这里作为文化上特别的事物而被提出来的究竟是什么”。[②]伊格尔顿担心的是，如果没有了那种一般范畴，我们的日常交流可能会出差错，譬如，如何区分打羽毛球和打别人的鼻子。其实，这不免有些杞人忧天。男男女女可以毫不费力地分清它们，并非因为手持关于它们的本质标杆，而是在错综复杂的关系网络中将其锚定。罗蒂曾以数字17为例说明这一点：世上根本没有什么17本身或不变的、一般的“17性”存在，何谓17取决于它周边各种各样的关系项，譬如，比16大，比18小，18与1的差，2与15的和，289的平方根，如此等等。“我们反本质主义者还愿意使你相信，对桌子、星星、电子、人类、自然科学、社会制度或任何其他事物都不能从本质主义方面给予考虑。我们建议你从如下方面把所有这些客体看作数字的相似物：除了一个极其庞大的、永远可以扩张的相对于其他客体的关系网络以外，不存在关于它们的任何东西有待于被我们所认识”。[③]在伊格尔顿眼里，缺乏基础或一般范畴的恶果当然不止于日常生活，更严重的后果是，“这样的实用主义使得西方世界在面临各种——不论是源于内部或是来自外部——基本教义派时，毫无招架之力。这些基本教义派对于其他人所热衷用来拆毁他们基础的

① [美]理查德·罗蒂：《偶然、反讽与团结》，徐文瑞译，北京：商务印书馆，2003年版，第273页。

② [英]特里·伊格尔顿：《后现代主义的幻象》，华明译，北京：商务印书馆，2000年版，第117页。

③ [美]理查德·罗蒂：《后形而上学希望》，张国清译，上海：上海译文出版社，2003年版，第34页。

反形而上学（anti-metaphysical），感到不痛不痒。”[①]换言之，因为反基础主义反掉了一般范畴，走向多元化，所以，它奈何不了形形色色的原教旨主义——它们是多元的组成部分，反而会与之沆瀣一气，助纣为虐。问题是，衡之以后现代反本质主义的追求，原教旨主义正是其刺眼的敌人之一，两者在精神上根本格格不入。事实上，罗蒂在这个问题上立场分明，“实用主义反对宗教的原教旨主义者，不是因为原教旨主义者在理智上不负责任地无视自然科学的结果。而是因为他们在道德上不负责任地试图阻碍就如何最大化幸福达成的民主共识进程”。[②]沿着同样的理路，伊格尔顿还指责文化相对主义是后现代西方世界自身认同危机的表征，但却借助强大的全球化资本逻辑出口到后殖民地国家，既是“颠倒过来的帝国主义统治”，[③]又为分裂主义、排他主义等诸种不良倾向呐喊助威：“文化相对主义能够认可最恶毒的文化绝对主义的形式，这的确是令人匪夷所思的逆转。从文化相对主义慈悲为怀的角度来看，所有的文化世界彼此间不分高下，可是文化相对主义却也提供了能够将任何文化世界绝对化的理据。”[④]这种对“文化主义”的误判延续至其较近的著作《理论之后》中，后现代主义在此的形象是“信任多元主义——无限多样、无所不包的社会秩序”。[⑤]这无异于将诸种文化等量齐观，事实上，再宽容的文化相对主义也有自己的底线，不可能照单全收，不加分辨地把所有不同的文化一股脑儿地迎进门来。否则，像罗蒂这样的“文化主义者”又有什么必要谴责奥斯威辛时代的残酷，大力倡导人类的团结？其实，谈及“文化”概念时，罗蒂专门区分了它的三层意义。“文化 a”指的

① [英]泰瑞·伊格顿：《文化的理念》，林志忠译，台北：巨流图书公司，2002年版，第93页。该句原文为“Such pragmatism leaves the West disarmed in the face of those fundamentalisms, both within and without, which are not too perturbed by other people's anti-metaphysical eagerness to scupper their own foundations.”另一中译本译得辞不达意：“这样的实用主义让西方在面对那些原教旨主义的时候，不仅在内部而且在外部解除了武装，它们没有被其他人反形而上学的热心弄得过于不安，以至于不能摧毁自己的基础”。（参见《文化的观念》，方杰译，南京大学出版社，2003年版，第85页）

② [美]理查德·罗蒂：《文化政治哲学》，张国清译，北京：北京大学出版社，2011年版，第39页。

③ [英]特雷·伊格尔顿：《二十世纪西方文学理论》，伍晓明译，北京：北京大学出版社，2007年版，第241页。

④ [英]泰瑞·伊格顿：《文化的理念》，林志忠译，台北：巨流图书公司，2002年版，第96页。

⑤ Terry Eagleton, *After Theory*, London: Penguin Group, 2003, p.18.

仅是一组共享的行为习惯，“文化b”是一种德行之名，“文化c”是指一切男女与一切文化多多少少都能认识到且予以尊重的东西。罗蒂认为，“任何和每一种文化a初看起来都值得保存这个提议，可能不会被提出”，因为该提议“经常被这样一些事实所软化：我们在不拥有某些文化——例如，集中营文化、犯罪团伙文化、国际银行家阴谋集团文化——的情况下确实会更好。有时，它也为这样的提议所修正：某些很大的并且很著名的文化a处于‘病态’或‘衰落’中。在‘任何经过长期发展并固化为文化a或生物物种的东西都值得保存在周围’这个理论观念和灭绝某些文化（例如黑手党、暴徒，纳粹）或某些物种（例如天花杆菌、蚊子、火蚁、环蛇）的实践需要之间存在张力”。[①]

比较起来，伊格尔顿明显把多元文化主义简单化了。依照约瑟夫·拉兹的界定，多元文化主义的核心要义是指，“普遍价值可以在不同的文化当中以不同的形式来实现，而且每一种文化都是值得尊重的”。不言自明的是，经过后现代主义的洗礼之后，这里的“普遍价值”并非那种拥有耀眼本质的大写价值，而是一种被最大范围承认的共识。紧接着，拉兹特别强调，“这并不是说所有文化的所有内容都值得认同。我们的文化与其他的文化一样都是有缺陷的”，“对于迷信、压迫以及错误的思想，无论是存在于我们的文化当中还是存在于别人的文化当中，一经发现，我们都应该与之斗争”。[②]对所有的文化一视同仁、放弃臧否，实际上堕入习见的多元论成规之中。诚如希拉里·普特南所言，“有种陈规认为并不存在‘真理’之类的东西，即使说一些观点是正确的而另一些观点是错误的，也不过是一种‘压制的姿态’”，“这种陈规使得我们看不到多元论的多元性实际上是一种多么复杂的现象”。[③]另外，关于多元性问题，伊格尔顿还认为后现代主义反对本质性的“非多元主义文化”，“倾向于教条主义一元论地对待多元论，多元论当然时常是一种好的主义，但是绝对不永远是”。[④]在男男女女的生活愈加充斥着多

① [美]理查德·罗蒂：《真理与进步》，杨玉成译，北京：华夏出版社，2003年版，第163页。

② 李丽红编：《多元文化主义》，李丽红等译，杭州：浙江大学出版社，2011年版，第12页。

③ [爱尔兰]玛利亚·巴格拉米安、埃特拉克塔·英格拉姆编：《多元论：差异性哲学和政治学》，张峰译，重庆：重庆出版社，2010年版，“序言”。

④ [英]特里·伊格尔顿：《后现代主义的幻象》，华明译，北京：商务印书馆，2000年版，第144页。

元论的时代，这一态度无疑是较为明智而可取的。有意味的是，作为一种社会事实的多元论难入伊格尔顿的法眼，因为它们依靠后现代资本主义苟延残喘。然而，“只有通过一种完全参与的民主，包括过去规范物质生产的民主，进入的通道才能完全打开以发泄这种文化多样性。简而言之，确立真正的文化多元论，需要协同一致的社会主义行动。当代文化主义没能看到的恰恰就是这一点”。[①]显然，伊格尔顿认为唯有社会主义才能成就真正的多元文化。这种对社会主义的浪漫想象还表现在他对那句社会主义口号——“全世界的工人团结起来”——的钟爱上，在他看来，这一口号“将国际主义与团结这两个今天被日益分开的信条统一起来”。[②]问题在于，经济全球化经常给这个曾经激动人心的口号带来尴尬。很多时候，面对工作机会这等养家糊口的切身大事，世界各地的工人不但不能团结，反而会怒目相向。譬如，2009年初，英国大约600名核工厂的工人举行罢工，抗议在一个能源建设项目中雇用意大利和葡萄牙工人。又如，同年底，德国戴姆勒汽车公司的大约一万名员工曾举行抗议活动，反对将部分生产转移美国的计划，因为它威胁到近3000人的工作岗位。

（四）

伊格尔顿十分明白，文化的崛起与范式转换——从政治化的文化到文化政治——乃是大势所趋。“随着民族解放运动进入后殖民时代，以及二十世纪六七十年代早期政治化的文化让位于后现代主义的八十年代，文化成了逐渐取代它曾经加强的事物的补充。由于市场力量更深地进入文化生产，当工人阶级的斗争被击败，社会主义力量溃散的同时，文化既作为发达资本主义又作为其对立面的一个范围的‘主导’而声誉鹊起。这是对于某些左派知识分子极为便利的一次转移，他们可以用其职业辖区这时已经呈现出一种新鲜的、富于冒险精神的全球重要性的思想，为他们时代的政治低迷而聊以自

①［英］特里·伊格尔顿：《文化的观念》，方杰译，南京大学出版社，2003年版，第141页。

②［英］特里·伊格尔顿：《文化的观念》，方杰译，南京大学出版社，2003年版，第89页。

慰"。[①]换句话说，文化由低眉顺眼的配角一跃而成光芒四射的主角。除了殖民抗争、阶级斗争的消歇之外，更为重要的原因还在于文化工业或文化产业、大众文化的兴盛。文化已然成为商品生产志在必得的猎物、率性取用的沙堆，已然成为追名逐利的大众传媒的宠儿。不同地域的文化也被鼓唇摇舌的旅游产业蒙上了异域风情的面纱，整装已毕，待价而沽。于是，形象、包装与展演大行其道，"商品的美学化、消费的色情化和商业的符号化"如火如荼。[②]尽管如此，文化的光芒仍然遮不住一个轰轰烈烈时代的远逝，遮不住一种伟大学说面对时代变迁时的捉襟见肘，遮不住一群男男女女可歌可泣的抗争史。讽刺的是，这种光芒反倒为一批左派知识分子提供了新的"战场"，纸上谈兵式的战场。在此地，他们可以尽情尝试那些在现实政治中不再可能的冒险，展演那些话语层面的冲动与激情，从而补偿、安慰自己无"家"可归的隐秘伤痛。文化的前世今生固然有其清晰的演绎理路，但这依然难以为其醒目的缺陷辩护。伊格尔顿一针见血地指出，文化主义作茧自缚，热衷于关起门来把玩一些常人难懂的文字游戏，不再真正过问窗外的风雨之声。"文化主义是文学领域知识分子的一种职业性赌博"，"许多激进的学术界人士正在设法把紧迫的政治问题翻译成为他们自己淡而无味的专业术语，这样，校园外的矛盾便以一种无形的方式变换成为这样一些争斗，即保卫或者推进学术园地，在知识市场上打败激进对手，确保这些方面的本钱而不是先锋派事业的本钱。左派总有一种绝对有效的本领，可以在受到政治上的敌人伤害之前就把它自己批判得体无完肤"。[③]应该说，作为知识分子，在看待政治问题时肯定有不同于普通男女的一面，譬如，往往跟他们的专业素养密切相关，这自然无可厚非。让伊格尔顿异常鄙夷的是，他们用专业术语再描述活生生的政治问题，其目的并非为了政治事业本身，而是个人在学术共同体内的声望——伊格尔顿对左派的批判不免有些"诛心之论"的嫌疑。无论怎样，从政治问题到学术话语，本就打了折扣，再加上如此功利化的动机，政治问题虽然也被关注，但最终的结果可想而知。伊格尔顿谆谆告诫文

① [英]特里·伊格尔顿:《文化的观念》,方杰译,南京大学出版社,2003年版,第147页。

② [英]特里·伊格尔顿:《文化的观念》,方杰译,南京大学出版社,2003年版,第146页。

③ [英]特里·伊格尔顿:《后现代主义的幻象》,华明译,北京:商务印书馆,2000年版,第139页。

化主义者，在他们的无度纵容下，文化变得越来越狂妄自大。实质上，不管是战争、饥饿、贫穷、疾病，还是债务、吸毒、环境污染，“根本就不是特别‘文化的’问题”，不要再把文化这个术语盲目扩张了。当务之急是，“在承认其重要性的同时，让文化回归其原有的位置”。[①]

当伊格尔顿酣畅淋漓地从整体上斥责文化主义不食人间烟火、忽视世俗的政治问题时，或许不会想到，屡遭其批评的罗蒂一直致力于同样的事业。准确地说，一方面，罗蒂赞扬了学院左派取得的非凡成功——极大地减少了社会上的施虐现象，譬如，在受教育者中，随意羞辱别人的做法锐减，对妇女、黑人、同性恋等群体态度的有益变化等。然而，另一方面，这种成绩的取得却付出了惨重的代价——把经济民主、民族认同、国家理念等更重要的社会问题置之脑后，因为“文化左派想得更多的是屈辱而不是金钱，是深层隐性的性心理动机而不是肤浅外观的贪婪”。[②]因此，他们热心于摆弄差异政治、身份政治或认同政治的话题，“没有人提议搞失业问题研究、无家可归问题研究或拖车式活动房屋集中地研究，因为失业者、无家可归者和活动房屋居民不是相关意义上的‘他者’”。[③]很大程度上可以说，学院文化左派的所作所为是捡了芝麻、丢了西瓜。这也突出地体现在他们的知识背景从政治经济学转向哲学的现实，相应地，在解释社会分化问题时经济学维度则为文化维度所替代。可想而知，结果必然是理论上的巨人、行动上的矮子。罗蒂犀利地指出，詹姆逊《后现代主义，或晚期资本主义的文化逻辑》赫然列于学院左派的阅读清单，该书虽然精彩，但“阐述得过于抽象，不可能衍生出任何具体的政治方案”。更为讽刺的是，“读了詹姆逊以后，你几乎事事都有见解，但就是不知道该做什么，怎样去做”。[④]毕竟，再怎么纵论“晚期资本主义”也等不来资本主义的垮台。只是费尽心思地理解现实——同时也或隐或现地认可了现实——还远远不够，还须憧憬满怀地去改变现实中那些并不尽如人意的地方。有鉴于此，罗蒂甚至建议左派暂停理论研究，尤其是应该

① [英]特里·伊格尔顿:《文化的观念》,方杰译,南京大学出版社,2003年版,第151页。

② [美]理查德·罗蒂:《筑就我们的国家:20世纪美国左派思想》,黄宗英译,北京:生活·读书·新知三联书店,2006年版,第56页。

③ [美]理查德·罗蒂:《筑就我们的国家:20世纪美国左派思想》,黄宗英译,北京:生活·读书·新知三联书店,2006年版,第59页。

④ [美]理查德·罗蒂:《筑就我们的国家:20世纪美国左派思想》,黄宗英译,北京:生活·读书·新知三联书店,2006年版,第57页。

奋力摆脱把问题抽象化、哲学化的惯习。“从更一般的意义上说，我希望我们能够平凡化左派政治思考的整套语汇。我希望我们开始与其讨论资产阶级的意识形态，不如讨论贪婪与自私；与其讨论劳动的商品化，不如讨论工资和失业，与其讨论社会阶级分化，不如讨论摊到每一位学生身上的不同教育经费和实行医疗保健的不同途径”。①所以，罗蒂并非如伊格尔顿批评的那般不问世事，反而表现得介入感十足，两者在这一点上有着更多的交集而非分歧。

结 语

伊格尔顿所言的“文化主义”并非作为文化研究两大范式之一的“文化主义”，而是指男男女女完全是文化的动物这样一种观念，共有“费什式”“罗蒂式”与“后现代主义”三种类别。伊格尔顿批评“文化主义”存在逻辑问题，因把文化绝对化而未能辩证看待文化与自然的关系，在反对普遍性的同时认可了另一种形而上的本质，因反对一般范畴而无力面对原教旨主义乃至陷于分裂主义，因夸大文化的重要性而忽略了更为重要的世俗政治问题。这些批判都有一定道理，但也经常表现出把批评对象同质化、绝对化、漫画化的弊端。

① [美]理查德·罗蒂:《后形而上学希望》,张国清译,上海:上海译文出版社,2009年版,第336页。

三、分歧的取向
——“后理论”景观扫描

新批评，俄国形式主义，读者导向理论，结构主义，马克思主义，女性主义，后结构主义，后现代主义，后殖民主义，酷儿理论，如此等等，20世纪见证了文学理论走过的繁荣历史。不过，20世纪末期以来，理论遭到了愈来愈多的质疑与批评，“后理论”迅速蹿红，成为炙手可热的关键词。其中，麦奎伦等人的《后理论：批评理论的新方向》（爱丁堡大学出版社，1999）与伊格尔顿的《理论之后》（企鹅图书，2003）等对于“后理论”的风行助益颇多。经过理论的旅行，中国文艺理论界也掀起了讨论“后理论”的热潮，而且形成了相关话语生产的醒目景观。值得注意的是，无论是在域外还是在国内，关于“后理论”的内涵都是众说纷纭，而正是这些分歧的取向需要进行认真检视。

（一）

理论终结或理论死亡是后理论较为流行的内涵之一。譬如，一直高扬“后理论时代”旗帜的王宁先生就指出：伊格尔顿的《理论之后》一著“为‘理论的终结’或‘理论的死亡’之噪音推波助澜”。[①]当然，他本人并不赞同这一点。另一位学者张箭飞教授则认为《理论之后》“敲响了理论的丧钟”，明确认同理论本身终结了，并强调“理论之死与其说是简单地死于对手的正面进攻，不如说是反讽性地死于理论家的自负和学理的内伤”。[②]其后，金惠敏教授也认为伊格尔顿在《理论之后》中“宣布了‘理论的终

① 王宁：《全球化、文化研究和当代批评理论的走向》，《天津社会科学》2005年第5期，第99页。

② 张箭飞：《文化理论在西方的死亡》，《学术研究》2005年第9期，第45、48页。

结'——'文化理论的黄金时代已经结束很久了'"。[①]他较为准确地强调伊格尔顿其实一贯忠诚于"理论",并批评了伊格尔顿对后现代"文化理论"的误解。问题是,他们把《理论之后》与理论终结挂钩的做法并不完全妥当,因为伊格尔顿明明在该著的第一章中说"如果这本书的书名表明'理论'已经终结,我们可以坦然回到前理论的天真时代,本书的读者将感到失望"。在全书的结尾,伊格尔顿再一次重申:"我们永远不能在'理论之后',也就是说没有理论,就没有反省的人生。"[②]显然,伊格尔顿明确否定了理论终结的说法。因此,不宜再把理论终结的帽子牢牢地戴在他头上。有鉴于此,有学者干脆宣称:"宣扬理论终结完全是一个伪命题",而这个伪命题恰恰建立在对伊格尔顿《理论之后》误读的基础上。[③]就张箭飞而言,她谈论《理论之后》的文章题目——"文化理论在西方的死亡"——也存在瑕疵。伊格尔顿固然在全书中驳斥了文化理论的诸种错误与不足,但他并未一笔抹煞它所取得的成绩。譬如,凸显了性别与性、大众文化的存在,使其成为合法的研究对象;使男男女女意识到阐释文艺作品唯一正确论的错误,除了作者之外还有其他因素参与了艺术品的创作等。[④]这些成就已然成为文艺阅读与研究的常识,并不属于"死亡"之列。所以,不能一概而论,笼统地宣称文化理论在西方的死亡,更不能将这一观点强加于伊格尔顿头上。就金惠敏来说,缺陷是逻辑上的。伊格尔顿的确在开篇就谈及文化理论"黄金时代"的结束,但这并不意味着理论的终结。毕竟,兴盛衰败、消长盈虚,万物皆然,这是无可逃遁的命数。问题在于,衰败并不等于彻底终结。

有意思的是,具体到某一理论,伊格尔顿倒是说过类似终结的话:"随着新式的全球资本主义叙事的亮相,以及所谓的反恐战争,众所周知的后现代主义思维方式很有可能正在走向终点。不管怎么说,正是后现代主义的理论使我们确信:宏大叙事已经成为了历史。也许,我们在回顾往事之际,能看到这种理论是它本身热中的小型叙事。"[⑤]换言之,关于宏大叙事,伊格尔

① 金惠敏:《理论没有"之后"》,《外国文学》2009年第2期,第78页。

② [英]特里·伊格尔顿:《理论之后》,商正译,北京:商务印书馆,2009年版,第3、213页。

③ 张伟:《理论之后的理论建构》,《文艺评论》2011年第1期,第12页。

④ 参看[英]特里·伊格尔顿:《理论之后》,商正译,北京:商务印书馆,2009年版,第5—6、92—93页。

⑤ [英]特里·伊格尔顿:《理论之后》,商正译,北京:商务印书馆,2009年版,第213页。

顿与后现代针锋相对，认为活生生的现实证明它不仅并未消亡，反而是世界各国正在面临的严峻课题。因此，他断言“后现代主义思维方式”的终结。沿着伊格尔顿的行文逻辑，严格说来，终结的是宏大叙事而非整个后现代主义思维方式。即便如此，这个判断仍有问题。因为后现代否定的宏大叙事是现代性的一种看待世界、阐释历史的方式，它往往以高瞻远瞩或高屋建瓴的视角回首过往、总结规律、展望未来、绘制蓝图，从而为男男女女指出前行的方向。在后现代主义者眼里，这肯定遮蔽了太多异质与多元性的内容。相比之下，伊格尔顿肯定的宏大叙事——无论是全球资本主义还是反恐战争——实际上是世界范围内的重大问题。即是说，两者并不是在同一个层面上使用宏大叙事这个概念。伊格尔顿的这种无的放矢或强词夺理还体现在他对后现代主义关于进步的误解上：“后现代主义者被宏大叙事弄得心烦意乱，因而拒绝接受进步的观点。他们假设：对进步抱有信念就必须承认，历史作为一个整体，从一开始就不断地在改进。他们非常自然地认为这种观点是错觉。如果他们对宏大叙事不那么入迷，他们也许会采纳自己的标准，对进步有一个更务实的态度，得出正确但使人厌烦的结论：人类历史在某些方面有了改善，而在另一些方面却恶化了。”①果真如此的话，利奥塔、福柯等一批后现代主义者何必枉费口舌。其实，很大程度上，后现代批评的进步的大叙事是一种书写历史的主导范式，一种历史认识论。它“是一种完满的设想，是一种对于人类历史发展进程有始有终的构想形式”，“隐含着使某种世界观神化、权威化、合法化的本质”，“由于这种设想无法证实，反而常常会遭到现实的打击而破灭，因此，不免带有神话的色彩”。②不难发现，历史的霸权模式尤其是那种线性的历史进步论与目的论才是这种批判的矛头所向，它打开了解读历史的视域与空间，为更多不同历史叙述的面世铺平了道路。

不妨说，以上的辩驳说明了特定理论模式的失效。这也启示人们，谈及理论终结时，需要分辨究竟是在怎样的意义上使用理论一词。里奇认为，理论至少有六种含义：一是“当代学派与运动的总和，再加上它们在文化研究里的分支”；二是“所有文学和文化研究领域所应用的总体原则和步骤——即方法——以及自省”；三是“工具箱，承载了灵活、有用和可以应急的手

① [英]特里·伊格尔顿：《理论之后》，商正译，北京：商务印书馆，2009年版，第172页。

② 程群：《宏大叙事的缺失与复归》，《史学理论研究》2005年第1期，第53页。

段与概念”；四是“行业常识”；五是“结构主义和后结构主义”；六是“对一种历史上崭新的后现代话语模式的命名”。他强调：“从最口头的意义上讲，人人皆有一套理论，哪怕是潜意识的。如此定义的话，就无所谓理论的完全消亡了；消亡只是独立身份的丧失，某些功能的消失，一次重组或重新命名”。①正是在这个维度上，里奇认为随着理论与实践的重新结合，消解或终结的是纯理论，而后理论时代的理论散布于多个研究领域，不仅并没终结，反而借助“其根茎的改造、嫁接、杂交”取得了显著成功。②换句话说，理论不再如过往那样孜孜以求神圣的总体性或整齐的统一性，相反，却尽力链接周围的事物，融入诸种不同的关系项之中，从而实现自身的生产与繁殖。在这个错综复杂的过程中，理论洗心革面，获得了新生。

（二）

回归文学是后理论又一流行的内涵。具体说来，不同理论家主张回到文学的理由并不完全一致。有的理论家提出“回到被理论‘抛入外圈黑暗之中’的文本细读的传统”，③伊格尔顿对此不以为然。在他看来，尽管理论没有能力开展细读是颇为常见的抱怨，但这种指责大而不当，并不符合事实——无论是阿多诺、本雅明，还是布鲁姆、德·曼、巴特、德里达、詹姆逊等人，都有十分出色的文本细读案例。在有些理论家眼里，理论隔开了读者与作品，破坏了两者之间的自由交流，扮演着“横插一杠子”的角色。因此，理论应该有自知之明，卷铺盖走人。问题是，“没有某些先入之见，我们压根儿辨认不出何为艺术作品。没有可供我们任意使用的某种批评性语言，我们压根儿不知道该探讨什么，正如如果没有表达我们内心世界的词汇，我们连反思都不可能一样”。④另一种观点倒是承认了理论的价值，但这种价值以足够解释文艺作品为前提条件。伊格尔顿就此评论道：“这种想法

① 王顺珠主编：《当代文学批评：里奇文论精选》，北京：北京大学出版社，2014年版，第209—213页。

② [美]杰弗里·J.威廉斯编著：《文学制度》，李佳畅、穆雷译，南京：南京大学出版社，2014年版，第25页。

③ [英]拉曼·塞尔登等：《当代文学理论导读》，刘象愚译，北京：北京大学出版社，2006年版，第330页。

④ [英]特里·伊格尔顿：《理论之后》，商正译，北京：商务印书馆，2009年版，第91页。

背后潜伏着的是清教徒的信念：即任何无用的、不会马上产生现金价值的东西都是一种罪恶的自我放纵”。阐述文艺作品确是理论的重要功能，但理论必须与实践直接结合是一种想当然，因为“理论可以凭自身能力使人大开眼界”。[①]接下来，伊格尔顿以文化理论来证明这一点。其目的是捍卫文化理论本身的价值，问题在于，此种辩护方式逻辑不通。因为文化理论并非没有能力阐释文艺作品，亦并非没把理论与实践紧密结合——大量的文化研究实例可以为此作证。问题的关键在于，文化理论对作品的诠释引发了艾布拉姆斯、布鲁姆般文艺守护者的焦虑与不安，他们认为那不是纯文学式、纯美学式的文艺批评，与庸俗的社会学分析并无两样，简直是在亵渎、糟蹋经典。换言之，文学性与文化理论怒目相向。对前者来说，文学性驻守在一批代代相传的经典作品之中，它既是界定何谓文学至高无上的准则，又是文学批评马首是瞻的旨归。相反，对后者而言，不变的文学性并不存在，“我们永远也不能这样来谈‘文学’，譬如把文学说成一个一成不变的经典作品系列、一套独特的技巧，或者一个固定不变的形式和类型的结合体。赋予一个客体或一件人工制品审美价值的尊严是一个社会行为，终究与占主导地位的意识形态密不可分”。[②]在文化理论的视野下，文学性得以生成的奥秘展露无遗：它并非不食人间烟火，而是与意识形态之间有着复杂的纠葛。文学之所以成为文学并非因为固有的内在本性，文学是意识形态的建构。伊格尔顿甚至认为，一段文字完全可能从文学变为非文学，然后再次返回文学之域。还应心中有数的是，“某些文本生来便是文学，有些是后天获得了文学性的，还有一些文本的文学性则是人为强加的”。[③]那些坚守文学性的学者——譬如英美新批评、俄国形式主义等——无一例外地高度珍视形式，因为形式是文学性的寄身之所，而其余所有非文学性的东西都被一并打包扔进了内容的篓筐中。这种形式-内容截然两分的运思方式陷入了形而上学二元对立的窠臼，与之直接对应的是，内部研究与外部研究横眉冷对。其实，形式本身有其历

---

① [英]特里·伊格尔顿：《理论之后》，商正译，北京：商务印书馆，2009年版，第84页。

② [英]拉曼·塞尔登等：《当代文学理论导读》，刘象愚译，北京：北京大学出版社，2006年版，第44页。

③ [英]特里·伊格尔顿：《沃尔特·本雅明》，郭国良、陆汉臻译，南京：译林出版社，2005年版，第162页。

史。而且，它也承担着意识形态，“文学形式是意识形态的”。[1]因此，无论如何，经历过理论轰炸20世纪之后，回归文学无论如何不能也不应是回归一尘不染的文学性，而是对文学性生成的机制胸有成竹，明了特定的时空中如何界定文学与批评文学，它与意识形态的其他组成部分有着怎样千丝万缕的联系，特别是充分利用文化理论提供的诸多独特的视域去审视、理解文学的丰赡与魅力。

归根结底，回归文学的诸种误解源于未能正确认识理论的效用，未能正确把握文学理论与文学批评之间的关系。作为专门知识，理论中不乏合乎常识的内容，但更重要的是，理论对常识的批判、解构乃至颠覆，“理论追求的目标是常识的崩盘”。[2]譬如，古人普遍认为地球为宇宙之中心，所有其他星球都环绕它而运行，是为“地心说”。而哥白尼提出的“日心说”则打破了这种居于统治地位的思想，实现了天文学的范式转换。需要注意的是，在自然科学方面，理论经常完胜常识，更改男男女女对大千世界的认知偏差。在社会科学方面则不然，理论的大家庭不断迎来新的成员，它们走马灯般地你来我往，持续地挑战常识。即便理论可以一时间锐不可当，但时过境迁之后，常识可能卷土重来。不言而喻的是，随着男男女女的接受，新的理论也在络绎不绝地成为常识。反观文学史，从古典主义到现实主义，从现实主义到现代主义，再从现代主义到后现代主义，在这个从未止步的更替过程中，旧的思潮似乎耗尽了曾经先锋的能量，疲态渐显，缺陷毕露，于是新的思潮应运而生，成为积极回应时代的宠儿。然而，无论如何，新的文学思潮难以完全推翻旧的文学思潮，前者尽可以大风大浪，后者依然可以涓涓细流。文学理论史亦是如此，譬如，“作者之死” 消解了作者对文学作品的主宰者形象，极度彰显了文本的游戏性与读者的能动性，但作者的话语功能仍然存在，仍然在文学作品诠释的进程中占有一席之地。

依照理论批判常识的志趣，孔帕尼翁直言：“理论的有趣与真意主要不在于其神乎其神或精致严密，也不在于实践或教学方面，而在于它对文学研究中固有观念的充满活力的抨击，以及固有观念对它的顽强抵抗”。不应误解的是，这并非否定理论的实践能力，因为“理论与文学实践（即文学史和

① [英]特里·伊格尔顿：《马克思主义与文学批评》，文宝译，北京：人民文学出版社，1980年版，第28页。

② [法]安托万·孔帕尼翁：《理论的幽灵——文学与常识》，吴泓缈、汪捷宇译，南京：南京大学出版社，2011年版，第243页。

文学批评）形成对照，理论对实践进行分析、描写，阐明它们的预设，总之就是对其进行批评（批评即鉴别区分）”。[①]这更多地凸显了理论是对实践总结的一面：生生不息的实践刺激、呼唤新的理论产生，进行回溯性的确认、认可。“新的理论挑战、扩展或者修正了之前的理论。当旧的理论无法对相应艺术界中有见识的成员广泛接受的作品的价值给出充分说明时，新的理论就出场了。当一种现存的美学无法将其他方面已经合法化的作品逻辑地论证为合法时，就会有人建构一种可以这么做的理论”。[②]理所当然的是，这种回溯性的标准一旦确立，随即又具备了示范性与导向性。实际上，抨击文学研究中的固有观念，必然带来研究观念的更新，而这种更新也必然会体现在具体的文学研究之中。相比之下，这突出的是文学理论对文学批评的指导与引领作用。或许，正是秉承着后一方面的精神，在绍介20世纪与21世纪的重要批评流派时，布莱斯勒迄今已经出至第五版的《文学批评》教科书有意识地采纳了一种整齐划一的模式：每一种流派都依次设有“理论假设”“方法论”“问题分析”“批评与回应”部分。这固然有便于教学的原因在内，但不容否认的是，这种理论与实践一一对应的做法的确提供了快捷的入门指南。还需注意的是，关于文学理论，布莱斯勒还有更高的追求：“通过接受文学理论，我们不仅可以学习到文学，而且更重要的是，我们还被教导去宽容别人的信仰。如果拒绝和忽视理论，我们就会陷入将自己加冕为文学圣人的危险之中，以为自己拥有神授的知识，可以为一个给定文本提供唯一正确的解释。当我们反对、轻视和无视文学理论时，我们就有可能盲目地接受通常未经质疑的偏见和假设。通过拥抱文学理论和文学批评（理论的实际运用），我们就可以自愿加入到那个看起来无穷无尽的历史谈话之中——一个关于文学中表达的人性本质和人类关切的对话。在这个过程中，我们可以开始质疑我们关于自我、社会、文化的概念，以及文本如何帮助界定和持续不断地重新界定这些概念。”[③]换言之，宽容、对话与反思是文学理论的更高境界。

---

①［法］安托万·孔帕尼翁：《理论的幽灵——文学与常识》，吴泓缈、汪捷宇译，南京：南京大学出版社，2011年版，第7、13页。

②［美］霍华德·S.贝克尔：《艺术界》，卢文超译，南京：译林出版社，2014年版，第132页。

③［美］查尔斯·E.布莱斯勒：《文学批评：理论与实践导论》（第五版），赵勇等译，北京：中国人民大学出版社，2014年版，第14页。

(三)

理论终结的喧嚣声中，反思与多元成为大势所趋，成为后理论的突出特征。那种无所不包的宏大叙事终结之后，各种微型叙事纷纷涌现。这一后理论“更强调多元性和具体性”，而且，“更加注重自身的反思性”。[①]显而易见，多元意味着解除先前的霸权，意味着共存与同在。诚如王宁教授所言：“在‘后理论时代’，没有任何一种理论可以说君临一切，甚至都很难说能持久地占据主导地位，它和其他理论实际上呈一种共存和互动的状态，因此‘后理论时代’又是一个没有主流和中心的时代，每一种理论都能在‘众声喧哗’的氛围中找到自己可发挥作用的有限空间。”沿着这一逻辑自然可以推论：长期以来处于边缘地带的非西方文学和文化理论终于等到了出头之日，它们可以“步入理论的中心进而和占据主导地位的西方理论进行平等对话”。[②]因此，他完全有理由对“中国文化和文学理论”走向世界信心满怀，对打破西方中心主义的局面寄予厚望。值得注意的是，当他强调非西方理论“步入理论的中心进而和占据主导地位的西方理论进行平等对话”时，至少默认了西方理论（现存的）强势的主导与中心地位，而这恰恰背离了后理论时代无主流、无中心的精神志向。既然如此，人们不免生疑的是：如果非西方理论和西方理论“对话”时保持着一种朝圣般的态度，又何来“平等”？目前为止，后理论时代是不是西方理论界的专属物？换言之，在后理论这个话题上，我们会不会一直都在谈论着别人的故事？当它跨越重洋来到中国后，会不会水土不服？另外一个问题是，中国文论也是一个大词，“在不同的使用者那里，往往有不同的所指。因此有必要深入追问的是：中国文论的具体内涵是什么？走向世界的追求有哪些不同的境界？其中又有怎样的问题？它走向世界的动力来自哪里？它又凭借什么优势走向世界？”[③]事实上，在很多研究者那里，中国古典文论、现代文论与当代文论所赢得的待遇差别很大。由于现当代文论深受西方思潮影响，所以，在原创性与独特性方

① 周宪：《文学理论、理论与后理论》，《文学评论》2008年第5期，第86页。

② 王宁：《再论“后理论时代”的西方文论态势及走向》，《学术月刊》2013年第5期，第107页。

③ 王伟：《“中国文论”走向世界的几个问题辨析》，《学术评论》2014年第3期，第38页。

面远远不若古典文论。有研究者甚至断言，只有中国古代文论才有资格走向世界。然而，面对现代以来纷繁复杂的文艺现象，古典文论的阐释能力明显欠佳。如此看来，中国文论走向世界并非想象的一帆风顺，它必须妥善处理好中国立场、理论创新与阐释效力之间的关系，还应力避身份焦虑与民族主义的陷阱。

伊格尔顿的《理论之后》也被有的学者视为理论多元化的典范，因为他的"'后理论'其实是'更多的理论'，在一种更宏伟、更负责的层面上，向后现代主义逃避的那些更大的问题敞开胸怀"。[①]关键在于，对于真理、道德等重大问题，后现代主义究竟是一言不发，还是在新的视域下重新审视，并给出了不同以往的观念。在并未对后现代主义阵营中的理论家较为具体的分析之前，就将其贴上"逃避"的标签不免太过冒失。埃里克·格里菲斯曾在《泰晤士报文学副刊》上撰文，批评伊格尔顿这一方法论上的缺陷，他的很多结论并未经过逻辑论证，因而导致《理论之后》一书被理论赝品塞得满满当当。尽管伊格尔顿对格里菲斯之流及《泰晤士报文学副刊》十分厌烦，但他不得不承认："《理论之后》肯定存在种种瑕疵，其中一些反映了我那段时间过分的自信和放松，对某些见解没有进行充分的论证也是症状之一。因此，我在写作方式上流于浮浅。"[②]无独有偶，戴维·洛奇也直言不讳地指出：《理论之后》"有的地方纯粹像粗制滥造。有些句子在电脑屏幕上第一稿就不应该通过，更不用说印刷出版"。[③]对于研究者——尤其是那些因盲目崇拜伊格尔顿而视其言说为金科玉律者——而言，这些批评的声音值得思之再三。另一些关键问题是，如何处理那些所谓被回避的问题，有否接受后现代主义的启发或质询来反思自身，从而明了洞见与盲点所在。令人遗憾的是，在讨论那些问题时，伊格尔顿多数时候采取的是一味拒斥文化理论的立场，并未正视、吸收其卓识。不难明白，这又跟其前述方法论的重大弊端息息相关。

以真理问题为例，伊格尔顿认为，"一些后现代主义者声称不相信任何

① [英]拉曼·塞尔登等:《当代文学理论导读》,刘象愚译,北京:北京大学出版社,2006年版,第338页。

② [英]特里·伊格尔顿、[英]马修·博蒙特:《批评家的任务:与特里·伊格尔顿的对话》,王杰、贾洁译,北京:北京大学出版社,2014年版,第249—250页。

③ [英]戴维·洛奇:《向这一切说再见——评伊格尔顿的〈理论之后〉》,王晓群译,《国外理论动态》2006年第11期,第53页。

真理——但这只不过是因为他们把真理等同于教条主义，并在摒弃教条主义的同时将真理也一并摒弃了。这是一种毫无意义的花招”。[1]问题是，后现代主义者否弃的是宏大叙事式的绝对真理，是高居云端的救赎真理，是把真理小写化而非彻底丢弃。在屡遭伊格尔顿奚落的罗蒂看来，传统的认识论就是希求如同镜子忠实映现一般，能够把握住实在、本质、真理、理性、客观性等等，这样的愿望其实是对“限制”——一种可以找到并能够终生依靠的基础——的愿望。与此迥然相异的是，罗蒂倡导一种“认识论的行为主义”（epistemological behaviorism）[2]，将抽象的认识论行为化、具体化、语境化、对话化。换言之，真理是建构出来的而非发现的。反讽的是，伊格尔顿仍然大张旗鼓地为“绝对真理”辩护，但这种绝对真理却又跟后现代主义者的主张大致吻合。“绝对真理并不是脱离了时间与变化的真理”，“绝对真理并不意味着是非历史的真理：它并不意味着那种从天而降的真理，也不是犹他州的哪个假冒预言家恩赐给我们的。相反，绝对真理是通过争论、证据、实验和调查发现的”。[3]需要指出的是，伊格尔顿虽然仍在说真理“被发现”（discovered），但这种“发现”实则是一个建构的过程，与后现代主义者仅是在用词上有别。有意思的是，伊格尔顿又矛盾地强调：“事实上，并不存在世俗的、随着历史发展变化的真理，也不存在高人一等由你相信或不信的绝对真理，就好像有人相信天使的存在而有人不相信一样”，“但有很多真理是绝对的”。譬如，如果说“这鱼尝着有点坏了”是真的，那它就是“绝对真实”的。[4]在此，伊格尔顿暴露的不仅是自相矛盾、令人无所适从的弊病，他在谈论真理时还把自然与人文（意义领域）混在一处，这致使他对后现代主义真理观的理解有偏差，时时发出一些看似诙谐幽默、尖锐泼辣实则了无意趣、煞是无谓的辩论。又如，“并不是人们认为是真的事情最后就确实是

① [英]特里·伊格尔顿：《理论之后》，商正译，北京：商务印书馆，2009年版，第99页。

② Richard Rorty, *Philosophy and the Mirror of Nature*, Princeton: Princeton University Press, 1979, p.315.

③ [英]特里·伊格尔顿：《理论之后》，商正译，北京：商务印书馆，2009年版，第104-105页。

④ [英]特里·伊格尔顿：《理论之后》，商正译，北京：商务印书馆，2009年版，第100页。

真的。但是有一点仍是肯定的，那就是下雨不可能只是在我看来是如此”。① 更致命的纰漏是，伊格尔顿从“真”直接推到“真理”、“绝对真实”/绝对真理，错误地把“真”与“真理”、“绝对真实”与“绝对真理”等同起来。站在这样的层面或立场上，伊格尔顿自然难以理解并正确评价罗蒂等后现代主义者的重大革新意义。有学者将包括罗蒂在内的后现代主义者的真理观命名为“认识论的审美化”，并对这种思潮由衷地赞美道：“现实的审美构成不仅仅是少数美学家的观点，而且是这个世纪所有反思现实和科学的理论家的看法。这是一个洞见，它确实是洞察幽微的。”②

结 语

无论是文学理论、理论还是后理论，都涉及理论与文学研究的关系这一根本问题。近年来，中外文学理论界围绕“后理论”掀起了讨论热潮。不应忽视的是，后理论有着诸多不同的取径：以为理论终结乃至可以弃绝理论者有之，主张理论因散布而取得成功者有之，强调理论回归文学者有之，张扬理论的反思与多元者亦有之，如此等等。对于后理论存在分歧的多重意味及各自的内部构成，应予具体分析、区别对待。

① [英]特里·伊格尔顿：《理论之后》，商正译，北京：商务印书馆，2009年版，第101页。

② [德]沃尔夫冈·韦尔施：《重构美学》，陆扬、张岩冰译，上海：上海译文出版社，2006年版，第29页。

第四章
悲剧理论

一、论伊格尔顿的悲剧观念及其悲剧的政治

伊格尔顿是享誉国际的知名文论家，相关的研究论著可谓汗牛充栋。关于中国文艺理论界的伊格尔顿研究，一个值得注意的现象是：与文艺理论研究部分的热火朝天相比，其悲剧理论的研究则显得门可罗雀。个中缘由，首先应予排除的是其不够重要。私见以为，很大程度上，研究偏少应归因于其悲剧思想的广度与难度。《甜蜜的暴力：悲剧的观念》一书中文版封底有言：这本著作将文学、哲学、神学、伦理学与政治理论冶为一炉，广泛评述了西方众多思想家的思想观点。它不仅论及舞台戏剧，还涉及悲剧艺术和现实生活悲剧。伊氏还特别考察了小说中的悲剧观念，其研究对象不仅包括几乎所有重要的英国小说家，还包括众多欧美作家。总之，它“来回穿梭在不同的悲剧观念与具体作家和作品之间”，“令人眼花缭乱”。[①]与此可以相互印证的是，博蒙特与伊格尔顿的对话。博蒙特提出，《甜蜜的暴力》是伊格尔顿“迄今为止最有抱负的一本书，主要因为它纵横古今，涉猎范围极广”，它意味着一个意义重大的转变。伊格尔顿的回答默认了这种定位，他坦言自己在这部书中倾注了“中老年时期的大量心血”，凭借这部书“第一次成为所谓的比较研究学者，研究来自不同文化的文学作品”。[②]当然，如果与伊格尔顿的其他著作对照阅读——更准确地说，是在通盘理解伊格尔顿思想的基础上，那么，就可能不同程度地攻克《甜蜜的暴力》这座难关，达到豁然开朗之境地。不言而喻，在此过程中，自然也可以检验既有研究工作的成绩，并发现其缺憾乃至不妥。

---

①［英］伊格尔顿：《甜蜜的暴力：悲剧的观念》，方杰、方宸译，南京：南京大学出版社，2007年版，“封底”。

②［英］伊格尔顿、［英］马修·博蒙特：《批评家的任务：与特里·伊格尔顿的对话》，王杰、贾洁译，北京：北京大学出版社，2014年版，第255页。

（一）

在《二十世纪西方文学理论》一书中，人们已经见识了伊格尔顿“有的放矢”的风采。换言之，在探究文学定义时，他总是不断树立标靶，然后找出漏洞、逐一击破。其思维之敏捷、语言之诙谐甚至尖酸，往往令人叹为观止。在他讨论悲剧问题时，这种作风同样展露无遗。无论是传统悲剧的理论教条，还是左派或右派形形色色的悲剧观念，无不在其锋利的“手术刀”下哗然四散。面对不断发展、丰富的悲剧实践，悲剧理论的左支右绌在所不免。伊格尔顿劝慰人们，不必为两者的龃龉大惊小怪。因为从苏格拉底开始，这种对立就已然存在。关键在于，如何看待这种差距。是以悲剧理论裁量悲剧艺术，一意孤行，还是根据悲剧艺术调整悲剧理论，适时而变，抑或对悲剧问题不再上心？不同的选择划分了看待悲剧问题的不同阵营。具体而言，坚守者中既有异常古怪的左派，如乔纳森·多利莫尔等；更有无比较真的右派，如乔治·斯坦纳等。两者实质上都将悲剧本质主义化，差别在于，前者对悲剧有着难移的刻板印象，极力抵制悲剧；而后者则对（经典）悲剧有着不易割舍的热情，奋力捍卫悲剧。

伊格尔顿左右开弓，既批评左派又指责右派的悲剧理论。对左派来说，伊格尔顿不满的是，他们把界定悲剧的任务拱手让给自己的政治对手，或者说，未能把悲剧纳入政治斗争的序列之中。对右派而言，伊格尔顿抱怨的是，他们守着悲剧的陈规而无视鲜活的悲剧现实。需要注意的是，这种姿态包含了或显或隐、或强或弱的政治意味。有学者把伊格尔顿的上述态度描述为“左翼化的悲剧文化研究立场”——“在悲剧文化研究方面表现出了激进的、反体制的”倾向，“拒斥以市场机制和以个体绝对自由作为拱心石的资本主义价值体系”，并认为这是诸多西方马克思主义者的共同思想特征。[①]如果说，在拒绝苏联式的社会建设道路这一点上，伊格尔顿与他们中的多数人并无大异的话，那么，伊格尔顿也有与他们截然不同的地方，那即是旗帜鲜明的拥戴暴力革命。

给他人过气的悲剧定义挑挑毛病，对伊格尔顿来说简直不费吹灰之力。

① 陈奇佳、张永清主编：《左翼立场与悲剧文化》，北京：人民出版社2014年版，“编辑前言”第1—2页。

问题是，如何既正面界定悲剧，又不重蹈那些他奚落过的覆辙。伊格尔顿充分估计到了这项工作的困难，并将其总结为四个方面。相比之下，后三个方面比较容易看出："为悲剧作定义的另外一个困难是，如同'自然'或'文化'一样，这个术语含混不清地漂移在描述性范畴与标准化范畴之间"，"界定的另外一个问题产生于'悲剧'可能拥有第三层意义这个事实。像喜剧一样，它可以同时指艺术品、现实生活的事件、世界观或情感的结构"，"还存在悲剧是否总是一个事件的问题"。[①]而第一方面他却并未明言，因而有些劳人心思。

有学者指出，困难的第一方面是"悲剧与悲剧性不同，悲剧可能是一个技术性的术语，而悲剧性肯定不是"。[②]回到伊格尔顿的论述，可以发现，这个说法本身并不准确。不妨来看原文，伊氏先是说："有些人也许会主张，悲剧确实是一个技术性的术语，而'十分令人悲伤'则显然不是"。接下来的一段，伊氏又说："'悲剧性的'与'十分悲伤的'确实是不同的概念；但这并非因为前者是技术性的，而后者源自普通语言。"[③]由此可知，"悲剧性的"（tragic）也同样可能具有技术性。退一步说，即便上述说法成立，它也并非困难之一。因为在困难二之前，伊格尔顿说："倘若人们遇到一个据信关于悲剧的通用定义结果却只覆盖五六部戏剧，那么最简单的选择是声明其他所谓的悲剧乃是该文类的伪标本"。[④]毋庸置疑，这是一个调侃的说辞，带有强烈的反讽意味。伊格尔顿要说的是，众多悲剧定义适用范围的有限性。这也是他一再举例证明的要点，这才称得上是悲剧界定的困难。其实，困难二之前，伊格尔顿还有另一段话也强调了这层意思："我们将有机会重访对悲剧范畴之内在、反讽、辩证——与单纯非本质或偶然形成对比——特性的这种执著；不过现在值得注意的是，如同该领域每一个其他的一般规则一样，它只适用于某一部而非其余的悲剧。"[⑤]

---

① [英]伊格尔顿：《甜蜜的暴力：悲剧的观念》，方杰、方宸译，南京：南京大学出版社，2007年版，第8—10页。

② 肖琼：《伊格尔顿悲剧理论研究》，北京：中国书籍出版社，2013年版，第40页。

③ [英]伊格尔顿：《甜蜜的暴力：悲剧的观念》，方杰、方宸译，南京：南京大学出版社，2007年版，第1—2页。

④ [英]伊格尔顿：《甜蜜的暴力：悲剧的观念》，方杰、方宸译，南京：南京大学出版社，2007年版，第8页。

⑤ [英]伊格尔顿：《甜蜜的暴力：悲剧的观念》，方杰、方宸译，南京：南京大学出版社，2007年版，第5页。

是追求一般、本质，还是着眼个别、偶然，构成了看待事物的两大范式或路径。这就是为人熟知的实在论与唯名论，或者本质主义与个体主义。斯东指出："在两千多年激烈争论和深奥分析之后，哲学家们还没有能够断定定义是什么，更不用说完善的定义是否可以求得了。"[①]换句话说，自苏格拉底开始的那种寻求绝对定义的做法，最终都陷入了形而上学的泥沼，都是徒劳。伊格尔顿曾明确地表达了类似的观点。在讨论"文学是什么"话题时，他断言文学根本没有什么"本质"，我们可以一劳永逸地抛弃文学"实体"的幻觉，[②]表现出决绝的反本质主义姿态。因此，对批评家们寻找悲剧"圣杯"——完美无缺地界定悲剧——的行为，或是有意无意表现出的实在论言行，伊格尔顿不时冷嘲热讽，并一一驳倒。譬如，伊格尔顿批评保罗·利科"这种真正的实在论者，他认为'正是通过把握希腊现象中［悲剧的]实质，我们才能将所有别的悲剧理解为类似于希腊悲剧'"。既然如此，伊格尔顿语带讽刺地说，"人们假定，对于利科来说，《阿伽门农》极好地阐明了《欲望号列车》"。[③]否认了不变的本质，伊格尔顿并非走向无尽的特殊个体，他同样反对唯名论。针对列奥·艾伦根本不存在悲剧的说法，他认为，这和多数唯名论一样，回避了问题，并反问：何以它们不被称作田园剧或童话剧。虽然他赞同雷蒙·威廉斯的反本质主义悲剧观，但认为威廉斯也未能回答如下问题：为何要用悲剧来指称众多不同的作品或事件。对后现代的唯名论，伊格尔顿更是不遗余力地讨伐，《后现代主义的幻象》一书即是这方面的重要成果。

伊格尔顿认为，唯名论阵营在中世纪发动了反对本体论的战争，而"后现代主义正好是唯名论阵营最近的一次进攻"。[④]譬如，福柯、德里达、德勒兹等思想家，都非常厌恶"一般概念""普遍原则""总体政治"。[⑤]让伊格尔

①［美]斯东：《苏格拉底的审判》，董乐山译，北京：北京大学出版社，2015年版，第117页。

②［英]特雷·伊格尔顿：《二十世纪西方文学理论》，伍晓明译，北京：北京大学出版社，2007年版，第8、10页。

③［英]伊格尔顿：《甜蜜的暴力：悲剧的观念》，方杰、方宸译，南京：南京大学出版社，2007年版，第3页。

④［英]伊格尔顿：《文化的观念》，方杰译，南京：南京大学出版社，2003年版，第95页。

⑤ Terry Eagleton, *The event of literature*, New Haven & London: Yale University Press, 2012, p.15.

顿痛心的是，他们都“剑走偏锋”，走向了一个极端，显得不够辩证。设若没有什么明确的关联，那么，又凭什么把众多不同的作品称为文学？悲剧亦如此，“普遍性的问题不能借助一种油腔滑调的排他主义避开”。[①]通过启用维特根斯坦的“家族相似”概念，伊格尔顿化解了这一难题。他指出，所有具体的悲剧，“除了苦难的事实以外，它们没有共同的本质”（They have no shared essence， other than the fact of suffering.）。这一共同之处看起来“卑之无甚高论”，“不过，苦难是一种可以共享的非常强大的语言，一种许多不同的生命形态可以用来建立对话的语言。它是一种意义的公共性”。[②]换言之，它具有显豁的开放性、包容性，并蕴含着强烈的现实关切、政治关怀。令人有些不解的是，在谈论伊格尔顿“家族相似”的概念界定方法之后，有研究者却又得出以下结论：“悲剧因此是一个既拥有共同的本质并且具有多元化的概念”。[③]应予指出的是，伊格尔顿对“共同本质”（a common essence）与“共同之处”（something in common）有所区分。因为就在采用“家族相似”概念之后，伊格尔顿紧接着还说：“没有必要在一种二元对立的控制中备受煎熬，假定某个阶级的成员因为缺少一种共同本质所以根本就没有共同之处”。[④]重复地说，所谓“共同本质”，恰是伊格尔顿使用“家族相似”进行替代的对象。

有意思的是，那位因宣扬“悲剧之死”，从而成为雷蒙·威廉斯与伊格尔顿等人批判靶子的乔治·斯坦纳，竟然也有“家族相似”式的悲剧观念。相关研究往往仅是看到前者，而忽略了后者。于是，悲剧时代在我们身后一去不返，就成了黏在斯坦纳身上的醒目标签。在他看来，“悲剧世界观已经在基督教时代陷入了昏迷，而在现代技术时代，我们对悲剧的接受感则完全消失了。”[⑤]尽管这带有难以掩饰的教条主义味道，但人们不能就此坐实斯坦

① [英]伊格尔顿：《甜蜜的暴力：悲剧的观念》，方杰、方宸译，南京：南京大学出版社，2007年版，“引言”第8页。

② [英]伊格尔顿：《甜蜜的暴力：悲剧的观念》，方杰、方宸译，南京：南京大学出版社，2007年版，“引言”第8页。Terry Eagleton, *Sweet Violence: The idea of tragic*, MA: Blackwell Publishing, 2003, p.xvi.

③ 肖琼：《伊格尔顿悲剧理论研究》，北京：中国书籍出版社，2013年版，第43页。

④ [英]伊格尔顿：《甜蜜的暴力：悲剧的观念》，方杰、方宸译，南京：南京大学出版社，2007年版，第3页。

⑤ [荷]约斯·德·穆尔：《命运的驯化：悲剧重生于技术精神》，麦永雄译，桂林：广西师范大学出版社，2014年版，第15页。

纳的刻板。时隔四十余年，斯坦纳仍然不愿撤销1961年《悲剧之死》中所言的情况。然而，需要指出的是，在反对悲剧的僵化定义方面，他和伊格尔顿走过同一段路程。

斯坦纳认为，“自亚里士多德以来，人们所提出的有关‘悲剧’的无数刻板定义都过于武断且缺乏活力。每种定义至多只能说是为了道德、美学或政治目的的片面概括”。应该说，这和伊格尔顿的批判没有什么两样。接下来，斯坦纳的运思与伊格尔顿的做法也颇为相似：“我不愿使用任何刻板的、有据可依的‘悲剧’定义”，“我力求实现的是各种假设及切实本能的一个生成核心，是‘悲剧’文学所共有的小而不可或缺的核心，可以经由类比及相关比喻扩展至其他表现形式”，“这个核心（Ur-grund）便是‘原罪’”。[①]显而易见，“原罪”一词洋溢着浓烈的神学气息。正因斯坦纳拐到神学的领域里裹足不前，所以，伊格尔顿们才会与他分道扬镳。斯坦纳为悲剧的家园安装了借以区隔的藩篱，因此，他义正辞严地质问：“请允许我再问一遍，严格意义上的无神论悲剧，即上帝（或诸神）的可能性已被切断的悲观认识，真的存在吗?”沿着斯坦纳的逻辑，不难理解，无论是家庭内部的仇恨，还是社会冲突或极度残暴的大屠杀，它们都并非悲剧。相反，“只要这些问题是属于世间的，只要我们能够实现心理或社会改良或治疗，无论其基本构成多么令人痛苦，都只是‘通俗闹剧’”。[②]当然，这里被“原罪”所狭隘而傲慢地拒斥在外的部分，到了伊格尔顿的“苦难”那里，均被悉数接纳。

关于悲剧的死亡问题，有学者认为，其“先声可以一直追溯到尼采”。[③]如若继续往前的话，还可以追溯到中世纪：“大多数中世纪作者认为悲剧是一种荒废的文类，正如今天认为悲剧已经死了的理论家所做的那样”。[④]伊格尔顿指出：“对于尼采以及乔治·斯坦纳之流古典传统的现代监护人来说，悲剧已经死亡，因为命运、神、英雄主义、神话以及对人类心灵阴暗面的适

① [美]乔治·斯坦纳:《“悲剧”的再思考》,史晓洁译,见[美]芮塔·菲尔斯基主编《新文学史》(第1辑),杭州:浙江大学出版社,2013年版,第86—87页。

② [美]乔治·斯坦纳:《“悲剧”的再思考》,史晓洁译,见[美]芮塔·菲尔斯基主编《新文学史》(第1辑),杭州:浙江大学出版社,2013年版,第92页。

③ 肖琼:《伊格尔顿悲剧理论研究》,北京:中国书籍出版社,2013年版,第2页。

④ [英]伊格尔顿:《甜蜜的暴力:悲剧的观念》,方杰、方宸译,南京:南京大学出版社,2007年版,第11页。

当评价，已经在我们自己的时代毁灭性地屈从于机遇、偶然性、民主、唯理性、宗教觉醒和不成熟的进步主义。”[①]同是主张悲剧之死，斯坦纳只有为悲剧吟唱挽歌的一面，而尼采对酒神精神的卷土重来信心满怀，他还有迎接悲剧新生之另一面，尽管这种新生需要具备一定的条件：“当科学精神被引导到它的界限，它所自命的普遍有效性被这界限证明业已破产，然后才能指望悲剧的再生。”[②]

伊格尔顿以少有的温和口吻说道：“也许悲剧之死亡的倡导者实际想说的是，一种特定的价值观——内在的、英雄的、神圣的、根本的——不再那么时髦”。[③]可以推测，一旦上述价值观遭到猛烈摇撼，旧的悲剧模式必将随之轰然垮塌。此情此景，保守的批评家们往往背过脸去，柔肠寸断。而伊格尔顿们如果不是欢呼，至少也是达观地面对这一历史事实，并期待着悲剧的凤凰涅槃。具体而言，伊格尔顿指出：“启蒙运动的一个反讽是，就在悲剧被否认的那一刻，它的范围也被扩大了。”[④]换言之，神祇与英雄式的悲剧，被平民化的悲剧所取代。因此，悲剧之死的命题就自然出现。由于普通男女都有资格充当悲剧主人公，所以，在旧的悲剧死亡的同时，新的悲剧则如雨后春笋般涌现，并作为日常经验萦绕在男男女女四周。不应误解的是，“宣称任何人都可能是一个悲剧性的主体，并不是暗示每个悲剧都如同所有其他的悲剧那样令人痛苦或意义深远”。[⑤]悲剧的价值依然千差万别。

(二)

尽管《甜蜜的暴力》这部论述悲剧的著作博引旁征，洋洋洒洒近四十万言，但其自我定位非常明确。是为悲剧的政治研究，而非历史研究。伊格尔

①［英］伊格尔顿：《甜蜜的暴力：悲剧的观念》，方杰、方宸译，南京：南京大学出版社，2007年版，第20页。

②［德］尼采：《悲剧的诞生》，周国平译，桂林：广西师范大学出版社，2002年版，第141页。

③［英］伊格尔顿：《甜蜜的暴力：悲剧的观念》，方杰、方宸译，南京：南京大学出版社，2007年版，第70页。

④［英］伊格尔顿：《甜蜜的暴力：悲剧的观念》，方杰、方宸译，南京：南京大学出版社，2007年版，第101页。

⑤［英］伊格尔顿：《甜蜜的暴力：悲剧的观念》，方杰、方宸译，南京：南京大学出版社，2007年版，第103页。

顿认为，政治与历史现今简直到了怒目相向的地步。其实，类似的意思，他在《后现代主义的幻象》一著中，就已表达过："历史化绝不是一件本质上激进的事情"。[①]换句话说，后现代主义的历史化自以为激进，实则是火热政治运动停摆、溃退的产物，结果在政治上往往异常保守。当然，伊格尔顿这一判断的参照系是社会主义思想。相比之下，前述历史化从资本主义的意识形态中获取营养，它还被伊格尔顿称作一种特殊的"左派历史主义"。对此，伊格尔顿奚落道："在一个崇尚短期合同、准点递送、不断缩小和改造、时尚隔夜就变、资本投资、身兼数职、多用途生产的世界上，这样的理论家似乎令人惊奇地以为，主要的敌人是那些被归化、静态、不变之人。然而，真实的情况是，世界各地有千百万疲倦不堪的工人，这些人中没有多少学究似的人物，对于他们来说，暂时中止活力、变形和拥有多重身份，将会是一种令人愉悦的放松。"[②]这不啻说，高扬后现代主义旗帜的左派历史主义者，不仅无视跨国资本主义剥削工人阶级的残酷现实，而且还冬烘气十足地雄辩滔滔，以图在理论上证明其合理性，并主动请缨、甘愿充当其说客或马前卒，去劝服或讨伐那些受害者。

显然，伊格尔顿对没有限制的变化、多元与分解等颇有保留。一方面，他认为，它们在某些语境中具有激进性。另一方面，他更强调的是，它们带有特殊的烙印，西方文化和发达资本主义世界的烙印。伊格尔顿并不惮于将矛头直接指向美国，他一针见血地指出，当这种文化口口声声宣扬开放性时，人们应对它保持足够警惕。因为它的一整套话语，对那些非美国文化的"他者"构成了威胁。他提醒人们："不那么令人吃惊的是，那些对文化差异极其敏感的人，居然在不知情的情况下将他们自己那片天地的意识形态投射在整个人类上。这毕竟是很久以来他们的统治者一直在做的事情。"[③]换言之，依照推崇差异的逻辑，西方文化至少应该尊重，而不是处心积虑地去同化乃至消灭对方。对美国政府推行文化霸权，或明或暗进行文化侵略的一贯做法，伊格尔顿义形于色，嘲讽溢于言表。

---

① [英]伊格尔顿:《后现代主义的幻象》,华明译,北京:商务印书馆,2005年版,第56页。

② [英]伊格尔顿:《甜蜜的暴力:悲剧的观念》,方杰、方宸译,南京:南京大学出版社,2007年版,"引言"第2—3页。

③ [英]伊格尔顿:《甜蜜的暴力:悲剧的观念》,方杰、方宸译,南京:南京大学出版社,2007年版,"引言"第3页。

伊格尔顿批评后现代主义的历史化过了头，“把历史视为一件具有持续变动性、极为多样和开放的事物，一系列事态或者不连续体”，因而消解了连续性。[①]伊格尔顿极力争辩的是：一方面，并非所有的变化都那么尽如人意，人们不应忘记或干脆漠视这一点；另一方面，还有很多值得赞扬或应予否定的连续性与永恒性。正因后现代主义抹平了历史的多样性和复杂性，伊格尔顿指责它在过分历史化的同时，也历史化得不够。正面论证历史的连续性时，伊格尔顿援引了弗朗西斯·马尔赫恩的一段话。其中谈到如下几层意思：历史的大部分都是连续的；历史进程有多种韵律和速度，衡量尺度也是多样的；历史的结构与事件不是连续性或不连续性中的任一单一模式；语境的短暂、狭窄与长期、广泛特征同时并存。有了这种历史理论的强力支持，伊格尔顿中气十足地斥责：“哪道圣旨规定，历史总是这种最有关的暂时事物呢？为什么后现代主义如此傲慢自大地确认，‘长期’从来不是最重要的呢？”[②]此外，他还以马克思主义的一些理论文本来例证历史的多样。如果说，这些论辩看起来还较为学术的话，那么，接下来，伊格尔顿对连续性的辩护则回到了政治，回到了问题的重心所在。

伊格尔顿痛心疾首地指出，如果相信后现代主义者对连续性的解构，那么，就必然要付出代价，背叛死者与生者的沉重代价。他认为，后现代主义者之所以不待见连续性，是因为连续性复活了压迫与解放的传统：“关于迄今为止的历史，最有力地打动社会主义者的东西就是，它展示了一种相当明显的连贯性——亦即，受苦和剥削的顽固持续的现实。当然，这些东西采取了多种不同的文化形式。令人震惊的是，竟然存在这么多被剥夺的和被统治的方式，它们足以满足后现代主义者们对多元性的渴望。”[③]换句话说，伊格尔顿讽刺后现代主义者，既然他们那么珍爱多元性，又岂能无视人类历史上多样的剥削形式。他认为，对绝大多数男男女女而言，漫长的人类历史充满着劳动与受难的故事、压迫与反抗的故事，各式各样，从未间断。这种马克思主义的历史观，兼顾历史的两面，比较辩证。它既不同于那种人为缩小苦

① [英]伊格尔顿:《后现代主义的幻象》,华明译,北京:商务印书馆,2005年版,第56页。

② [英]伊格尔顿:《后现代主义的幻象》,华明译,北京:商务印书馆,2005年版,第61页。

③ [英]伊格尔顿:《后现代主义的幻象》,华明译,北京:商务印书馆,2005年版,第62页。

难的“历史进步论”，也不同于那种以为野蛮与文明前后相续的“历史进化论”，又不同于那种仅仅视历史为噩梦一场的“历史悲观论”。“事实上在这个问题上（指历史化），左派与右派拥有同样的立场，两者的分歧不在于是否历史地解读文本，而是如何解读历史本身。”[①]若是重新审视后现代主义者对历史连续性的悍然否定，那么，我们就会更深刻地体味到伊格尔顿此言的鞭辟入里。伊格尔顿还特别强调，马克思主义式的解读要通过当下的政治行动，将失败了的正义事业进行到底；通过在适宜的历史环境下，重写失败者的叙事来救赎死者。不言自明，这种解读或重写永不停歇。他认为，这一解读方式同样适用于文学。

因未能处理好历史化与连续性之间的关系问题，后现代主义最后沦为政治犬儒主义。除了这种批判之外，伊格尔顿还指出，后现代主义在历史化时，未能摆正文化与自然的关系。他谆谆告诫道：文化的存在最终依赖于物质力量，切不可历史化到忘记本根的程度。而“现代的左倾历史主义在很大程度上对这种警告充耳不闻。像俄狄浦斯和李尔悲剧一样的悲剧因此保留了一点陈旧的遗迹，作为历史范畴中一种累赘或稳定因素，提醒我们无论取得什么样的文明成就，我们依然是大自然的一种任意显现，是脚跨两个领域并在任何一个领域都不那么内行的畸形或两栖动物”。[②]即是说，男男女女固然是文化生物，但也是自然生物。唯有在自然面前保持谦逊，尊重物质基础，他们才有可能借助自然，不断续写文化的辉煌，并尽力减少或避开文化的灾难。另外，必须补充的是，伊格尔顿在批评后现代主义漠视自然基础时，存在将对方漫画化、简单化的瑕疵。

弄清伊格尔顿对后现代主义历史化的批评之后，接下来的问题是：他所言的悲剧的政治究竟是什么意思。伊格尔顿对悲剧颇为钟情，在他看来，悲剧的意识形态功能，在所有文学形式中名列前茅。正因如此，“悲剧的观念必须被重新职能化，以供另一种政治和美学所用”。[③]随着悲剧的死亡与新生，它不再是贵族政治，而是平民政治；不再是君主政治，而是革命政治；

① [英]伊格尔顿：《我们必须永远历史化吗?》，许姣娜译，《外国文学研究》2008年第6期。

② [英]伊格尔顿：《甜蜜的暴力：悲剧的观念》，方杰、方宸译，南京：南京大学出版社，2007年版，第301页。

③ [英]伊格尔顿、[英]马修·博蒙特：《批评家的任务：与特里·伊格尔顿的对话》，王杰、贾洁译，北京：北京大学出版社，2014年版，第257页。

不再是蒙昧政治，而是启蒙政治。“启蒙的人类将拒不理睬所有那些有关等级、邪恶、秘密、荣誉和宇宙灾难的激烈言辞，转而谈论有关政治重建、社会福利、历史进步这种更加世俗的问题。但是，因为这项事业涉及普遍的平等以及每个个体的独特价值，任何人现在肯定都可能是个悲剧人物”。[①]悲剧被伊格尔顿寄予厚望：它以自己特有的方式，凸显男男女女四周那些易于消亡的、受限制、脆弱的、运动缓慢的一切，反对文化左派那些言辞激烈的学说，从而为切实可行的政治清扫障碍。在此过程中，悲剧教导人们，朴素的现实主义才是有效政治的唯一可靠基础。“现实主义是所有伦理和政治价值的基础，只有完整地考虑到灾难，我们才能对其进行补救”。[②]对伊格尔顿而言，这种现实主义与实用主义迥然相异，它潜藏着不竭的革命能量，更忠诚于人类的解放事业，堪称真正的激进主义。朴素的现实主义一方面积极抵制乐观主义，另一方面又自觉远离悲观主义。两者虽名异而实同，“伏尔泰清楚地认识到了乐观主义的终极悖论：它本质上是悲观主义的，因为它包含宿命论的因子。”[③]如果说，前者因盲目乐天而牺牲了政治现实，那么，后者则未能从中看到救赎的希望，并汲取变革现实的强劲动力。如果说，前者常常与自由主义形影不离，那么，后者则往往与保守主义牵手偕行。

伊格尔顿又把这种朴素的现实主义称作“悲剧人文主义”：“从悲剧观的角度来说，救赎只在迫于我们自己遭遇必死的命运时才产生。”[④]换言之，唯有直面最为恶劣的事态，才有可能瞥见更为美好的方面。如同耶稣那样，就算被钉死在十字架上，依然心存希望、信仰不移。很大程度上，这也是悲剧精神的核心内涵。伊格尔顿还用“非乐观主义的希望”来表述这层含义，他认为，“悲剧带给人们的是希望，而不是乐观主义，两者的区别在于希望是与失败的经验紧密结合在一起的”。[⑤]显而易见，正是在失败经验的基础之

① [英]伊格尔顿:《甜蜜的暴力:悲剧的观念》,方杰、方宸译,南京:南京大学出版社,2007年版,第101页。

② [英]伊格尔顿:《甜蜜的暴力:悲剧的观念》,方杰、方宸译,南京:南京大学出版社,2007年版,第65页。

③ [英]马克·戈尔迪、罗伯特·沃克勒主编:《剑桥十八世纪政治思想史》,刘北成等译,北京:商务印书馆,2017年版,第194—195页。

④ [英]伊格尔顿、[英]马修·博蒙特:《批评家的任务:与特里·伊格尔顿的对话》,王杰、贾洁译,北京:北京大学出版社,2014年版,第258页。

⑤ [英]伊格尔顿:《悲剧、希望与乐观主义》,许娇娜译,王杰主编《马克思主义与美学》11卷第2期,北京:中央编译出版社,2008年版,第22页。

上，最终的希望才得以孕育出来。这当然不是什么了不起的箴言，反而显得有些老生常谈。不过，伊格尔顿此语一方面批判了精英主义的悲剧观，重新链接被其隔绝开来的高雅文化与日常经验，并在它们之间建立革命性的联系。另一方面，还蕴含着更为重要的政治意义。他为《非乐观主义的希望》一书所援引的“题词”，充分诠释了这一内容：“我们并非乐观主义者，我们不提供人见人爱的幻象世界。无论我们身在何处，我们只是站在正义一方、为了穷人，去做一些微小而局部的工作。”[①]如此看来，伊格尔顿所言的希望或失败，虽与个体人生体验有异曲同工之处，但比较起来，明显立意高远，格局宏阔。

可以发现，伊格尔顿的悲剧政治与其政治批评的一贯主张十分合拍。“结论：政治批评”，在遍览众多不同的文学理论流派之后，这是伊格尔顿出示的底牌。“我用政治的（the political）这个词所指的仅仅是我们把自己的社会生活组织在一起的方式，及其所涉及的种种权力关系”。[②]他认为，政治根本不是被强行拉进文学理论之中，相反，它一直如影随形地待在那儿。而现代文学理论的历史，无论是或明或暗、或有意或无意、或直接或间接地挑战、加固政治制度，它们都是时代政治的组成部分之一。在政治批评这一点上，詹姆逊大致不会反对伊格尔顿。但若是落实到具体操作层面，两人又存在一定的差异。具体而言，詹姆逊认为，的确应从社会历史的角度进行阅读，从关注审美开始，在分析的终点与政治相遇。相形之下，伊格尔顿对政治的追寻则对审美环节重视不够，或者说，他志不在此。正是在这个层面上，我们可以理解他那种急不可待的心理：“文学批评的任务是对记录文明的史册进行X光检查，以便揭露其中野蛮的痕迹”。[③]伊格尔顿的很多文艺批评，都淋漓尽致地实践了这种主张。

譬如，谈论勃朗特·艾米丽的《呼啸山庄》时，伊格尔顿特别关注其中的阶级差异、社会冲突、大饥荒。“爱尔兰的历史像希斯克利夫那样毫不留情地剥露出那种文明下面阴暗的物质之根。当幼小的希斯克利夫闯进画眉庄

① Terry Eagleton, *Hope without Optimism*, New Haven & London: Yale University Press, 2015.

② ［英］特雷·伊格尔顿：《二十世纪西方文学理论》，伍晓明译，北京：北京大学出版社，2007年版，第196页。

③ ［英］伊格尔顿：《我们必须永远历史化吗?》，许姣娜译，《外国文学研究》2008年第6期。

园时，教养良好、神经衰弱的林顿一家放出狗来咬他，顿时扯破面纱，暴露出支撑着他们的暴力”。[①]伊格尔顿还犀利地指出，大饥荒导致成千上万人不必要地丧失了生命，这最终应归咎于当时的政治与财产关系问题，归罪于联合王国否认灾情、放弃赈灾等有计划的种族灭绝措施。又如，评论长篇小说《克拉莉莎》时，伊格尔顿首先逐一驳斥根特、沃纳、瓦特等批评家对克拉莉莎的种种诋毁，针锋相对地强调这部小说是地地道道的悲剧，“克拉丽莎之死实际上是对政治社会的绝对拒绝，一并拒绝性压迫、资产阶级父权制和放浪形骸的贵族”。[②]如此等等。

（三）

伊格尔顿语带自嘲地说，自己的悲剧研究或许不适合一些读者的口味，因为它迷恋于用过时的理论术语说明政治现实，言在此而意在彼。应予指出的是，伊格尔顿就悲剧论政治的做法渊源有自。其实，它承继了古希腊以来的悠久传统，而这一点常常为研究者所未见。诚如西蒙·戈尔德希尔所言，大酒神节在雅典历法中是一个重要的政治事件。因此，在这个节日中表演的戏剧，也染有强烈的政治色彩。“悲剧喜欢通过创造相互冲突的义务，通过对语言的误解，通过人类控制力的失败，承认和探讨暴烈的公民的灭亡，从而创造出发展中的城市愿意将自己的原则接受公众批判检查的形象。正是在这里，悲剧具有‘将公民政治化’的力量——对政治意识形态内部存在的紧张关系、对政治学说和实践之间颇有问题的相互关系进行舞台式的解剖”。简单来说，大酒神节堪称一个众声喧哗的公共领域，凡有公民资格者均积极参与其中。他们在此可以就城邦事物高谈阔论，相互辩驳。悲剧和喜剧表演作为大酒神节的构成核心，无论是剧院的座次安排，还是戏剧探讨的政治主题等，都为公民上了一堂又一堂生动活泼的教育课，使他们在身临其境中体验政治、接受政治。虽然喜剧也讨论政治，但“柏拉图以来的哲学和教育学传统关注的都是悲剧，这就是为什么悲剧成为政治思想史一个完美组成部分

---

① [英]伊格尔顿：《历史中的哲学、政治与爱欲》，马海良译，北京：中国社会科学出版社，1999年版，第343—344页。

② [英]伊格尔顿：《历史中的哲学、政治与爱欲》，马海良译，北京：中国社会科学出版社，1999年版，第167页。

的原因”。[①]所以，从学术理路上而言，伊格尔顿以悲剧文本畅谈政治问题，就是再自然不过的事了。

在承续传统的基础上，伊格尔顿还赋予悲剧政治以新的内涵。在一个悲剧日常化的年代里，让伊格尔顿引以为憾的是：“我们时代一部最深刻的悲剧是这么一个事实：社会主义在最需要它的地方已经证明最不可能实现。”[②]他斥责文化左派罔顾严峻的现实，譬如，正在加深的贫困、日益扩大的不公、受到强制的移民、频仍的种族战争、正被破坏的社会、惨遭掠夺的自然、花样翻新的军事侵略等，流连忘返于实用主义、自由主义多元论、社会民主等思潮，渐渐泯灭了革命热情。尽管伊格尔顿并未完全否定他们的努力，但他强调，若是认为那样就足够，则不免有些可笑。因为“一个越来越受到贪婪的跨国公司控制的世界的结构，是一种为了得到修复而必须被打破的结构。如果说这就是替罪羊的教训，那么它也是政治革命的信念”。[③]也就是说，伊格尔顿的政治革命是为了阶级斗争图谱中的“替罪羊”，为了那些被社会秩序排斥的弱势群体。可想而知，想要依靠零敲碎打的修修补补，来彻底破除既有的剥削结构，无异于缘木求鱼。正因为缺少了暴力革命的维度，仅从宗教意义上来改变现实，所以，耶稣在伊格尔顿眼里，虽然不乏革命性，但终归并非一个现代意义上的革命者。[④]对资本主义进行政治革命，其理想结果是建立社会主义制度，将男男女女从资本主义制度下埋头追求私利的桎梏中解放出来，实现马克思所提倡的人民互惠和谐发展的新秩序——每个人的自由发展是所有人自由发展的条件。关于这一点，在《陌生人的麻烦：伦理学研究》《马克思主义为什么是对的》等著作中，伊格尔顿都申说再三。

对建立社会主义的事业，伊格尔顿有着火一般的热忱。懂得了这种爱之切，方可理解他对后现代主义“文化政治”的恶之深。伊格尔顿观察到，“资本主义本性的种种变化通过对社会生活广泛的美学化将文化推到了显著

① [英]克里斯托弗·罗、马尔科姆·斯科菲尔德主编:《剑桥希腊罗马政治思想史》,晏绍祥译,北京:商务印书馆,2016年版,第94页。

② [英]伊格尔顿:《甜蜜的暴力:悲剧的观念》,方杰、方宸译,南京:南京大学出版社,2007年版,第64页。

③ [英]伊格尔顿:《甜蜜的暴力:悲剧的观念》,方杰、方宸译,南京:南京大学出版社,2007年版,第309页。

④ [英]伊格尔顿:《耶稣:一个期待完美世界的革命者》,张良丛译,王杰主编《马克思主义美学研究》12卷第1期,北京:中央编译出版社,2008年版,第94页。

位置”，“当阶级政治在面对这种侵略性的、新的、全球性权力集团显得停滞不前的时候，新的政治倾向一拥而入取代了它们的位置，对于这些政治倾向而言，宽泛意义上的文化正好是政治的要素”。[①]换言之，无论是文化的肆意膨胀，还是文化政治的迅速风行，都与全球资本主义的新变、阶级政治的衰退密不可分。然而，当这种所谓文化政治回避诸如国家、阶级、经济和政治组织等问题[②]，或者，让它们全都服从于文化问题时，就明显背离了革命政治。如果说，文化之前是政治斗争的重要领地，那么，现今它则踌躇满志地取代了政治。伊格尔顿认为，这是一种从“关于文化的政治”到“文化政治”的转变。他切中肯綮地指出，对文化之外的事物不感兴趣，不讨论世俗的政治问题，从根本上讲，这就是不折不扣的去政治化。他批评詹姆逊等相关学者的后现代主义论述，“受到去政治化的影响，受到缺乏社会主义记忆的影响，更别指望他们能有什么当代社会主义的能动性了”。[③]有意思的是，在此问题上，常被伊格尔顿奚落的罗蒂，给出了更为到位的评价。他认为，詹姆逊的阐述固然精彩，但“过于抽象，不可能衍生出任何具体的政治方案”。[④]说起来头头是道，就是不知如何力行。另外，伊格尔顿强调，傲慢自大的文化未能看到的是，环绕男男女女四周的许多棘手问题，例如，贫穷、饥饿、环境污染、战争等，根本就算不上什么特别文化的问题。

易于看出，伊格尔顿的悲剧政治带有鲜明的马克思主义烙印。某种程度上，表征了马克思主义在新形势下复兴的势头。“由于贫富差距的持续扩大，劳动的普遍不稳定，和全球资本主义危机的发生，新自由主义不再被视为共识。全世界都认识到了资本主义的阴暗面及其导致的不断升级的阶级冲突。尽管伊格尔顿指出，从未有一个思想家如同马克思一样被曲解，对于马克思的作品的偏见往往都背离了他的思想的核心。然而自二〇〇八年资本主义危机开始以来，情况发生了改观。一种对于马克思著作的浓厚学术兴趣正

① [英]特瑞·伊格尔顿：《文化的观念》，方杰译，南京：南京大学出版社，2003年版，第150—151页。

② Terry Eagleton, *Culture and the Death of God*, New Haven & London: Yale University Press, 2015, p.185.

③ [英]伊格尔顿、[英]马修·博蒙特：《批评家的任务：与特里·伊格尔顿的对话》，王杰、贾洁译，北京：北京大学出版社，2014年版，第234—235页。

④ [美]理查德·罗蒂：《筑就我们的国家：20世纪美国左派思想》，黄宗英译，北京：生活·读书·新知三联书店，2006年版，第57页。

在扎根。”[①]马克思对资本主义制度的犀利批判激起人们的重新研读、思索，形成了一股充满活力的国际性思潮。无论是反对、修正还是赞同，马克思主义都是无法跨越的理论高峰、学术坐标与思想资源。马克思当年勇立时代潮头，积极介入、回应社会重大问题的学术品格，同样成了一代代学人景仰与学习的楷模。当然，在与马克思主义进行或直接、或间接地对话时，他们所持的立场、所走的路径各各不同。

其中，特别值得提及的是麦克·哈特与安东尼奥·奈格里合著的《帝国》一书。它旨在为21世纪书写《共产党宣言》，一方面，它令人信服地揭示出，去地域化的资本主义已渗入社会生活的方方面面。“正是通过全球金融控制这一手段，资本在竭力阻挡革命的力量”。[②]另一方面，由于“他们没能重复马克思的论断，即无产阶级革命的前景源于资本主义生产方式的内在矛盾”，所以，《帝国》仍囿于前马克思主义的阶段。[③]换言之，与伊格尔顿惹人注目的政治革命激情相比，哈特、奈格里两人对革命的可能性不仅并不抱太大希望，反而流露出难掩的些许悲观。在革命问题上，比他俩更冷峻的也大有人在。譬如，德赛就告诫人们，关于资本主义制度，不能只盯着马克思青年时期的华丽辞藻，而更应该看其成熟时期的稳重论述。他认为，“资本主义在21世纪初继续充满活力，是马克思在向所有那些所谓的马克思主义者们复仇，这些人曾经以他的名义进行说谎、欺骗和谋杀，并提供了虚假的希望。那次错误冒险的瓦砾已经扭曲了对于社会变革的很多思考。有必要回到马克思，以理解资本主义的长处和它充满活力的秘密”。[④]鉴于苏联集权式社会主义存在的种种弊端，德赛既由衷赞美资本主义是一种进步的生产方式，同时，又对超越资本主义不平等的社会主义心怀期待。如果说，德赛对是否需要革命的态度有些暧昧不明，那么，卡尔霍恩则明确指出革命并非必要。他认为，现代资本主义社会滋生改良主义的概率较大，尽管“这丝毫也

① [瑞典]福克斯、[加]莫斯可主编:《马克思归来》(上),“传播驿站”工作坊译,上海:华东师范大学出版社,2016年版,第5页。

② [意]安东尼奥·奈格里:《超越帝国》,李琨、陆汉臻译,北京:北京大学出版社,2016年版,第48页。

③ [斯洛文尼亚]斯拉沃热·齐泽克:《迈克·哈特和安东尼奥·奈格里为21世纪重写了〈共产党宣言〉吗?》,张永清、马元龙主编《后马克思主义读本·理论批评》,北京:人民出版社,2011年版,第126页。

④ [英]梅格纳德·德赛:《马克思的复仇:资本主义的复苏和苏联集权社会主义的灭亡》,汪澄清译,北京:中国人民大学出版社,2006年版,第9页。

未改变工人可能具有的对社会主义甚或社会主义革命的兴趣，但它意味着革命或其他激进行动不是必需的，而仅是选项之一”。[1]至少，卡尔霍恩还保留了革命的一席之地，而安东尼·吉登斯则干脆将其拒之门外：“革命的社会已经瓦解，他们的前卫部队躲进了历史的杂物间”。[2]这一判断虽然着眼历史事实，但由于自此将革命完全尘封起来，因而不免显得有些绝对。

伊格尔顿心目中的社会主义革命是全世界工人阶级联合起来，同力推翻资本主义制度与资产阶级的统治。在仰望星空的同时，伊格尔顿仍然脚踩大地。他对政治革命无法解决的问题，也有较为清醒的认识。譬如，“它无法根除人类的苦难、悲剧、必死或各种形式的残暴与剥削。只要我们以肉身存在着，这些事情就必将是我们的一部分”。[3]但与其他学者的论述比较，伊氏对革命问题的思考则相形见绌。以伊格尔顿的老师雷蒙·威廉斯为例，其《现代悲剧》一著设有“悲剧与革命”专章，对革命问题进行了较为广泛而深入的探讨。具体而言，威廉斯先是批评了以往把悲剧系统与真实社会分离开来的做法。若是按照这种标准，那么，男男女女身在其中的革命与战争等深层社会危机，就会被理所当然地置于现代悲剧之外。无论它们多么触目尽心，也难以使人在悲剧意义上为之感动。接着，威廉斯也批评了一般的革命观念排斥悲剧性的社会经验的现状。特别是当革命成为历史后，它常常被当作最有价值、创造生命的时代加以缅怀。针对传统悲剧观念与革命观念剑拔弩张的局面，威廉斯提出，真实的历史事件见证了革命与悲剧之间的明显联系。威廉斯满怀悲悯地指出：“在当代革命中，苦难的细节无处不在，有些是暴力，有些是新的国家政权对人民生活的改造。不仅如此，我们不可避免地在当代革命中加入派别，尽管每个人参与的程度各有不同。革命的年代往往还是谎言和压制真理的时代。即使在它们被充分认识的时候，整体行动中的苦难经常被推托为这个或那个党派的责任，直至这些托辞本身也成了革命或反革命的行为。当这一行动起先远离我们的时候，我们总是漠然置之。但

① [美]克雷格·卡尔霍恩：《激进主义探源：传统、公共领域与19世纪初的社会运动》，甘会斌、陈云龙译，北京：北京大学出版社，2016年版，第132页。

② [英]安东尼·吉登斯：《超越左与右：激进政治的未来》，李惠斌、杨雪冬译，北京：社会科学文献出版社，2009年版，第50页。

③ [英]伊格尔顿、[英]马修·博蒙特：《批评家的任务：与特里·伊格尔顿的对话》，王杰、贾洁译，北京：北京大学出版社，2014年版，第287页。

我们因此遭受大量的苦难、谎言和运动，这些事件最终又导致冷漠。”[①]威廉斯提醒世人，即便革命的目标充满正义，但革命的手段与过程不仅不都那么光明正大，有些可能还令人难以启齿。伊格尔顿强调苦难是悲剧的共同特征，还每每振臂高呼政治革命，却并未言及上述内容。

尽管革命伴有那么多苦难，威廉斯并不赞同那种拒绝革命的观点。他认为，革命是“深层的悲剧性无序状况所必不可少的运动”，“如果一个社会实质上无法在不改变现有基本人际关系的前提下吸纳它的所有成员（整个人类），那么这个社会就是需要革命的社会”。[②]换言之，革命的宗旨是尽可能消除形形色色的异化，通过人与人之间的相互责任与相互合作，使他们在平等的基础上获得较为完整的社会身份。这与马克思的构想不仅形似，而且神似。威廉斯还指出，革命的另一个扰人问题是，在特定的历史条件下会滋生出令人始料未及的种种异化。譬如，革命的疾风骤雨中，真实的苦难变为策略意义上的革命形势，而那些公开的敌人成了被处决的“物体”，如此等等。不言而喻，很大程度上，这些异化即是导致革命苦难的症结。需要说明的是，威廉斯的革命论述也有不妥之处。谈及中国的“文化大革命”，威廉斯似乎按捺不住内心的激动情绪：“当我听到关于教授们被从他们的图书馆和实验室带走、送去帮助收割庄稼的令人同情的故事的时候，我觉得完全站在革命者的一边”，“我看不出为什么一个健康的普通人不应该参加体力劳动。除非支持这一原则，社会主义运动给予工人阶级的将是一场空”。[③]历史已经证明，威廉斯的这种观感浮于表面、太过隔膜。

结　语

立于左翼化的悲剧文化研究立场，伊格尔顿左右开弓，既批评左派又指责右派的悲剧理论。他充分考虑到悲剧界定的困难，对实在论与唯名论各打五十大板，认为悲剧具有苦难等“家族相似”特征，不断在死亡中获得新

① [英]雷蒙·威廉斯:《现代悲剧》,丁尔苏译,南京:译林出版社2007年版,第57页。

② [英]雷蒙·威廉斯:《现代悲剧》,丁尔苏译,南京:译林出版社2007年版,第67、68页。

③ [英]雷蒙·威廉斯:《政治与文学》,樊柯、王卫芬译,郑州:河南大学出版社,2010年版,第421页。

生。伊氏的悲剧研究意在张扬悲剧的政治而非历史，他认为朴素的现实主义或悲剧人文主义是有效政治的唯一可靠基础。伊氏悲剧的政治与其“政治批评”的一贯主张十分合拍，它一方面承续了古希腊的传统，另一方面又赋予其政治革命与个体解放的崭新内涵。这一内涵带有鲜明的马克思主义烙印，表征了马克思主义在新形势下复兴的势头。但与其他学者的论述比较，伊氏对革命问题的思考相形见绌。

二、邪恶美学与邪恶伦理

引言　为何讨论邪恶

身为激进的左翼理论家，伊格尔顿心中有数，讨论邪恶这样带有强烈宗教色彩的问题，显然有些不合时宜。但他依然执着地沉浸于邪恶话题，而且乐此不疲。之所以如此，原因有二。其一，试图弥补文化理论家的短板。在《理论之后》中，伊格尔顿先是肯定了文化理论取得的成绩。譬如，开辟了性别与性欲研究、大众文化研究、后殖民研究等新的研究领域，且不乏给人启示的洞见。尽管如此，伊格尔顿还是对左翼文化理论心存不满，认为它不能总是纠缠于一些不可或缺的话题——如性别、阶级与种族——之上，而应正视被它所忽略的、那些看似过时的论题。譬如，道德、真理、死亡、邪恶、苦难，如此等等。否则，就很可能一直困于既有的偏见或成见之中，难以扩大理论视野。其二，回应当代社会中新的邪恶现象。伊格尔顿认为，邪恶并没有一个形而上的不变定义，而是随着时代的发展不断呈现出新的时代意义。具体分析这种意义，解释邪恶在新的语境下的种种表现，而非简单地将其归入邪恶之列就万事大吉，是知识分子理应担负的责任。基于上述考虑，伊格尔顿在多本著作中，聚焦邪恶话题，从美学、现代性与恐怖主义等几个层面展开讨论。无疑，伊格尔顿所论是一个重要的理论与实践问题，而目前中国学界的研究主要集中于以下五个方面：一是伊格尔顿对邪恶的现代性批判，二是伊格尔顿的神学转向，三是伊格尔顿重建文化理论的策略，四是伊格尔顿的文学“伦理-政治”批评，五是邪恶的语言维度。由此不难看出，从美学与伦理视角对伊格尔顿的邪恶论述进行阐发还有待加强。众所周知，从建立伊始，美学就并非单纯研究美的学科，因为人的自由与价值一直是它密切关注的主题。换言之，美学与伦理学从一开始就保持着强劲的互动关系。尽管后现代美学确有以美学取代伦理学的倾向，但伊格尔顿仍然坚持两者的关联传统，从美学入手探讨邪恶的前世今生，而落脚点却始终是邪恶的伦理问题。[①]

（一）邪恶与美学

邪恶与美学密切相连，首先因为悲剧思想中有着悠久的替罪羊传统，以至于伊格尔顿认为悲剧的最佳翻译为“替罪羊之歌”。即便把悲剧起源的问题放在一边，至少对于某种类型的悲剧而言，替罪羊的形象本身也是不可或缺。“替罪羊在象征意义上负载着共同体的罪恶”，意味着“一种神圣的恐惧”，“一种更加积极形态的活着的邪恶之死”。[②]换句话说，作为献祭的祭品，替罪羊既让人敬而远之，又让人心生敬畏。通过杀害或驱逐替罪羊，共同体得以救赎自己的罪行。正是在这个意义上，基督堪称典型的悲剧性替罪羊。伊格尔顿认为，虽然存在很多没有替罪羊的悲剧，但“对献身观念的怀疑不那么容易消除，尤其是在行为的主要人物是妇女的情况下”。[③]譬如，霍桑《红字》中的海斯特·白兰即是如此。伊格尔顿指出，她是一个被逐出共同体的祭品，但她在人们心目中象征着人性，因此，她又是一个神圣的罪人。一方面，她不被社会的道德机构所接纳，游荡于道德的荒野，成为男男女女的替罪羊。另一方面，与普通的女性迥然相异，她佩戴的红字表征着能力与越界，她的所作所为代表了一种超越父权压迫的努力。特别需要注意的是，除了着眼于悲剧艺术之外，伊格尔顿还联系时代政治来谈替罪羊。如果说，传统的替罪羊可以被当作卸载集体罪行的客体，被逐出城外，那么，“现代替罪羊对于将其排斥在外的城邦的运作是必不可少的。它不是一个关

① 陶蕾、佴荣本:《伊格尔顿对邪恶的现代性批判》,《江淮论坛》2017年第1期;刘静:《天主教激进神学的探讨——伊格尔顿神学转向的背景研究》,《社科纵横》2017年第4期;胡小燕:《论伊格尔顿理论的重建策略》,《江西社会科学》2012年第2期;林骊珠:《邪恶与罪恶:伊格尔顿的文学“伦理-政治”批评探析》,《英美文学研究论丛》2014年第2期;王健:《通向暴力的“语言乌托邦”——论伊格尔顿关于“恶”的话题》,《文艺理论研究》2017年第2期。

② [英]特里·伊格尔顿:《甜蜜的暴力:悲剧的观念》,方杰、方宸译,南京:南京大学出版社,2007年版,第293、297页。

③ 伊格尔顿:《甜蜜的暴力:悲剧的观念》,方杰、方宸译,南京:南京大学出版社,2007年版,第305页。

乎几个受雇乞丐或囚犯的问题，而是关乎全部挣血汗钱、无家可归者的问题。”[①]他强调，在全球资本主义的残酷现实面前，身受剥削的弱势群体都是替罪羊。不言而喻，为了改变日益加深的贫困，为了最大多数人的幸福，这种贪婪的资本结构必须被打破。正因如此，伊格尔顿指责文化左派纸上谈兵，泯灭了革命热情。

其次，邪恶是文学经典经常涉及的主题。在《论邪恶》一著中，伊格尔顿专门用一章的篇幅探讨文学经典中的邪恶。其中，威廉·戈尔丁的小说《品彻·马丁》，描绘了马丁竭力拒绝死亡的故事。马丁是一名低级的海军军官，此人贪婪、淫邪、控制欲极强。在作战时，落水的马丁被海浪冲到一块礁石上，他“以惊人的求生欲望和极端自私的邪恶本性与死亡抗争”。有意思的是，此时此刻，马丁的躯体已然死去，那个仍在进行抗争的是其不甘的灵魂。伊格尔顿一针见血地指出，“邪恶包括了肉体与精神的分裂——代表了统治与毁灭的抽象意志，与这意志所栖居的无意义的血肉之躯的分裂”。[②]通过展示马丁在礁石上备受折磨的过程，作家意在凸显一个罪恶的灵魂在炼狱中所应受到的惩罚。伊格尔顿认为，戈尔丁的很多小说都与原罪相关。譬如，《蝇王》中，建构文明秩序的努力终被暴力与宗派主义摧毁，由此揭示了人性的黑暗；《继承者》则对比原始人与新人的文化差异，描绘了人类向上的堕落；而《自由堕落》以回忆的笔触，展现了人性之恶。此外，在伊格尔顿看来，弗莱恩·奥布莱恩的《第三个警察》是一则关于地狱的寓言，表现了邪恶的诸多特征：异乎寻常、低劣不实、肤浅、欠缺生命向度、精神麻木等等；而格兰汉姆·格林的小说《布莱顿硬糖》，则刻画了一个彻底邪恶之人，提醒人们思索邪恶与善良之间的隐秘纠结，如此等等。

再次，某种程度上，邪恶与美学共享一些特征。众所周知，审美不是仅仅机械地反映现实，富有独特的创造才是其让人交口称赞的更高境界。邪恶也有很强的创造力，伊格尔顿指出：“恶魔对创造兴趣浓厚”，“魔鬼之以其邪恶的方式具有创造性，就如同神的力量会具有毁灭性一样”。[③]实质上，这

① 伊格尔顿：《甜蜜的暴力：悲剧的观念》，方杰、方宸译，南京：南京大学出版社，2007年版，第309页。

② [英]特里·伊格尔顿：《论邪恶：恐怖行为忧思录》，长沙：湖南人民出版社，2014年版，第43、45页。

③ 伊格尔顿：《甜蜜的暴力：悲剧的观念》，方杰、方宸译，南京：南京大学出版社，2007年版，第263、261页。

种创造性并非通常的创造性，而是魔鬼的颠倒镜像。不仅如此，这种创造与审美一样，都以自身为目的。伊格尔顿以纳粹集中营为例，强调“邪恶并不简单地就是不道德的事情，而且也是在人类的痛苦和伤害中获得能动的施虐快感的事情，这种施虐快感明显沉溺于以这种伤害本身为目的的过程中”。[①]换言之，若是从经济或军事的角度来看，纳粹集中营完全没有必要，因为可以采取更为便捷、省时省力的残害方式。而令人惊骇的地方恰恰在于，纳粹的邪恶不以实用功利为主要目的。有意思的是，那位经常遭到伊格尔顿嘲讽的美国哲学家罗蒂，也表达了类似的看法。罗蒂认为，韩波特与金博特这两个人物是纳博科夫有关残酷的作品的核心，这种残酷并非希特勒式的，“而是指那些善于美感喜乐的人也可能会犯的一种特殊的残酷”。[②]即是说，耽于审美可能在有意无意之间，对他人的苦难熟视无睹，从而陷入邪恶的渊薮。

（二）邪恶与现代性

关于现代性的影响，众多学者已从不同角度讨论甚多。在借鉴韦伯、马克思、本雅明等人论述的基础上，伊格尔顿认为应辩证看待这一问题，否则，就无法把握现代性的两面性，要么过分拔高某一方面，要么有意回避另一方面。“在当代理论中，只有马克思主义强调现代性乃是人类幸福的一个革命性进步，而且它还以同等的热情坚持认为，现代性是一场漫长的屠杀和剥削的噩梦。似乎没有任何其他思潮能够让这两种描述处于紧张之中，既要面对贵族的怀旧情绪，又要面对极度的进步主义或后现代的健忘症。可是，把握着现代性之答案的，正是它们之间的这种必要关系。”[③]换句话说，现代性成就斐然，但它带来的邪恶也罄竹难书。关键在于，不能只盯着后者而哀伤地怀恋过去的好日子，或者，被成功的喜悦冲昏头脑，不愿直面或者轻视现代性的负面能量。如果说，前者是一味向后看的怀旧主义，那么，后者则是一味往前看的盲目乐观主义。显而易见，两者是两种迥然相异的历史观。

① [英]特里·伊格尔顿：《美学意识形态》（修订版），王杰等译，北京：中央编译出版社，2013年版，第396页。

② [美]理查德·罗蒂：《偶然、反讽与团结》，徐文瑞译，北京：商务印书馆，2003年版，第220页。

③ 伊格尔顿：《甜蜜的暴力：悲剧的观念》，方杰、方宸译，南京：南京大学出版社，2007年版，第255页。

值得注意的是，它们在现实生活中常常相互攻讦、难分难解。其实，由于未能在共时的结构中看待问题，它们都不免堕入片面的泥沼。历史的车轮滚滚向前，当过去成为衡量现今的理想标杆时，应予追问的是，这种过去是怎样的过去，人们是否愿意接纳与其同时的其他部分。而当历史被视为奔向进步、光明前程的线性过程时，则需拷问现代性的阴暗面何以被低估或漠视。

回顾人类的历史，尤其是刚刚过去不久的20世纪，无论是两次世界大战，紧随其后的东西方阵营之间的长期对立，还是此起彼伏的地区冲突，都给男男女女造成了无可估量的灾难。因此，对伊格尔顿而言，善良与邪恶是一种悲剧性共存。更准确地说，除了较为短暂的状况之外，美德甚至很难在公共事务中得以发展，而往往被限定于私人领域中发荣滋长。因为“大多数的人类文化都已经变成了掠夺、贪婪、剥削的叙事。现在这个刚刚开始的喧嚣世纪，已经被无止境的鲜血所玷污，已经被数以万计不必要的牺牲所标记”。[①]换言之，在公共领域与私人领域之间，前者滋生邪恶的可能性更多，危害性也更大。因此，面对种种邪恶事件，伊格尔顿更注重考察邪恶生成的外部缘由，而非个体邪恶的内在本性。应该说，这也是其《论邪恶》一著的运思方式。伊格尔顿坦言，这种方式针对两种错误的流行性看法：一是认为若是行为可以解释，那就不再是邪恶的；二是认为若是行为邪恶，那就无法对其进行判断。伊格尔顿承认，就算不少男女与生俱来的邪恶，但“问题的关键在于大多数的邪恶都是体制性的”，作恶者“都是既定利益以及隐秘操控的结果，而不是个体恶意行动的后果”，“大部分的恶性都深深地嵌套在我们的社会系统之中，为这些系统所服务的个人，可能完全不知道他们行动的严重性”。[②]如此一来，邪恶就主要不是如康德所言的那样，源于自我的放任。沿着同样的道路，阿伦特得出了“平庸之恶”的结论。她认为，邪恶的恐怖在于“思想的轻信或缺乏”，“对习俗的抵制、停止和组织所有批判性的质问和怀疑”，“缺乏内心的自我对话”等。[③]这就可以充分解释，为何参与纳粹大屠杀的男男女女，都是普通人而非恶魔。

---

① 伊格尔顿：《论邪恶：恐怖行为忧思录》，长沙：湖南人民出版社，2014年版，第197页。

② 伊格尔顿：《论邪恶：恐怖行为忧思录》，长沙：湖南人民出版社，2014年版，第193页。

③ [德]沃尔夫冈·霍尔等主编：《阿伦特手册：生平·著作·影响》，社会科学文献出版社2015年版，第469页。

值得留意的是，讨论现代邪恶时，有学者以是否能激起人类的恐惧感与崇高感为标准，将其分为“好的邪恶”与“坏的邪恶”两类，并将它们分别等同于康德的“根本之恶”与阿伦特的“平庸之恶”。前者因为以自身为目的，或者说，为邪恶而邪恶，所以“让人莫名其妙地喜欢”，而后者则因无以激起人类的恐惧感，令人生厌。[①]上述分类与对应的好恶，都可以推敲。具体而言，当论者谈论好的邪恶时，肯定性引用了雅思贝尔斯的一段话：大屠杀“以毫无意义的行为、折磨和被折磨、因自身原因毁灭及其憎恨世界和对其自己受轻视的存在怀有极大仇恨的人类为乐”。[②]既然如此，那么，这会让谁喜欢？是否需要付出那样的代价，让男男女女来体验恐惧感？再有，平庸之恶与恐惧感并非相互绝缘，相反，在纳粹大屠杀中还扮演着更让人恐惧的功能。可以补充的是，伊格尔顿确有谈及邪恶的两幅面孔，而且是天使与恶魔形态的邪恶。“前者压制其自身存在之缺乏，后者则得益于它。值得注意的是，纳粹主义将这两种模式结合在一起。”[③]可以看出，它们也不能简单地用好坏来区分。

（三）邪恶与恐怖主义

对于恐怖主义行为与美国的解决措施，伊格尔顿都有态度鲜明的批评。就前者来说，恐怖主义代表了最为强烈的偏见与偏执，是宗教本质主义。很大程度上，它们受到邪恶的、落后的意识形态的暗中支配。就后者而言，美国用恐怖或暴力的方式来应对恐怖主义，不仅不可能彻底消灭邪恶，而且还会招致愈来愈多的恐怖，从而让更多的无辜者遭受痛苦。因为暴力固然能有效反击恐怖主义，但它同时又不断促进恐怖主义的生长。因此，伊格尔顿认为，给恐怖主义贴上邪恶的标签，其实反倒将问题恶化，乃至“在不知不觉间，与你真正诅咒的野蛮串通一气”。换言之，这必将落入以暴制暴的怪圈，进而忽略恐怖行为发生的真正根源。伊格尔顿指出，对911事件，不能止步于邪恶的描述，而更应将其归罪于“阿拉伯世界在漫长的历史中，所遭

① 肖琼:《伊格尔顿悲剧理论研究》,北京:中国书籍出版社,2013年版,第121页。

② 伊格尔顿:《甜蜜的暴力:悲剧的观念》,方杰、方宸译,南京:南京大学出版社,2007年版,第269页。

③ 伊格尔顿:《甜蜜的暴力:悲剧的观念》,方杰、方宸译,南京:南京大学出版社,2007年版,第275页。

受的西方政治上的凌辱，以及由此所累积的愤怒与羞辱”。[①]也就是说，伊格尔顿提醒世人，这起事件既是他们政治不满、政治诉求的曲折表达，又是一次情感的宣泄与喷发。还须注意的是，美国的邪恶行径其实有过之而无不及，因为在伊拉克战争中，美国杀害的平民数量是911事件中的几百倍。问题是，如何解决国家之间的政治分歧，避免类似邪恶事件的再次发生。在《陌生人的麻烦：伦理学研究》中，通过梳理近代西方伦理思想史，展示它们在处理陌生人时遭遇的诸多麻烦，伊格尔顿最终诉诸马克思，给出了社会主义的互惠发展这一可行性方案。伊格尔顿宣称，“社会主义是恐怖的解毒剂”[②]。他辛辣地嘲讽说，到了世贸大厦倒塌那一天，那些洋洋自得宣布历史终结的人，以及坚信资本主义永远胜利的人，才突然意识到自己曾是那么的愚蠢。

到了《神圣的恐怖》一书，伊格尔顿则将恐怖主义追溯至前现代世界，从而揭示恐怖与神圣、暴力与文明之间的亲缘关系。“如果没有抓住这种两面性，就不能理解恐怖的概念。恐怖起初是一种宗教观念，今天的许多恐怖分子依旧如此；宗教是深层的矛盾力量，同时使人狂喜和灭亡”。[③]伊格尔顿把狄奥尼索斯归入最早的恐怖主义者之列，强调他在拥有强大生命力的同时，还有着难以平息的怨恨与攻击性。通过对比恐怖分子与绝食抗议者、自杀弹客、真正的殉道士等之间的异同，伊格尔顿断言他们都死于致命的意志，揭示了自由意志兼具创造性与毁灭性。有学者批评伊格尔顿此书没有政治倾向性，更为沉醉于恐怖的美学层面，而这不是一个因对文学做政治批评而知名的学者该做的事情。[④]事实上，由于伊格尔顿主要是以欧里庇得斯《酒神的伴侣》为例，来阐释、分析恐怖主义，因此，美学味道十足就在所不免。然而，这并未遮住伊格尔顿一以贯之的社会主义政治理想。

---

① 伊格尔顿：《论邪恶：恐怖行为忧思录》，长沙：湖南人民出版社，2014年版，第210–211页。

② [英]特里·伊格尔顿：《圣徒与自杀者》，张予曦译，陈奇佳、张永清主编《左翼立场与悲剧文化》，北京：人民出版社，2014年版，第50页。

③ [英]特里·伊格尔顿：《狂欢的邀请》，韩朔等译，陈奇佳、张永清主编《左翼立场与悲剧文化》，北京：人民出版社，2014年版，第4页。

④ [英]大卫·勃郎姆威奇：《迈纳得斯和圣战者》，张予曦译，陈奇佳、张永清主编《左翼立场与悲剧文化》，北京：人民出版社，2014年版，第91页。

结　语

为了弥补文化理论家的缺陷，并回应当代社会中新的邪恶现象，围绕邪恶话题，伊格尔顿在多本著作中，从美学、现代性与恐怖主义等几个方面展开论述。邪恶与美学关系密切，不仅因为负载共同体罪恶的替罪羊在悲剧思想中历史悠久，邪恶主题在经典作品中屡屡出现，还因为邪恶的创造性、以其自身为目的的特征等都与审美存在共同点。现代性既取得了令人瞩目的巨大成就，同时也暴露出惊人的邪恶一面。不应满足于给恐怖主义贴上邪恶的标签，还应具体分析其背后的伦理与政治问题。

三、论伊格尔顿对神义论的批判

（一）

讨论何谓悲剧时，伊格尔顿提醒人们注意，悲剧理论在悲剧现实面前经常捉襟见肘。正因如此，他明确反对那些保守的悲剧本质论，认为它们难以解释不断变化的、纷繁复杂的悲剧现象。但他同样反对唯名论的另一个极端，认为没有共同本质并不意味着没有任何共同之处，从而陷入一盘散沙的状态。借用维特根斯坦的“家族相似”学说，他指出，悲剧的共同特征是苦难的事实。他宣称，自己的悲剧研究并非悲剧的历史研究，而是悲剧的政治研究。因此，不难发现，伊格尔顿的悲剧研究每每由理论而谈现实，字里行间饱含对男男女女的悲悯之情，充溢着强烈的政治关怀。这种马克思主义人道主义的立场，堪称理解伊格尔顿悲剧论述不可或缺的一把钥匙。

值得提及的是，有研究者认为，神义论为其悲剧理论的逻辑立场。[①]具体展开辨析之前，有必要先简单介绍一下什么是神义论。所谓神义论（theodicy），又称神正论、自然神论等，是神学与哲学的一个分支学科。显然，它意味着为上帝的正义辩护，“希望通过一种让全能的上帝摆脱困境的方式，去解释邪恶的存在”。[②]如若神义论确是伊格尔顿探讨悲剧的逻辑立场，

① 肖琼:《神义论:伊格尔顿悲剧理论的逻辑立场》,《马克思主义美学研究》2011年第1期。以下凡引用该文不再另注。需要说明的是,关于伊格尔顿悲剧理论的“神义论”立场问题,截至目前,学界尚未出现与该文观点不同的论述,也未见有学者指出伊格尔顿在讨论邪恶问题时有断章取义之病。无论是辨正研究者对伊格尔顿悲剧理论的误读,还是识别伊格尔顿著作自身的缺陷,对学术研究而言均十分必要。前者可正视听、除讹传,后者则对端正学风不无裨益。

② [英]特里·伊格尔顿:《论邪恶:恐怖行为忧思录》,林雅华译,长沙:湖南人民出版社,2014年版,第182页。

那么，其重要性自不待言。耐人寻味的是，该词在《甜蜜的暴力》——伊格尔顿专门研究悲剧的著作——中，仅仅出现过六次。而且，有些蹊跷的是，遍寻该著的索引部分，也找不见神义论一词的踪迹。这些不免给论者的上述断言投下了一道阴影。紧跟着的问题是，该论断的立论依据是什么、究竟能否成立。

依据之一："倘若悲剧对现代性至关重要，它就几乎是一种神义论，一种形而上的人道主义，一种对启蒙运动的批判，一种被移植的宗教形式或者一种政治怀旧情绪。"[①]论者在引用伊格尔顿的这句话后，直接推论说："这道出了伊格尔顿在研究悲剧时鲜明的神义论立场"。首先，单就引文与推论来说，问题在于，伊格尔顿意在说明悲剧与现代性之间的关系，是在陈述一种现象、一种事实，并不代表伊格尔顿本人完全认同它。否则，与神义论并列的其他几个词语，不都同样也成了伊格尔顿悲剧理论的逻辑立场了吗？其次，上述引文前后，伊格尔顿还有几次言及悲剧是一种神义论，不妨相互比较参看。譬如，"如今，悲剧已经成了一种文化能指，一种神义论（theodicy），一种威严的理念，一种反启蒙运动之终极价值或形态的丰富资源，一种对哲学二元性的艺术的解答，而非首先是折磨和痛苦之事。"[②]不难发现，伊格尔顿的不满溢于言表，因为悲剧现今扮演的角色——包括神义论——忽略了悲剧之所以成其为悲剧的重要元素。又如，"悲剧理论变成了一种世俗的神义论。如果上苍现在是一种不那么令人信服的为苦难正名的方式，人道主义可以代其行事。"[③]可以肯定，伊格尔顿并不赞同实际上已被弃若敝屣的神义论，更毋庸说在神义论的框架中，去思量古往今来的悲剧。当然，在伊格尔顿笔下，取而代之的人道主义也形形色色：既有宽宏大量的也有非人道的，既有浪漫主义的也有资产阶级的，既有感伤的也有革命的，如此等等。就伊格尔顿本人而言，作为一个马克思主义者而非后马克思主义者，他秉持的是马克思主义人道主义。

依据之二："悲剧在今天扮演的是罪恶的神正论或者说为罪恶辩护的角

① [英]特里·伊格尔顿：《甜蜜的暴力：悲剧的观念》，方杰、方宸译，南京：南京大学出版社，2007年版，第21页。

② [英]伊格尔顿：《甜蜜的暴力：悲剧的观念》，方杰、方宸译，南京：南京大学出版社，2007年版，第17—18页。

③ [英]伊格尔顿：《甜蜜的暴力：悲剧的观念》，方杰、方宸译，南京：南京大学出版社，2007年版，第39页。

色”。鉴于这种现状，论者认为“伊格尔顿也是从重新思考耶稣的受难和复活来阐释他的神义论立场”。问题在于，论者的引用只是掐了个头，置伊格尔顿紧接着的言说于不顾：“我只想指出悲剧并没有比历史上其他的神正论获得更多的胜利。我自己并不是那些不相信罪恶观念的自由理性主义者中的一分子，而且我还确信罪恶是无法解释的，但我并不认为罪恶可以被证明为正当”。①既然如此，伊格尔顿又岂会选择神正论，作为立论之基石？论者由此而来的解读，也在逻辑上失去了说服力。

至此为止，伊格尔顿反对神义论的态度，已经比较明朗。而认为神义论为伊格尔顿悲剧理论逻辑立场的说法，难免有些望文生义、曲解原文。

（二）

伊格尔顿的文风一贯汪洋恣肆、雄辩滔滔，这在他那部广为流传的《二十世纪西方文学理论》一书中早有鲜明体现。在进行悲剧研究时，亦复如此。明乎此，才能真切体会到那些隐藏在文字之后百转千回的情绪波澜。《甜蜜的暴力》专门设置一章，讨论“极端痛苦之价值”。其中，对包括神义论在内的诸多关于苦痛价值的观点，伊格尔顿都逐一点评。有意思的是，几乎没有哪一种价值让他举双手赞成。伶牙俐齿的他总能从中找到破绽，而且常常通过实例揭露其不当或荒谬。以下按照伊格尔顿讨论的顺序，择其要者介绍几种。

其一，悲剧崇高论。克鲁克（Dorothea Krook）认为，悲剧的效用是令人获得振奋而非同情或悲伤。伊格尔顿语带嘲讽地指出：“按照这种崇高的美学观，绝望、沮丧、不幸、忧郁，所有这些头脑愚钝的大众将其与悲剧性联系在一起的状态，都被认为实际上是悲剧的障碍。”很大程度上可以说，这种争论并非美学的，而是政治的，因为它始终关注的是大众所经历的悲剧性苦难。伊格尔顿接着正面批评这种观念，说它把悲剧“表现破灭的希望和破碎的生活这个事实”抛诸脑后。很多时候，这是意识形态善于、也热衷于精心策划的把戏。伊格尔顿举例说，“南非的一个教育机构最近建议禁止在学校讲授《哈姆莱特》，依据是它‘不乐观也不给人鼓舞’。由于这个原因，大

① [英]特里·伊格尔顿：《悲剧、希望与乐观主义》，许娇娜译，《马克思主义美学研究》2008年第2期。

部分有关种族隔绝历史的著作同样既不乐观也不鼓舞”。[①]从悲剧美学直指悲剧现实，伊格尔顿暗示人们：如果赞同前者，就会在逻辑上带来让人始料未及的严重后果。

其二，悲剧形式主义。克里斯托弗·考德威尔认为，悲剧本身并非悲剧性的，相反，它温柔美丽、令人满足。即是说，就算悲剧的内容使人忧郁不堪，但其形式却引人流连忘返。伊格尔顿调侃说：照此推理，“挽救李尔的不是考狄莉娅，而是果敢地记录他崩溃的诗文恰到好处的华丽和完整”。[②]毋庸置疑，考德威尔的观点有“买椟还珠”之嫌。它人为割裂了内容与形式的有机联系，堕入了形式主义的窠臼。

其三，悲剧的童子军理论。“它将苦难看作本质上有价值的，因为历经苦难使我们变得坚强和成熟。当安德鲁王子说在福克兰战争期间作为一名飞行员被击中是‘可怕的性格培养’时，他陈述的就是这种世界观”。伊格尔顿就此幽默地说：“一个人会产生一种怪诞的幻觉，见到虔诚的信徒们为他们的冠状动脉血栓和癌症而欢欣，陷入与正在热情地努力为他们治疗的圣人们短兵相接的战斗。”[③]换句话说，既然苦难让人坚强、成熟，那么，如下情形就没有什么好奇怪的：身患绝症的男女不单不黯然神伤，反倒为能拥有此种磨砺的机会而欢呼雀跃，甚至与那些试图尽心尽责与病魔斗争的医疗人员势不两立。一方面，这确实有些不合常理，另一方面，这又充满着显而易见的讽刺。伊格尔顿所要辩论的是，虽然苦难的确可以唤起世人的多种美德，“但是如果人们能够偶然发现运用这些价值观的某种不那么折磨人的方法，那岂不称心如意。令人震惊的是，就是这么一个简单的事实，没有哪怕一位悲剧的评论家愿意将其记住”。[④]即是说，人们并不需要那么多的磨难来展演坚强、走向成熟。另外，不应忽视的是，苦难激起的也不一定都是美德，历史上由苦难而引发的恶行也比比皆是。

其四，悲剧的目的论。它认为不论多少苦难，都是通往幸福的中间站或

---

① 伊格尔顿:《甜蜜的暴力:悲剧的观念》,方杰、方宸译,南京:南京大学出版社,2007年版,第27页。

② [英]伊格尔顿:《甜蜜的暴力:悲剧的观念》,方杰、方宸译,南京:南京大学出版社,2007年版,第28页。

③ [英]伊格尔顿:《甜蜜的暴力:悲剧的观念》,方杰、方宸译,南京:南京大学出版社,2007年版,第38页。

④ [英]伊格尔顿:《甜蜜的暴力:悲剧的观念》,方杰、方宸译,南京:南京大学出版社,2007年版,第36—37页。

必经之途。这一观点颇为流行，所谓不经历风雨，怎能见彩虹，讲得即是这个道理。《孟子》中“故天将降大任于斯人也，必先苦其心志，劳其筋骨，饿其体肤，空乏其身，行拂乱其所为，所以动心忍性，曾益其所不能”，所言亦同此理。伊格尔顿视野高远，他反驳包括神义论在内的目的论时，更多地着眼男男女女在历史前行过程中的悲惨命运。他强调，根据目的论，“许多人都将被摧毁和抛弃，颇像生物进化过程中较低级的生物物种；可是‘即使失败者和被抛弃者也曾经参与过一个向前的旅程’，了解到他们为了给比自己精力更加充沛的种类让道几乎等于是无私的消亡，失败者和被抛弃者无疑将会收获慰藉”。[①]问题是，宏大历史进步的震耳高歌中，无论如何也盖不住那些作为个体——他们或因之牺牲、或为之牺牲——的声声细语。另一个问题是，就算付出牺牲的个体收获了慰藉，但这种慰藉的残酷性也往往令人触目惊心。伊格尔顿切中肯綮地指出：当考夫曼提醒人们，以色列的建立难以证明大屠杀的公正性时，他念兹在兹的即是这一慰藉。通俗地说，在伊格尔顿眼里，任何光辉灿烂的目的，都不能回过头来为实现此目的过程中所犯下的罪恶背书。伊格尔顿还进一步指出：一旦苦难被作为工具，它就很难说得上是补偿性的——这就如同赠予他人礼物时，若是一门心思想着回赠，礼物就不再是真正意义上的礼物一般。也正是在这个意义上，被钉在十字架上的耶稣具有真正的悲剧性，因为他在受罚时并未将其当作一种走走过场的游戏，因为他并未将不幸视为通往复活的一个跳板。需要补充的是，伊格尔顿批判目的论，并不意味着他完全排斥意图性。他认为，应在庸俗的工具主义与有意图的实践之间做出区分。

（三）

可兹为证的是，伊格尔顿还在《论邪恶》、《文化与上帝之死》、《并不乐观的希望》（Hope Without Optimism）等著作中，或详或略地批判了几种不同类型的神义论。这些批判相互交叉，且不乏重叠之处。因此，如果相互参证进行阅读，理解起来将会更为立体、更加准确。

第一，启蒙运动乐观主义。它认为邪恶不过是普照的理性之光背后的阴

① [英]伊格尔顿：《甜蜜的暴力：悲剧的观念》，方杰、方宸译，南京：南京大学出版社，2007年版，第39页。

影，是秩序井然宇宙中无关大局的些许紊乱。它为世人“提供了一个从事善行、实践责任的机会。一个没有邪恶的世界肯定会变得平淡无奇，以至于无法激发我们去从事任何善良的行为”。立足于人类历史整体，这样抽象地说说或许不无道理。然而，一旦邪恶落到活生生的个体头上，事情恐怕就并非那么简单。所以，伊格尔顿一针见血地指出，这种观点“最终会变成这么一种宣称：将你的内脏提取出来、燃烧、尔后塞到你的嘴里，就会让你成为一个人”。[①]换句话说，它会在客观上使得种种邪恶——尤其是惨烈的战争与大屠杀等——变得合理化，因而在道德上显得颇为可疑。理查德·斯温伯恩正是因此而遭到伊格尔顿的无情奚落。针对他的建议——可以用里斯本大地震等事例为上帝辩护，否则，人类不啻生活在一个玩具世界中，伊格尔顿嘲讽说，很难相信这种意见出自牛津剑桥的导师之口。伊格尔顿强调，即便人们能够从痛苦中得到磨炼，使自己变得更为聪明，但这种痛苦依然是恶的。而且，想要通过这一方式让自己变得更聪明，也根本谈不上是一件什么好事。

第二，大图景（Big Picture）。它认为邪恶是人们难以辨认出来的善，如果能像上帝那样看到整个的宇宙图景，那么，就会看到邪恶必不可少，看到同一件事由坏变好。伊格尔顿满是自嘲地说：“我们都是一些短视的造物，如果我们看到眼前有人正将小婴儿放在火上烤，我们肯定无法接受。但是如果我们能够扩展自己理解的视角，将这一行为放在一个更大的计划中去思考，我们就能看出它的意向所在，甚至很可能满腔热情地伸出援手。”[②]问题在于，扩展理解的视角，要到怎样的程度？更大的计划究竟又有多大？男男女女有否可能站到上帝的视角来看问题？以此为邪恶辩护还有说服力吗？

此外，伊格尔顿还在《文化与上帝之死》中，指责浪漫主义与唯心主义式的神义论都欠缺道德经验，批评阿诺德与尼采的神义论倾向；[③]在《并不乐观的希望》中，批评布洛赫与詹明信的神义论表现，直言任何神义论都不过是水月镜花般的幻象。

特别需要注意的是，在讨论布洛赫的神义论时，伊格尔顿还提出了能否

① [英]特里·伊格尔顿：《论邪恶：恐怖行为忧思录》，林雅华译，长沙：湖南人民出版社，2014年版，第183页。

② [英]特里·伊格尔顿：《论邪恶：恐怖行为忧思录》，林雅华译，长沙：湖南人民出版社，2014年版，第187页。

③ [英]特里·伊格尔顿：《文化与上帝之死》，宋政超译，郑州：河南大学出版社，2016年版，第105、113、142、185页。

把马克思主义也视为神义论的棘手问题。[①]一方面，他认为以下两种方式迥然有别：一是作恶时希望善最终会来，二是为了自身利益而利用现存之恶。马克思主义既肯定资本主义创造的巨大财富，同时又批判其对男男女女的剥削与压榨。不言而喻，它属于后者。另一方面，伊格尔顿指出，马克思的写作中，没有任何证据表明，社会主义的降临将回头证明阶级社会的罪行。因此，马克思主义并非神义论。关于这层意思，在《马克思主义为什么是对的》一著中，伊格尔顿也有较为详细的阐述。具体而言，如果说目的论坚持人类社会的每个历史阶段都是必需的，都是实现某种特定目标的必备条件，那么，对于马克思主义而言，历史并非一直沿着某个特定的方向前行。更重要的是，尽管社会主义可以利用资本主义建设自身，但这绝不意味着后者可以逃脱历史的审判。伊格尔顿感慨万千地说：虽然马克思主义并非一种悲观主义的世界观，而且其共产主义的终章也鼓舞人心，然而，它骨子里却带有一种深沉的悲剧气质。因为"有太多人倒在通往社会主义的路上，壮志未酬，被人遗忘。除非我们可以起死回生，不然我们无以补偿这成百上千万人的冤魂。这正是马克思历史理论的悲剧所在"。[②]换言之，伊格尔顿不认为既往的无尽悲剧可以轻易修复，他在为一系列不幸事实中那些被历史叙述排斥在外的无名者呐喊。

(四)

毋庸讳言，主要是由于断章取义，论者才会误判伊格尔顿的悲剧理论存在神义论立场。不可忽略的是，在讨论邪恶问题时，伊格尔顿也有断章取义的瑕疵。下面试举两例：

例一，在《论邪恶》第三章，伊格尔顿引用了伯恩斯坦的一句话，不屑之情难以掩饰。为了让问题变得更为清晰些，我们不妨摘录一下相应的段落(下同)：

> 理查德·伯恩斯坦写道："在奥斯威辛之后，如果继续认为，邪恶

① Terry Eagleton, *Hope Without Optimism*, New Haven and London: Yale University Press, 2015, p.35-36.

② [英]特里·伊格尔顿：《马克思主义为什么是对的》，李杨等译，北京：新星出版社，2011年版，第65页。

以及痛苦是一些能够为其辩护的东西，或者一些能够加以和解的东西，乃至将其视为整个慈善宇宙的主题，这会是极为卑鄙的。”但是，事情难道不就应该是这样么？为什么只是在奥斯威辛之后？其实早在纳粹集中营之前，就有许多人认为这样的解释是非常令人厌恶的。①

就这段话本身来看，伊格尔顿义正辞严、所言甚是。相形之下，伯恩斯坦则因为多加了一个时间限定词而遭人抢白，显得有些理屈。然而，如若把伊格尔顿所引用的那句话放回原文，不难发现，这句话仅是伯恩斯坦对他人观点的再描述，而非伯恩斯坦本人的观点。

尼采的主张与列维纳斯相似，后者认为我们在奥斯维辛之后必须放弃任何“幸福结局”的念头，即认为有某种最终的宇宙和谐，其中极端的恶与苦难都各安其位。奥斯维辛之后，继续把恶与苦难说成可以被一种仁慈的宇宙论规划所证成或调和的东西，乃是可耻的做法。②

如此说来，伊格尔顿的批评就是张冠李戴、无的放矢。再回到伊格尔顿引用的那句话，应当接着追问的是，即便理论家用了“奥斯维辛之后”这一限定词，是不是意味着他们认为奥斯维辛之前就是另一番模样。伯恩斯坦紧接着的论述出示了答案：

确认恶是精神发展过程中的必然阶段，相当于证成恶。希望以扬弃来治疗精神的创伤而不留下任何伤疤，这种黑格尔式的冲动，在黑格尔的同时代人谢林那里就遭到了尖锐批判，而其后的思想家也对其进行了尖锐批判，包括我所探讨的尼采、弗洛伊德、列维纳斯、约纳斯和阿伦特。有些断裂、打破、创伤、深渊和恶如此深广，以至于彻底的愈合是不可能的。有一些创伤不会治愈，不可能被扬弃。不存在“奥斯维辛之

① [英]特里·伊格尔顿：《论邪恶：恐怖行为忧思录》，林雅华译，长沙：湖南人民出版社，2014年版，第191页。

② [美]理查德·J·伯恩斯坦：《根本恶》，王钦、朱康译，南京：译林出版社，2015年版，第278页。伊格尔顿所引英文为“After Auschwitz, it is obscene to continue to speak of evil and suffering as something to be justified by, or reconciled with, a benevolent cosmological scheme.”(Richard J • Bernstein, *Radical Evil: A Philosophical Interrogation*, MA: Polity Press, 2002, p.229.)此处与《论邪恶》中所译文字略有差异。

后”。[①]

易于明白，这段话与伊格尔顿所要论证的观点可谓若合符契。它清清楚楚地说明，伯恩斯坦们其实与伊格尔顿一样，也不认为存在奥斯维辛之后，不认为可以彻底治愈创伤。所以，大水冲了龙王庙，一家人不识一家人，伊格尔顿选错了批判对象。相比之下，伯恩斯坦的探讨更为深入：他不单提醒男男女女应诚实地面对现实，从而摒弃形形色色神义论的诱惑，更致力于思考神义论终结之后的一些相关问题。譬如，诸多善的人性道德意义何在？挞伐极端恶行时，除了关注作恶者与受难者之外，旁观者又有何责任？这种责任与人们的自由与自律之间是怎样的关系？如此等等。

例二，还是《论邪恶》的第三章，还是批评伯恩斯坦：

> 理查德·伯恩斯坦在他的《根本的邪恶》(Radical Evil)一书中写道，2001年世贸大厦的坍塌是“我们这个时代中一切邪恶的缩影。”他看起来并没有注意到，美国在过去的50年中，令人难以想象地杀害了更多无辜的市民，其总数远远超过了那些在纽约的这场悲剧中被杀害的人。就像我所写的，美国在伊拉克战争中所杀害的平民数量，大概是这场悲剧中的几百倍。伯恩斯坦在自由的名义下，完全忽略了他所在国家犯下的暴行与屠戮。[②]

抓住伯恩斯坦的一句话，伊格尔顿大做文章，严词抨击美国政府犯下的罪行。这种批判本身当然言之成理，可是，如果回到这句引文的上下文，就会发现这将他人的观点漫画化，而且多少有些胡搅蛮缠。伊格尔顿的引文出自《根本恶》一书的“前言”部分：

> 本书文稿完成于2001年9月11日之前的几周。但是那个臭名昭著的日子所出现的事件，证实了本书的几个主要见解。将那一天所发生的事情命名为恶，几乎没有人会有所犹豫——事实上，这是我们时代恶的缩影。然而，尽管那一天的事件引发了复杂的情感与反应，但是，称之

① [美]理查德·J·伯恩斯坦：《根本恶》，王钦、朱康译，南京：译林出版社，2015年版，第279页。

② [英]特里·伊格尔顿：《论邪恶：恐怖行为忧思录》，林雅华译，长沙：湖南人民出版社，2014年版，第209页。

为恶到底意味着什么，却是非常难以确定的。关于“恶”，有一种太过常见的通俗措辞，在如此危急的时刻，这种措辞已变成一种时尚，然而，实际上，它混淆并阻断了关于恶之含义的严肃思考。它用“恶”剥夺了思考的声音，它用“恶”将我们不愿理解的东西化成了妖魔。①

显然，当伯恩斯坦说911事件是一个时代恶的缩影时，绝不是说他以此回避其他的邪恶，回避美国的罪行。就在这段话的前面，伯恩斯坦直陈：“一方面我们乐于将现象归类于恶，并加以声讨；另一方面，我们显然缺乏一套智性的话语来澄清恶的意义、种类及变迁”。②也即是说，伯恩斯坦既像普通人那样，承认911事件是恶，又从学者的视角探讨关于恶的一系列理论问题。其实，当伯恩斯坦说恶“将我们不愿理解的东西化成了妖魔”时，已经含蓄地批评了美国政府“恐怖主义”的惯用修辞。再一次，伊格尔顿与伯恩斯坦就同一问题不谋而合。

余　论

总体而言，伊格尔顿着眼政治、联系现实，对神义论进行了解构式批判，不时透着机智与风趣。需要补充的是，关于神义论问题，无论如何，我们不应遗忘宗教社会学家彼得·贝格尔的经典著作《神圣的帷幕》。相比之下，贝格尔的论述更为深刻、平和，也更为完整、系统。他认为，基督教社会神义论的重要功能是提供意义，这些意义尽力解释社会力量与权益的普遍不平等，帮助人们将无序之事整合到社会成规之中，从而避免潜在的社会分裂。这种合理化论证有利有弊，既服务于权贵豪门，又服务于升斗小民。贝格尔认为，在理性与非理性的两极系统之间，存在形态各异的神正论。其中，既有苦难的神正论，也有幸福的神正论；既有此世神正论，也有彼世神正论；既有革命性的神正论，也有保守的神正论；既有易受经验论攻击的神正论，也有可以应对经验论攻击的神正论。如此等等。他谆谆告诫人们：

① [美]理查德·J·伯恩斯坦：《根本恶》，“前言”第2页。伊格尔顿所引英文为“the very epitome of evil in our time”(Richard J·Bernstein, *Radical Evil: A Philosophical Interrogation*, p.x.)两处中译略有不同。

② [美]理查德·J·伯恩斯坦：《根本恶》，王钦、朱康译，南京：译林出版社，2015年版，“前言”第2页。

“最好记住，从理论上解决神正论问题的各种努力，无论达到什么程度的合理性，受虐狂态度都是这个问题中持久的非理性因素之一”。[①]当然，作为与死亡签订契约的一种努力，不论宗教的命运如何风云变幻，这种努力仍有必要不断赓续。

① [美]彼得·贝格尔：《神圣的帷幕——宗教社会学理论之要素》，高师宁译，上海：上海人民出版社，1991年版，第68页。

第五章
政治之爱

一、实践的幸福与政治之爱

——读伊格尔顿《人生的意义》

夫天地者，万物之逆旅；光阴者，百代之过客。李白这种人生短暂的慨叹人们早已耳熟能详。相对于绵延不绝的时间，个体人生确如匆匆过客。关键是，其意义又在哪里？这无疑是男男女女或无意或有意地持久思索的问题。从古到今，从中至外，许多哲人与作家都曾出示过启人的答案。作为著名的西方马克思主义文学与文化批评家，伊格尔顿这本虽然只有一百来页的《人生的意义》同样奉献了一些精彩之见。譬如，他认为人类生命的象征维度——宗教、文化和性——是传统上探寻自身存在意义所指向的领域，但随着现代时期的展开，它们不仅愈来愈远离公共生活，而且惨遭后者侵蚀："性被包装成了市场上贩卖的牟利商品，文化则成为逐利的大众媒体的主角。艺术变成了金钱、权力、地位和文化资本的事。各地文化现在成了旅游产业包装和贩售的异域风情。甚至宗教也把自已改造成盈利的产业，电视里的福音传道者们从虔诚而天真的穷人手中骗取血汗钱。"又如，"人生也许没有一个固定的目标，但这不能说明人生是徒劳的。虚无主义者不过是幻灭的形而上学家"等。[①]值得指出的是，探讨人生意义问题时，伊格尔顿的这本小册子既有哲学史的回顾——其中包括对亚里士多德、叔本华、尼采、弗洛伊德、马克思等人的观点及"内在主义"与"建构主义"之争的评述，又有莎士比亚、乔伊斯、贝克特等文学经典作家作品的征引，涉及了一系列重要的观点与问题，可谓旁征博引、要而不繁。但该书也存在严重瑕疵，譬如，伊格尔顿在末章指出，比较而言，幸福与爱堪称人生意义的两大选项。遗憾的是，在讨论过程中关涉至核心观点时，伊格尔顿片面地援引并发挥了亚里士多德实践美德的幸福观，并把马克思的政治之爱武断地等同于亚里士多德有着复杂含义的友爱。截至目前，已有的评论、研究伊格尔顿这本书的诸多

---

① [英]特里·伊格尔顿：《人生的意义》，朱新伟译，南京：译林出版社，2012年版，第23、58页。

文章仍未注意到上述刺眼的缺陷。

(一)

论述幸福问题时，伊格尔顿批判地绍介了亚里士多德的幸福观：幸福是对美德的实践；幸福包含个人才能的创造性实现。虽然他对男男女女究竟如何得知自己过的生活符合德行这一点心存疑惑，但在肯定人生意义是一种实践方面则毫无问题："人生的意义与其说是一个命题，不如说是一种实践。它不是深奥的真理，而是某种生活形式"。[①]正是立于实践的立场，他不赞同把精神上的沉思当作人生的意义，认为这种人生的意义在于思考人生的意义的言说摆脱不了同义反复的嫌疑。显而易见，伊格尔顿是在与"命题"、"沉思"相对的层面上使用实践一词，而亚里士多德所言的实践则是相对于其他生命物的活动。相比之下，两者达成目的的方式不同，一为非自然的，一为自然的。所谓"非自然的"，不仅是指它作为生命的实践活动，区别于人类的营养生命与感觉生命，更重要的是指其中有实践理性的参与。对亚里士多德而言，"我们的实践生命的活动，在完全的意义上包括理论的、制作的、实践的活动。三者之中，理论的活动最高，实践的活动最为重要"。[②]如此看来，亚里士多德的实践观念明显涵盖面十分宽泛，有广狭二义。无论如何，在这种实践框架中，理论沉思的地位都难以撼动。既然幸福是合乎德行的现实活动，那么，沉思对于幸福的意义就不言而喻。事实上，亚里士多德的确认为幸福的最高形式是思辨活动："最高的至福有别于其他的活动，是神的活动，也许只能是思辨活动了。人的与此同类的活动也是最大的幸福"，"凡是思辨所及之处就有幸福，哪些人的思辨越多，他们所享有的幸福就越大"。[③]换句话说，智慧是人的最高级的德性，合乎这种德性的活动才是完满幸福，是第一位的，而合乎其他德性——譬如，公正、勇敢、大度、慷慨、温和、节制等——的行为则是第二位的。综上可知，伊格尔顿对亚里士多德

① [英]特里·伊格尔顿：《人生的意义》，朱新伟译，南京：译林出版社，2012年版，第92页。

② 亚里士多德：《尼各马可伦理学》，廖申白译注，北京：商务印书馆，2003年版，"译注者序"第xviii页。

③ 亚里士多德：《亚里士多德全集》(第8卷)，苗力田译，北京：中国人民大学出版社，1992年版，第230页。

幸福是德性实践的理解失之片面。

值得关注的是，有学者在谈及《人生的意义》这部分内容时，又对伊格尔顿产生了误解。在为《人生的意义》所写的序言中，邓晓芒教授指出：“作者批评了亚里士多德以来以‘幸福’作为人生的意义基础的传统，认为这是一种自欺欺人。当他说这是‘西方文化的一个普遍的特点，即不承认那些令人不快的真相，迫切想要把苦难扫到地毯下面’（第84页）时，我几乎怀疑是否要把这里的‘西方’改为‘中国’。”[①]这两句话把传统的幸福话语与自欺欺人、中西文化相互挂起钩来，看似有理，实则不妥。首先，这个笼统的概括有失妥当，因为伊格尔顿对传统的幸福话语既有批评，同时也有认同，并非全盘否定。而且，怎能不分青红皂白，把那么多关于幸福作为人生意义的讨论都贴上自欺欺人的标签呢？其次，伊格尔顿认为自欺欺人是西方文化的一个普遍特点，这当然是其有感而发的一个颇具政治价值色彩的断言。问题是，这样的宏大判断又有多大的可信度？认真追究起来，伊格尔顿所说的“自欺欺人”分为两种情形。其一是依据亚里士多德幸福观而推论出来的，具体说来，伊格尔顿赞同亚里士多德幸福是实践的、交往的生活形式，批评巴吉尼把幸福视为一种意识状态的观点。后者举过一个把人塞进幸福机器里的例子，伊格尔顿由此指出：“在亚里士多德眼里，你一辈子坐在机器里不会真正感到幸福的原因，与你因为离不开轮椅或人工呼吸器而不会感到完全幸福的原因大致相同。当然，不是说残疾人就体验不到其他人自我实现的珍贵感觉；只是说，身体有障碍表明一个人无法实施某些力量和能力。按照亚里士多德的专家式的定义，这些力量和能力的实施是一个人幸福或福祉的一部分。残疾人还可以充分体验到其他的‘幸福’感。即便如此，与维多利亚时期否认穷人多半活得艰辛一样，作为一种道德上的虚伪，现在也时兴拐弯抹角地否认残疾人真有残疾。这是一种自欺欺人，在虚弱令人尴尬、成功无所不能的美国，这种自欺欺人表现得尤为明显。它属于西方文化的一个普遍的特点，即不承认那些令人不快的真相，迫切想要把苦难扫到地毯下面。”[②]此即第一种“自欺欺人”的来龙去脉。换句话说，伊格尔顿由残疾人的幸福观联想至现在否认残疾人真有残疾的现象，斥责这是道德虚伪、

①［英］特里·伊格尔顿：《人生的意义》，朱新伟译，南京：译林出版社，2012年版，“序言”第5页。

②［英］特里·伊格尔顿：《人生的意义》，朱新伟译，南京：译林出版社，2012年版，第83—84页。

自欺欺人，并由此推及整个美国、整个西方文化。伊格尔顿所谈的第二种“自欺欺人”则是对这亚里士多德幸福观的质疑或补充：“在实践的幸福或亚里士多德意义上的幸福中，自我欺骗的危险性更大。因为，你怎么能知道自己过的生活符合德性呢？也许一位朋友或观察家是比你自己更可靠的裁判。实际上，亚里士多德撰写伦理学著作的部分原因，正是要纠正人们的幸福观。他也许认为，在这个问题上存在许多虚假意识。否则，我们就很难理解他为什么要推荐一个所有人在任何情况下都应该追求的目标。”[①]换言之，个体的幸福感或许会受到其时占据主导地位意识形态的影响，这仅是伊格尔顿对亚里士多德幸福观的推测，而竟有学者将此直接划归亚里士多德所有。[②]

（二）

伊格尔顿曾多次申明，作为人生意义的重要选项，“爱”是政治之爱：“爱，有的人认为它主要指性欲、爱情、性行为或暧昧关系，一旦我们将这个重大的概念援救出此类狭隘与贫瘠的理解，便可发现它是一种互惠关系，各方互为对方自我实现的依据。政治上的这种爱的相互关系可以按照《共产党宣言》中的那句话来理解，我先前也引用过，即每个人的自由发展是一切人的自由发展的条件。”[③]显然，当伊格尔顿诉诸马克思主义，强调爱是男男女女之间的互惠互利时，其打破伦理学与政治学界限的企图彰显无遗。或者说，与常见的有关人生意义的文字不同，伊格尔顿的谈论从大处着眼而非囿于个体或局部，洋溢着浓烈的政治气息，带有对压迫、剥削等诸种社会不平等现象的激烈抨击，显示出对大同社会的美好愿望。需要辨别的是，伊格尔顿在此呼吁人们从对爱的偏狭理解中走出来，在《人生的意义》中则明确指出政治之爱“与情欲甚至是柔情无关。爱的律令完全是非个人的：这种爱的原型是对陌生人的爱，而不是去爱那些你欲求或欣赏的人”。[④]不过，伊格尔

① [英]特里·伊格尔顿：《人生的意义》，朱新伟译，南京：译林出版社，2012年版，第85页。

② 徐方赋：《生活的意义：爵士乐队精神——特里·伊格尔顿〈生活的意义〉解读》，《外国文学研究》2009年第4期，第172页。

③ [英]特里·伊格尔顿、[英]马修·博蒙特：《批评家的任务：与特里·伊格尔顿的对话》，王杰、贾洁译，北京：北京大学出版社，2014年版，第279页。

④ [英]特里·伊格尔顿：《人生的意义》，朱新伟译，南京：译林出版社，2012年版，第94页。

顿又在他处弱化了这种爱与情欲绝对两立的局面，并不排除其中可能或有情欲因素。[①]关于亚里士多德与政治之爱的关系问题，伊格尔顿的说辞不仅自相矛盾，也过于简化。具体来看，伊格尔顿指出："他固然认为，他人对自我的发展至关重要，孤独的人生只适合诸神和野兽。但据阿拉斯戴尔·麦金太尔的研究，亚里士多德意义的人不懂得爱为何物。"[②]这个表述显得含糊不清，既然亚里士多德推崇他人与自我的相互关系及其对城邦的重要性，那么，就已然表明他深谙政治之爱。岂能又引用麦金太尔的否定意见而不置可否？到了《陌生人的麻烦》一书，伊格尔顿的看法终于明朗起来："亚里士多德主张，只有那些愿意友善对待他们自己的人，才能真正懂得爱别人，而那些不爱他们自己者'对自己的悲欢无动于衷'。待人如己的必然推论是待己如人，对亚里士多德而言，这种相互状态即为人熟知的友爱。"[③]伊格尔顿还说："亚里士多德强调，你只能跟那些你认识的人成为朋友，并认为抢一个朋友比抢一个陌生人更应受谴责。在他眼里，未能帮助一个兄弟是比未能帮助其他陌生人更严重的缺陷。然而，他也认识到在友爱与政治关系之间的连续性。"[④]这是另一个可以证明亚里士多德并非不懂爱的例子。需要说明的是，经由伊格尔顿的转述，抢钱与助人的两个例子改变了原来的功效。在《尼各马可伦理学》中，亚里士多德原是用它们来证明友爱与公正的关系问题。友爱有深有浅，公正亦随之而变："朋友关系越亲近，不公正就越严重"，"同样，友爱越强烈，对公正的要求也越高"。[⑤]另一个问题是，当伊格尔顿把亚里士多德的友爱也界定为特定的——所谓待人如己、待己如人——相互状态时，就隐约将其等同于他在极力倡导的政治之爱。然而，这其实简化了亚里士多德友爱的丰富内涵。亚里士多德所言的友爱既包括朋友而非陌

---

① Terry Eagleton, *Trouble with strangers: a study of ethics*, MA: Blackwell Publishing, 2009, p.308.

② [英]特里·伊格尔顿:《人生的意义》,朱新伟译,南京:译林出版社,2012年版,第96页。

③ Terry Eagleton, *Trouble with strangers: a study of ethics*, MA: Blackwell Publishing, 2009, p.14.

④ Terry Eagleton, *Trouble with strangers: a study of ethics*, MA: Blackwell Publishing, 2009, p.119.

⑤ 亚里士多德:《尼各马可伦理学》,廖申白译注,北京:商务印书馆,2003年版,第246页。

生人之间的友爱，也包括“非亲非故的友爱”。[①]因此，考虑到两者含义的差别，不能贸然把它全部与政治之爱画等号。如果一定要找一个其对等物的话，那么，亚里士多德也曾明确谈论的“政治的友爱”差可比拟。他认为：同心或团结是“一种友好的表示，所以同心并不是意见相同。因为互不相识的人之间也可以意见相同。它也不是对某件事情的共同认识上的同心”，而是“在公民事务上的同心，他们的利益一致，选择相同，并为共同决定而尽力。这是在实践问题上的同心，特别是在重大问题上”，“同心可以说是政治上的友谊。这有关于公民福利，影响着他们的生活”。[②]另外，在批评亚里士多德的友爱缺乏真正的平等时，伊格尔顿再一次暴露出对亚氏友爱观念的简化。他认为爱是实践的、自由的、自制的，“也是平等的，因为唯有在平等之间这种爱的过程才能真正发生。在这方面，亚里士多德所言的友爱存在问题，一个人与其男仆之间不可能会有真正的友爱”。[③]亚里士多德将友爱分成“平等的友爱”与“不平等的友爱”两类，应该说，主人与其男仆之间的友爱属于后者。即便是身份地位悬殊的人，也能在另一种意义上实现平等：“在一切按照从属关系而建立的友爱中都应该有一个比例，如较好一些的人应被爱多于爱，对更为有用的东西和其他德性也是这样。从价值方面看，像这样各取所值就平等了。这正是友谊所固有的特点。”[④]

在《人生的意义》结尾部分，伊格尔顿还用“爵士乐”的意象来比喻政治之爱的状态：通过参与演奏，每位演奏者的力量都得到自由满足，实现了自我发展的幸福。“由于这种自我发展是互惠互利的，我们甚至可以宽泛地、比拟地说，这是一种爱。”[⑤]问题是，参与爵士乐演奏需要一些必备的技能。马克思有言：对于不懂音乐的耳朵，最美的音乐也没有意义。列宁也说：要想欣赏音乐，要具备音乐的耳朵。欣赏尚且如此，演奏自不待言。更

① 亚里士多德：《尼各马可伦理学》，廖申白译注，北京：商务印书馆，2003年版，第252页。

② 亚里士多德：《亚里士多德全集》（第8卷），苗力田译，北京：中国人民大学出版社，1992年版，第199页。

③ Terry Eagleton, *Trouble with strangers: a study of ethics*, MA: Blackwell Publishing, 2009, p.308.

④ 亚里士多德：《亚里士多德全集》（第8卷），苗力田译，北京：中国人民大学出版社，1992年版，第175页。

⑤ [英]特里·伊格尔顿：《人生的意义》，朱新伟译，南京：译林出版社，2012年版，第98页。

为致命的问题是，伊格尔顿的政治之爱中，平等不可或缺，而爵士乐队内部由于分工不同也难以达成完全的平等。而且，既然政治之爱的核心精神是互惠互利，那么，把爵士乐队奉为模范的话，它又有多大范围内的适用性？其他的共同体不见得须和爵士乐队的机制保持一致才能正常运转。伊格尔顿自己也意识到这一问题，所以，他一方面说把爵士乐队的即兴演奏比作人生的意义大概是最妥当的，另一方面又说爵士乐不完全是人生的意义。因为“将爵士乐比做人生的意义，那就意味着要在更大的范围内建构类似的共同体，而那是属于政治的问题。自然，那是乌托邦式的奋斗目标，但并不更糟糕。这类奋斗目标的关键是要指出一个方向，不管我们将来会如何不幸地注定达不到目标。我们需要的是一种毫无目的的生活，就像爵士乐演奏那样毫无目的。它不是要服务于某个功利目的或形而上的严肃宗旨，它本身就是一种愉悦。它不需要处于自身存在之外的合法性理由。在这个意义上，人生的意义有趣地接近于无意义”。[①]这里谈到了两层意思。首先，爵士乐的意象连带着乌托邦式的奋斗目标，虽然遥远，但不妨作为一种人生之旅中的指路标杆，作为时时衡量现实生活的参照系。其次，爵士乐是为文艺而文艺的，以自身为目的，人生亦是如此。前者说得颇为在理，而后者则令人起疑。且不说“为文艺而文艺”可否真的做到，就算做到了，抛开了文艺周边诸多关系的文艺又有什么价值？况且，这种看待文艺的方式——它不需自身存在之外的合法性理由——明显与其早就名扬天下的文艺观相背离。众所周知，无论是在《文学原理引论》还是在《美学意识形态》中，伊格尔顿都坚持文艺就是一种意识形态的主张。从文学到人生，问题则更形复杂。面对席卷而来的全球化浪潮，纷纷扰扰的红尘世界，男男女女如何关起门来过一种以自身为目的的生活？这不是又跟互惠惠利的政治之爱渐行渐远了吗？谚语有云，一切比喻都是蹩脚的，伊格尔顿的“爵士乐队”自不例外。因此，台湾译本把书名《人生的意义》（The meaning of life）改为《生命的意义是爵士乐团》并不十分妥当，[②]而且，这一改动不免给人以全书要论证这一中心观点的印象或暗示，其实则不然。

①［英］特里·伊格尔顿：《人生的意义》，朱新伟译，南京：译林出版社，2012年版，第99页。

②［英］泰瑞·伊格顿：《生命的意义是爵士乐团》，方佳俊译，台北：商周出版社，2009年版。

（三）

除了幸福与爱，人生的意义还有其他选项，譬如，死亡、荣誉、理性、自由、快乐等等。尽管死亡看上去让人丧气，但由于死亡可以让男男女女意识到一己之局限，因此，它不仅并未取消反而提升了生命的价值。“死亡把局限丢给我们，给我们带来无情的宽慰。当圣保罗说我们每一刻都在死去，他的部分想法也许是，我们只有将自我与他人的需要结合起来，才能活得很好，这是一种‘小死亡’”。[①]伊格尔顿认为，如果男男女女都自觉采取这种自我否定做法的话，便势必会形成大规模的互惠互利局面，从而为他们的充分发展提供更佳的环境。衡之以熙来攘往、利益纠葛的日常生活，这当然是一种较为理想的状态。另一种令人灰心的人生观出自叔本华，他甚至断言人的存在毫无意义，包括人生在内的全部现实都是贪婪意志的短暂产物。虽然不无夸大，但伊格尔顿认为他所讲的大部分内容都言之成理。因为如果回顾人类历史的话，就所占的比例而言，匮乏、苦难与剥削远远多于文明与教化。因此，伊格尔顿特别提醒，那些对人生持乐观主义观点者必须直面叔本华的阴郁挑战。正是在这个层面上，伊格尔顿极力赞扬悲剧：“悲剧乃是诸多无乐观方案的人生意义问题中最有力的质疑。在所有的艺术形式中，悲剧最彻底、最坚定地直面人生的意义问题，大胆思考那些最恐怖的答案。最好的悲剧是对人类存在之本质的英勇反思”，而“最有力的悲剧是一个没有答案的问句，刻意撕掉所有观念形态上的安慰。如果悲剧千方百计地告诉我们，人类不能照老样子生活下去，它是在激励我们去搜寻解决人类生存之苦的真正方案，而不是异想天开、渐进改良，也不是感情用事的人文主义或者理想主义的万灵药”。[②]如果说，男男女女的自我否定经由伦理道德意识缓慢而平和地过渡到社会结构、政权形式的转变，那么，最有力的悲剧则试图用快捷而激进的方式从根本上解决问题，这也是历史上众多暴风骤雨般革命的意义所在。但伊格尔顿清醒地指出：“我们需要实事求是地估量什么是政治革命无法解决的。它无法根除人类的苦难、悲剧、必死或各种形式的残暴与

① [英]特里·伊格尔顿：《人生的意义》，朱新伟译，南京：译林出版社，2012年版，第89页。

② [英]特里·伊格尔顿：《人生的意义》，朱新伟译，南京：译林出版社，2012年版，第10—11页。

剥削。只要我们以肉身存在着，这些事情就必将是我们的一部分，跟我们的肉身息息相关”。[①]如此说来，在通往政治之爱的漫长之旅中，渐进改良仍然是一种不容废弃、不应小觑的方式。

结 语

伊格尔顿认为，幸福与爱是人生意义的两大选项。就“幸福”来说，他援引亚里士多德实践美德的幸福观，批评精神上的沉思充当人生意义属于同义反复。问题是，他对亚氏幸福观的理解较为片面，因为两人是在不同意义上使用实践一词，而且亚氏幸福的最高形式即为沉思。就“爱”而言，一方面，他把这种来自《共产党宣言》的政治之爱隐约等同于亚氏的友爱，另一方面，他用“爵士乐”来比喻政治之爱的状态。问题在于，亚氏的友爱内涵丰富，严格看来，唯有其中“政治的友爱”差可比拟，而“爵士乐”的意象则有着致命的缺陷。另外，尽管以死亡来充当人生意义令人沮丧，它却有助于男男女女达成政治之爱，正是在这个层面上，伊格尔顿高度肯定了叔本华及悲剧的价值。

① [英]特里·伊格尔顿、[英]马修·博蒙特:《批评家的任务:与特里·伊格尔顿的对话》,王杰、贾洁译,北京:北京大学出版社,2014年版,第287页。

二、繁论简说皆相宜
——读伊格尔顿《文学阅读指南》

众所周知，伊格尔顿是享誉国际的文艺理论家，其《二十世纪西方文学理论》一著早已成为研习文论的必读书。当然，即便是对专业的学生而言，读懂这本书仍有很大的难度。因此，普通的男男女女恐怕就只有“望书兴叹”的份了。而今，伊格尔顿放下了身段，专门为文学爱好者们写了一本通俗易懂的文学阅读指南，介绍文学批评的微观与宏观问题。譬如，语言、人物、情节、主题、叙事等。虽然它是入门指南，但这丝毫也不意味着其内容的单薄。相反，它处处洋溢着伊格尔顿惯有的深刻——这一次是平易近人的深刻——与幽默风格。这种深刻既包括把深刻的理论问题通俗化，也包括对人们耳熟能详的文学作品进行的深刻分析。正因如此，有学者将伊格尔顿的这一“大家小书”式的工作誉为“大师小烹，金针度人”。[①]除了想教给读者与学生一些基本的阅读技巧，使之能在分析的同时体验快乐之外，伊格尔顿更大的追求是希望能够接续尼采的“慢读”传统。

所谓“慢读”，是尼采在《朝霞》前言中提出的一个范畴，它是为学与阅读的一种范式。他认为自己这篇前言迟到五六年算不上什么，因为“一本这样的书，一个这样的问题，是不能速成急就的”。缓慢的写作也跟他语文学家的身份密切相关，而“语文学是一门让人尊敬的艺术，要求其崇拜者最重要的是：走到一边，闲下来，静下来和慢下来——它是词的金器制作术和金器鉴赏术，需要小心翼翼和一丝不苟地工作；如果不能缓慢地取得什么东西，语文学就不能取得任何东西。但也正因为如此，它在今天比在任何其他时候都更为不可或缺；在一个‘工作’的时代，在一个匆忙、琐碎和让人喘不过气来的时代，在一个想要一下子‘干掉一件事情’、干掉每一本新的和旧的著作的时代，这样一种艺术对我们来说不啻沙漠中的清泉，甘美异

---

① 单德兴：《大师小烹，金针度人——序伊格顿〈如何阅读文学〉》，见[英]泰瑞·伊格顿：《如何阅读文学》，黄煜文译，台北：商周出版社，2014年版，“推荐序”。

常。——这种艺术并不在任何事情上立竿见影，但它教我们以好的阅读，即，缓慢地、深入地、有保留和小心地，带着各种敞开大门的隐秘思想，以灵敏的手指和眼睛，阅读”。[①]可以看出，尼采的“慢读”有感而发，是对当时浮躁世风的批判与抵抗。不言而喻的是，“慢读”并非浮光掠影的浅尝辄止，而是能动的、批判性的、有收获的、与所读作品有思想碰撞的阅读。在一个信息爆炸、“微段子”风行的年代，“慢读”可谓一剂苦口的良药。

对伊格尔顿来说，慢读有利于培养男男女女对作品语言的敏感度，因为文学语言很多时候是对我们的日常语言“无言的批评”：“它的雄辩对于这个基本使语言沦为粗劣工具的文明无异是一种指责。它可以充分暴露所谓的名言警句、手机短信、商业黑话、小报体散文、政治套话、官僚八股等话语方式的贫瘠”。[②]我们切不要小觑了这一语言疾病，因为正如维特根斯坦所言，一种语言意味着一种生活方式。照此推理，语言的贫瘠至少是贫瘠生活的重要表征之一。伊格尔顿则在开篇就明确指出：“如果人对作品的语言没有一定的敏感度，那么既提不出政治问题，也提不出理论问题。”[③]正是在这个层面上，我们可以理解罗兰·巴特何以对其1974年的中国之行会那般失望。我们知道，1968年的“五月风暴”曾激起法国知识分子对中国的浪漫想象。一旦身临其境，巴特发现这次旅行所到之处常常充溢着语言“俗套”。对这种“重复”的“叙事”，巴特在日记中难掩厌烦之意：“对俗套的反感的上升”。[④]当然，粉碎“四人帮”之后，对“文革”假大空语言的批判也是中国开启发展崭新旅程的标志。

---

①［德］尼采：《朝霞》，田立年译，上海：华东师范大学出版社，2007年版，“序言”第40—41页。

②［英］特里·伊格尔顿：《文学阅读指南》，范浩译，郑州：河南大学出版社，2015年版，第216页。

③［英］特里·伊格尔顿：《文学阅读指南》，范浩译，郑州：河南大学出版社，2015年版，第1页。

④［法］罗兰·巴特：《中国行日记》，怀宇译，北京：中国人民大学出版社，2012年版，第48页。

回到伊格尔顿这本书的定位问题，[1]他在开首坦言：虽是一本入门指南，但仍希望文学研究的从业者也能从中获益。所以，我们不妨从研究者的角度，讨论一下这本书中给人启迪的几个问题。

首先，面对代代相传且层出不穷的文艺作品，褒贬臧否的标尺究竟是什么。可以说，这是文学阅读不能回避的核心问题。漫长的文学史已经累积了一些判断优劣的标准，而每一标准的背后毫无疑问都有特定的经典作品为其现身说法、呐喊助威。在《二十世纪西方文学理论》中，伊格尔顿旗帜鲜明地反对文学有亘古不变的本质，甚至认为有一天连莎士比亚都可能不再被视为文学。定义文学如此，评判文学亦如此。与他分析诸多文学定义的方式一样，伊格尔顿提醒男男女女：不要对既有的常见预设盲目信任，而是要对其可疑之处保持足够警惕。接下来，他挨个儿剖析了一些较有代表性的标准。

即便在现今，富有原创性仍是文学作品莫大的荣耀。伊格尔顿将其追溯到浪漫派诗人与哲学家那里，并随即指出："只要稍作思考，即可这种看法的可疑。新的东西不见得可贵。化学武器是近年才问世的，但是并没有多少人因此对它赞赏有加。传统也不见得一定就是固步自封、死水一潭。"[2]如果仅从技术的革新立场来看，"化学武器"的例子显然并不完美。伊格尔顿认为应辩证看待传统，并强调绵延的传统对维系社会的功用。他还梳理了文艺史上其他派别对创新态度的变迁，譬如，与浪漫派对创造的乐观情绪相比，新古典主义秉持着真正的创新不可能的悲观理念，压根儿瞧不上那些标新立异的行为，甚或把他们珍视的创造性想象视为想入非非。到了现代派，创新又被提到了一个至高无上的位置。后现代主义时期，创新的追求则渐趋衰落。伊格尔顿本人的态度是，并不存在什么纯粹的创新，创新一定是在承继基础上去开辟新的天地。换言之，这是一个如何活化传统的问题，如何审时度势融汇传统与当代的问题。既要继承传统，又要处理社会体验，这是对作家——特别是那些有艺术追求的作家——的真正考验。

---

① 有学者准确地指出："2012年至今，伊格尔顿接连发表了试图重构文学理论的《文学事件》《如何阅读文学》及《文化与上帝之死》等重要著述。它们是伊格尔顿回归文学本体及作家-作品-读者'神圣三位一体'的一次'寻根之旅'，也是他在'后信仰时代'强调文学教化功能和社会责任的有益尝试"。（陈众议《世界主义与文学的两难选择》，《文艺报》2015年11月9日，第5版。）

② [英]特里·伊格尔顿：《文学阅读指南》，范浩译，郑州：河南大学出版社，2015年版，第197页。

伊格尔顿质疑的第二个标准是真实性。如果把“逼真”奉为衡量文学价值的圭臬，就容易导致现实主义一枝独秀——文学史上确实有过这种局面。这对伊格尔顿来说是十分滑稽的事情。因此，他断言文学忠于生活本身没有什么价值，就像照着开瓶器画一个一模一样的实物，不是什么了不起的事儿。问题在于，如果考虑到苏联文艺界的社会主义现实主义的话，那么，伊格尔顿的上述否定就不免有些武断。因为这种文艺风格的现实主义要求作家书写理想的现实，恰恰漠视、背离了活生生的现实体验。此时，照葫芦画瓢式的描写现实往往会触犯政治禁忌，给作家招来厄运。因此，忠于生活就需要作家具有莫大的勇气，乃至付出生命的代价，是一件十分了不起的事。当然，如伊格尔顿所说，忠于生活并不意味着亦步亦趋的忠于日常表象，或者匍匐于纷繁复杂的日常细节紊流之上，而是意味着对表象的拆解、择取与重组，意味着以此传达出真切的现实精神。某种程度上，这是马克思主义经典作家“典型环境中的典型人物”思想的回响。如此一来，严格写实的作品倒不一定是现实主义的，而看似不写的作品反倒可能是现实主义的。重点在于，表现的到底是现实的支流还是主流，片面还是整体，浅薄还是深刻，如此等等。

再一种较为流行的标准是认为所有重要的文学作品都以人类生存中那些永恒的特质为主题，它们具有永恒与普适的魅力。伊格尔顿认为不应忽视下述情况：作品讨论的主题虽然重要，但方式如若不登大雅之堂的话，就依然难以位列重要之席。毕竟，所谓“文学性”主要还是体现在形式层面上。关于文学作品跨越时空的魅力问题，经典作品看起来无不符合这一条。问题是：“虽然《安提戈涅》和《俄狄浦斯王》的确历千年而不朽，但是，我们今天赏爱的《安提戈涅》和当年的古希腊人所赞许的是同一部作品吗？我们认为至关重要的和他们的想法一致吗？如果不是这样，或者，无法确定是否这样，那么，大家在宣称这部作品经受数百年考验之前，就该犹豫一下了”。[①]随着时代的变迁，一部作品在不同时间段的接受会有交集，也会有重大的变化。文学经典绝非一成不变，而是一种文化机构的建构物。所以，伊格尔顿说它们会伴随历史环境的变化时而得宠时而失势，时而卷土重来，时而一蹶不振，甚至说不定哪一天就像商店一样关门大吉。

① [英]特里·伊格尔顿：《文学阅读指南》，范浩译，郑州：河南大学出版社，2015年版，第205—206页。

伊格尔顿还对复杂深刻的内容、连贯的情节等颇有微词。总之，不能把某一批评标准绝对化，而应注意不同文类、不同文学模式之间存在的差异。另外，在进行文学批评时，有必要牢记伊格尔顿的抱怨：尽管复述小说中的故事在所难免，但“最乏味的文学批评就是复述情节。有些学生自以为是在写评论，其实多数时候不过是在讲故事，偶尔加进一点个人看法”。[①]其实，这种弊病不仅发生在学生身上，就连文学批评界的专业人员也未能幸免。

其次，在《后现代主义的幻象》一著中，伊格尔顿致力于“提出一种对于后现代主义思想的批判，而不是仅仅提供一种对它的阐述”。[②]在阅读指南中，伊格尔顿延续了对后现代主义的批判姿态，同时也难得地给予了一些肯定。他指出，一个有趣的现象是文学作品中美德讨嫌、恶行讨喜，而后现代主义无疑加剧了这一趋势：“自从维多利亚时代的中产阶级将‘正常’定义为节俭、审慎、耐心、贞洁、顺从、自律、勤勉，动听的调子就此都归了邪魔外道。难怪大家都奔着反常去了。也正是由于这个原因，吸血鬼和哥特风格的恐怖故事，以及有悖常理、长期被边缘化的元素才会在后现代大行其道，成为这个时代的正统，取代了节俭和贞洁从前的地位。”[③]问题在于，后现代主义的替代并不囿于文学作品，更演绎为一种文化风格，渗透至男男女女的日常言行之中。结果是曾经的一些道德规范被弃如敝屣，一时间还无法断定这究竟是好事还是坏事。讨论叙事问题时，伊格尔顿认为：“一般而言，现代主义和后现代主义作品对解决问题不怎么上心。它们的目的主要是彻底暴露问题，因此不大会出现投机取巧的诈骗犯被倒吊在灯柱上，或是美满姻缘扎堆这种结局。从这一点看来，他们倒是比现实主义文学现实。”[④]实际上，就精神取向而言，这种后现代主义与批判现实主义殊途同归。

可以看出，伊格尔顿肯定后现代主义文学的基点是其对现实主义大团圆式结局的突破。在他看来，大团圆结局跟现实主义惩恶扬善的任务密切相

① [英]特里·伊格尔顿:《文学阅读指南》,范浩译,郑州:河南大学出版社,2015年版,第169页。

② [英]特里·伊格尔顿:《后现代主义的幻象》,华明译,北京:商务印书馆,2000年版,“致中国读者”第2页。

③ [英]特里·伊格尔顿:《文学阅读指南》,范浩译,郑州:河南大学出版社,2015年版,第60页。

④ [英]特里·伊格尔顿:《文学阅读指南》,范浩译,郑州:河南大学出版社,2015年版,第120页。

关。维多利亚时代的小说大都加入了这一队伍，这种叙述可以鼓舞男男女女的精神，对维系社会稳定不无裨益。尽管如此，伊格尔顿认为这种审美趣味与空想无异。他感慨地说，赏罚分明的结局受到男男女女的欢迎，小说是少数能够达成这种正义的地方。这不也是一件让人悲哀的是吗？换言之，诗学正义固然有其必要性，但它对政治批评家伊格尔顿来说远远不够。重要的不是解释世界，而是改变世界，尤其是让那些文学作品中对不圆满现实的改写能够变成触手可及的现实。文学阅读可以发挥其“熏”“浸”“刺”“提”的作用，从而间接地改变世界。不过，让伊格尔顿引为憾事的是：“它也抵消了某些缺陷，而这些缺陷本可以被切实纠正的”。①中国古典戏曲也多以大团圆结局，它是“随着《西厢记》和《琵琶记》的‘经典化’过程而渐成定格的，遂演变为一种带有形式主义特征的主导性叙事模式”，“体现的是‘礼乐之和’和‘治世之音’”。②阅读这样的故事，男男女女确实可以体验到回归正道那令人荡气回肠的快意，但这种结局往往很难赢得批评界的敬重。于是，大团圆结局的地位有些尴尬。对此，有学者以《窦娥冤》等戏剧为例指出：“中国悲剧的大团圆这种艺术形式不但是现实生活的集中反映，而且是现实世界的必然延伸。它在很大程度上深化和发展了悲剧人物的抗争性格和斗争品格。也就是说，中国悲剧精神在大团圆结局中不是削弱和淡化了，而是得到了强化。”③这一颇有见地的观点启示人们，大可不必对大团圆结局唯恐避之不及，关键还是要看如何妥善运用它展开意义生产。

经历过西方文学理论的洗礼之后，那种认为文学意义是作家私有物的想法早已被人们毫不惋惜地丢弃。因为作品一旦公开发表，意义就成了公共的。伊格尔顿认为，把作家本人视作解开作品秘密的不二人选，这意味着始于浪漫主义的一种文学观念，它把文学看成表达自我的形式。问题是，确认诗人所写的真实与否对探寻诗歌的奥秘意义不大，或者说，真诚在文学批评中没有多大意义。熟悉中国文学批评史的人立马就会对此提出反驳：无论是“诗言志”还是“诗缘情”，抑或是“修辞立其诚”，“为情而造文”而非

① [英]特里·伊格尔顿：《文学阅读指南》，范浩译，郑州：河南大学出版社，2015年版，第91页。

② 冯文楼：《“大团圆”结局的机制检讨与文化探源——兼论中国戏曲的文化精神》，《陕西师范大学学报》2008年第4期，第24页。

③ 蔡焜：《论大团圆结局在中国悲剧中的作用》，《文艺报》2006年3月25日，第3版。

“为文而造情”“文如其人”等等，都在强调真诚不容忽视的重要性。到了今天，这种漫长的传统对于诗歌、散文等文类还有很大的规约力量。

最后，不能不说的是阅读指南一书的翻译。它非常到位地译出了伊格尔顿原作的内容与神韵，显示出译者的专业素养与文字功底。这是不少读来磕磕绊绊乃至错漏频现的学术译作所难以望其项背的。

三、伊格尔顿视野中的福柯权力观辨析

（一）

在《二十世纪西方文学理论》（*Literary Theory: An Introduction*）这部具有世界影响的著作中，伊格尔顿首先逐个讨论了多种文学定义，一针见血地指出其缺陷所在。在他看来，如果有意无意避开了话语与权力之间的复杂纠葛，那么，不论是着眼对象还是着眼方法来界定文学都难免失败。“我的观点是，最有用的就是把‘文学’视为人们在不同时间出于不同理由赋予某些种类的作品的一个名称，这些作品则处于被米歇尔·福柯称为‘话语实践’（discursive practices）的整个领域之内”。[①]正因如此，他不惮于宣布文学根本就没有什么“本质”，而且理直气壮地敦促人们趁早抛弃那种把文学视为实体的幻想。通过详细考察英国文学的兴起，以及从现象学、结构主义到后结构主义、精神分析等众多文学理论流派，伊格尔顿还得出了“政治批评”的结论。尽管这里的“政治”的确易于引发误解[②]，不过，应予注意的是，伊格尔顿已经明确表示：“所有批评在某种意义上都是政治的，既然人们倾向于把‘政治的’一词加给那些其政治与他们自己的政治有分歧的批评，所以我是不可能那么做的”，“我用政治的（the political）这个词所指的仅仅是我们把自己的社会生活组织在一起的方式，及其所涉及的种种权力关系（power-relation）”。[③]换句话说，除了时代政治之外，或隐或现的权力也是

① [英]特里·伊格尔顿:《二十世纪西方文学理论》,伍晓明译,北京:北京大学出版社,2007年版,第206页。

② 参见刘锋杰:《被放大的“一切批评都是政治批评”》,《黑龙江社会科学》2014年第4期。

③ [英]特里·伊格尔顿:《二十世纪西方文学理论》,伍晓明译,北京:北京大学出版社,2007年版,第213、196页。

政治一词的重要组成部分。离开了权力视域，不可能真正理解处于关系网络中的文学话语——文学作品、批评话语与文学理论。与这种解构本质主义式的文学观念相互映衬的是，伊格尔顿对“审美无利害”理论——现代美学的基石——的解构。其《美学意识形态》开篇第一句话就说，该书并非美学史。接下来，他果然不再耗费心神去探讨抽象的美学概念，而是有选择地讨论了一批理论家的美学思想，始终聚焦美学话语在特定历史时空下对意识形态建构有何作用，并试图在此基础上进而展示出更大范围内的社会、政治与伦理问题。

当伊格尔顿雄辩滔滔地解构文学界与美学界的本质主义时，人们不难从中识别出福柯等后结构主义思想家的迷人风采。关于这一点，很多学者都有谈及。[①]与此形成鲜明反差的是，对于伊格尔顿在运用福柯的权力观与话语观之后，何以在他处又无情地反戈一击、这种反击究竟可否成立等问题探讨偏少。

按照伊格尔顿的说法，当年他对福柯权力观四处蔓延极度不满，荏苒光阴并未丝毫改变这种看法。2009年，在和伊格尔顿对话时，马修·博蒙特提到1981年埃塞克斯文学大会的标题是“十七世纪的文学与权力”，并问伊格尔顿有否注意到这种福柯式的强调。伊格尔顿的回答则显得情绪激动，也令人有些愕然：“在埃塞克斯，不仅是在大会上，在大学的文学系里，你所说的这种强调现象这时也越来越多。我想它带来的影响是灾难性的。当时有一类学生，相当多是在埃塞克斯，他们被七零八落的福柯式相对主义的形式冲昏了头，导致了不堪设想的认识论的怀疑主义。譬如，他们做出明显不真实的论断，认为所谓国家是不存在的。”[②]问题是，伊格尔顿的叙述是回溯性的，不见得就一定是他当年的真实想法。若非如此，为何他1983年出版的《二十世纪西方文学理论》同样在方法论上取自福柯，字里行间尚未露出些许批判的端倪？在这一著作中，伊格尔顿确实严词谴责后结构主义是政治溃

① 譬如，马海良《文化政治美学——伊格尔顿批评理论研究》，中国社会科学出版社2004年版，第212页；刘康《现代性、现实感与问题意识——西方当代马克思主义与美学研究的一点思考》，《湖北大学学报》（哲学社会科学版）2008年第2期，第26页；范永康《福柯的系谱学与当代文论转型》，《内蒙古社会科学》（汉文版）2010年第2期，第146页；陈学明主编《20世纪西方马克思主义哲学历程》（第四卷），天津人民出版社2013年版，第390页；等等。

② ［英］特里·伊格尔顿、［英］马修·博蒙特：《批评家的任务：与特里·伊格尔顿的对话》，王杰、贾洁译，北京：北京大学出版社，2014年版，第144页。

退的产物。耐人寻味的是，福柯暂时还未列名其中。实际上，虽然福柯未能提出一套完整的文学理论，但他对文论界的影响不容小觑。早在1996年，阿希姆·盖森汉斯吕克就已指出："最近几十年的文学科学正是从福柯的著作那里吸取了新的养分"。[①]因此，不妨说，伊格尔顿只是文学界借鉴福柯理论——尤其是权力与话语——浩荡大军中的一员，当然是杰出的一员。他之所以给人以"过河拆桥"的印象，根源在于其不彻底地挪用福柯，结果自然富有戏剧性："作为一个在文学上决绝的反本质主义者，伊格尔顿在他处——政治、伦理、道德等——却又不遗余力地为本质主义摇旗呐喊"。[②]明乎此，才可以理解伊格尔顿为何后来对福柯权力观的影响忧心忡忡。有意思的是，到了新著《文学事件》（*The Event of Literature*）讨论唯实主义与唯名主义话题时，伊格尔顿干脆把福柯等人作为后者的最新代表。[③]让人惋惜的是，他仅是盯住福柯反对一般概念这一点，再也不提福柯在话语实践中勘察万事万物的卓识，不提自己曾经从中获取的巨大启迪。有意思的是，本尼特强调这恰恰是福柯的魅力所在。他批评伊格尔顿在"方法论"上过于执着于一般，使得美学史囿于某个一般性理论框架之中。因此，虽然伊格尔顿已经尽力展示美学如何介入时代，但与运用福柯分析方式的文学史家相较则逊色太多。[④]

（二）

在《二十世纪西方文学理论》中，福柯式的"权力"与马克思主义式的"意识形态"相处融洽，两者相互联系、相互促进。一方面，与暴力国家机器相比，温和柔软的意识形态是社会权力再生产的重要途径之一；另一方面，或明或暗的权力编码也为意识形态的正常运转提供了种种保障。伊格尔顿在"导言"部分指出："我用'意识形态'大致指我们所说的和所信的东

① 托马斯·恩斯特：《福柯、文学与反话语》，［德］马文·克拉达、格尔德·登博夫斯基编：《福柯的迷宫》，朱毅译，北京：商务印书馆，2005年版，第195页。

② 王伟：《后形而上学文论——以罗蒂为样本》，上海：上海三联书店，2012年版，第259页。

③ Terry Eagleton, *The Event of Literature*, New Haven and London: Yale University Press, 2012, p.15.

④ 王杰、徐方赋：《美学·社会·政治——托尼·本尼特访谈录》，《文艺研究》2011年第3期，第101页。

西与我们居于其中的那个社会的权力结构（power-structure）和权力关系（power-relations）相联系的种种方式”。[①]在“结论”部分，他再次强调：“我们确实可以认为‘意识形态’所表示的其实就仅止于这种联系（connection）——种种话语与权力之间的连环（link）或接系（nexus）。一旦我们有见于此，就能让理论和方法的问题面貌一新”。[②]值得注意的是，伊格尔顿此后开始批评福柯权力观的泛化：“如若权力如同上帝一般万能，那么，意识形态一词就难再特别强调指称任何事物，就会变得空洞无物”。[③]可是，福柯所说的并非权力的万能，而是权力的无处不在。因此，严格来讲，伊格尔顿的这个譬喻倒不是十分贴切。沿着前述意识形态是话语与权力之间联系的逻辑，由权力的无所不在得出意识形态的无所不在这一推论，可谓顺理成章。然而，伊格尔顿对此断然拒绝。

有学者解释了伊格尔顿批评权力泛化的原因。他认为，因为伊格尔顿嫌弃自己先前的意识形态定义过于宽泛，所以“进一步限定道：‘家庭内部关于早餐吃什么的争吵，未必是意识形态性的；但是当它涉及不同性别之间的权力关系时，它就是意识形态性的。采取这样的立场有一个长处，因为它总是假定，不论是怎样的命题或冲突，它都有可能是意识形态性的，但它究竟是不是意识形态性，要取决于语境和事态的发展。意识形态不是某种特定语言的固有质素，而是语境的效果问题。’由此可见，在伊格尔顿看来，并非所有的权力冲突都是意识形态性，只有那些涉及重要问题的权力冲突才是意识形态性的。基于此，伊格尔顿批判了福柯的‘泛权力’行为”。[④]仔细揣摩论者对伊格尔顿的引用，可以发现，伊格尔顿的意识形态观点并无什么明显变化，依旧凸显了意识形态是话语与权力之间的关系这层意思。更重要的是，引文与论者的推导不仅并无必然关系，而且还被曲解——论者把复杂多样的权力“关系”简化为“冲突”，再继续缩小范围而骤变为关于重要问题的冲突。退一步来说，即使把意识形态理解为权力冲突，在伊格尔顿那里也

① [英]特里·伊格尔顿：《二十世纪西方文学理论》，伍晓明译，北京：北京大学出版社，2007年版，第14页。

② [英]特里·伊格尔顿：《二十世纪西方文学理论》，伍晓明译，北京：北京大学出版社，2007年版，第212页。

③ Terry Eagleton, *Ideology: An Introduction*, London: Verso, 1991, p.7.

④ 朱彦振：《伊格尔顿意识形态观探析》，《哲学动态》2010年第4期，第77页。另外，闫爱华也持此观点（参见闫爱华《阐释的限度：从理论探索到批评实践》，武昌：武汉大学出版社，2015年版，第81页）。

不都是关于重要问题的。伊格尔顿论及葛兰西的霸权概念时，就为此提供了切实证据。他认为，“霸权不仅仅是某种成功的意识形态，而是可以被区分为形形色色意识形态的、文化的、政治的和经济的方方面面。意识形态特别指权力斗争在意义层面展开的方式；虽然这样的意义包括在所有的霸权过程中，它并非在所有的情况下都是统治得以维持的主导层面”。[①]换言之，权力斗争既有骇浪惊涛，亦有涓涓细流；既有决定大局者，亦有无关宏旨者。与此相应，意识形态同样如此。

立足马克思主义的意识形态学说，糅合福柯的权力—话语理论，无疑是伊格尔顿的美好初衷。但这种糅合的底线是，不能威胁、破坏意识形态概念的自足及有效。带着这种一厢情愿的奢望，伊格尔顿指责权力关系的无处不在，不免显得无的放矢。既然权力与意识形态最终会分道扬镳，因此，或许并不出人意料的是，福柯坚决反对意识形态概念。“意识形态观念对于我来说似乎因为三个原因而难以使用。第一个原因是，不管人们希望它是不是，它事实上总是反对某种类似于真理的东西。现在我相信，问题不是在受科学性和真理影响的话语与受其他东西影响的话语之间做出区分，而是历史地了解真理-效果如何在话语内部被生产出来，这些话语自身是真或假则无关紧要。第二个困难是，我相信它必然涉及类似于某种主体的东西。第三，相对于某些必须作为它的基础结构或经济的或物质的决定因素的东西，意识形态是第二位的。由于这三个原因，我相信它是一个不能贸然使用的概念。”[②]需要指出的是，对于第一个原因，伊格尔顿有保留的赞同。而对于后两个原因，伊格尔顿不仅断难接受，而且还是他以后批判福柯的重要筹码。对福柯而言，三者一以贯之，气势如虹。对伊格尔顿来说，三者之间并不齐心合力，暗流涌动。

（三）

接下来的问题是，福柯到底为什么要把权力泛化？这又有什么不对吗？很大程度上，这关系到福柯与伊格尔顿两人之间权力观的真正差异。

① [英]伊格尔顿：《西方马克思主义中的意识形态及其兴衰》，斯拉沃热·齐泽克等：《图绘意识形态》，方杰译，南京：南京大学出版社，2002年版，第186页。

② 转引自[美]马克·波斯特：《福柯、马克思主义与历史》，张金鹏译，南京：南京大学出版社，2015年版，第71页。

权力一词有引发许多误解的危险，福柯对此心知肚明。所以，他在《性经验史》第一卷中，专门就此铺陈自己的观点。他特别强调："从权力出发来分析，不应该把国家主权、法律形式或统治体系视为原始的所予，因为国家主权之类只是权力的终极形式，我认为，我们必须首先把权力理解成多种多样的力量关系。"有意思的是，行文一向绝不啰唆的福柯，竟然在隔了几行后再一次重复申述上述观点："千万不要在某一中心点的原初存在中、在惟一的最高权力中心（其他派生的和次要的权力都是从它衍生出来）中寻找它。正是各种力量关系的旋转柱石永不停歇地通过它们不平等的关系引出各种局部的和不稳定的权力形态。"[①]因此，当福柯说权力无所不在时，明显有其反面参照物，亦即那些把权力狭窄化的做法。迄今为止，福柯权力常常遭到"泛化"的批评，人云亦云式的批评。不过，更准确地说，泛化应是扩大化。它不单不是什么坏事儿，反而是福柯矢志追求的目标，并贯穿于福柯的整个研究过程之中。关于这一点，可以从1971年福柯与乔姆斯基的一场辩论中得到有力的旁证。福柯认为，揭露那些隐藏的控制社会的政治权力，是当时较为紧迫的一项政治任务。因为"至少在欧洲社会，人们习惯于把权力局部化，认为它只存在于政府的手中，政府通过一定数量的特别机构来行使这一权力，比如管理机构、警察、军队和国家机器"。[②]为了破除这种根深蒂固的成见，福柯致力于扩大权力的覆盖范围，扯下那些看似与政治权力毫无关系的"中介机构"的外衣。于是，教育系统、知识机构、医疗机构乃至精神分析等等，均不再显得那么中立公正、冰清玉洁。相反，它们各自在权力机器运转过程中扮演的隐秘角色，全都大白于天下。在福柯看来，唯有揭露以隐晦方式通过它们来行使权力的政治暴力，才会找出权力不为人知的支撑点，才会确定权力运作的空间与形式，才可能对其开展真正的斗争。否则，就算经过暴风骤雨般的洗礼，阶级权力很可能还是依然如故，或者，仍然能够迅速卷土重来、重构自我。虽然乔姆斯基在本体论与认识论方面与福柯有着根本分歧，但他对福柯的上述见解表示完全赞同——不仅在理论上，而且在行动上。

福柯扩大权力所指的范围还有一个重要原因，即研究权力是手段、研究

---

① [法]米歇尔·福柯：《性经验史》，佘碧平译，上海：上海人民出版社，2005年版，第60页。

② [美]乔姆斯基、[法]福柯：《乔姆斯基、福柯论辩录》，刘玉红译，桂林：漓江出版社，2012年版，第58页。

主体才是目的。换句话说，他研究的是人如何被形塑为一个主体，而这除了牵涉生产关系、表意关系之外，还深深地卷入了权力问题。问题在于，前两者都已拥有称手的工具，分别为经济史、经济理论和语言学、符号学，而研究权力关系的器具尚付阙如。在求助于法律模式、制度模式的同时，福柯提出："如果人们想要用权力来研究主体的客体化的话，他就有必要扩充权力定义的范围"。[①]在这个意义上，我们说权力塑造了主体。但需要注意的是，如若未能明了福柯扩大权力定义范围的意图，或者，福柯权力的丰富内涵，那么，不必要的误解与攻讦就会随之而来。伊格尔顿的《意识形态》一文谈及福柯的权力时，即是如此。他指出，有一种"全盘否定论"认为我们生活中的统治权力已经彻底内化，而且，这种内化也是任何统治梦寐以求的结果。让人匪夷所思的是，伊格尔顿竟然把这种瑕瑜互见的观点安到福柯的头上，并振振有词地辩驳道：权力的无上权威是心理学上的幻象，因为"并非所有的权力或权威必然地是压迫性的：如果正确地使用它，它就能成为人类福祉的源泉"。[②]问题在于，福柯并不认为权力都是压迫性的，因为繁复多样的力量关系是多向度的，而非单向度的。它们既有否定性的，也有肯定性的；既有排斥性的，也有吸纳性的；既有解构性的，也有建构性的；如此等等。这些力量"从数不清的角度出发在各种不平等的和变动的关系的相互作用中运作着"，[③]相互勾连、相互竞争、相互博弈。某种程度上，这也可以回答伊格尔顿在另一处的质疑："如果文化确实从根本上形成我们的天性，那么看来这种天性中没有什么东西使其自己与一种压迫性的文化进行斗争。米歇尔·福柯（Michel Foucault）在解释全然被权力构成的一切如何会对抗这种权力的时候遇到了一个相关的问题。"[④]显然，原本由多维力量构成的立体式动态权力，被伊格尔顿视作整体性的、平面式的一块铁板，变得了无生气。我们知道，福柯的权力概念尤为注重反抗："哪里有权力，哪里就有抵制。但是，抵制绝不是外在于权力的"，"存在着各种抵抗，它们在不同的情

① [法]米歇尔·福柯：《自我技术：福柯文选Ⅲ》，汪民安编，北京：北京大学出版社，2016年版，第108页。

② [英]伊格尔顿：《历史中的政治、哲学与爱欲》，马海良译，北京：中国社会科学出版社，1999年版，第100页。

③ [法]米歇尔·福柯：《性经验史》，佘碧平译，上海：上海人民出版社，2005年版，第61页。

④ [英]伊格尔顿：《文化的观念》，方杰译，南京：南京大学出版社，2003年版，第115页。

况下是可能的、必要的、不可能的、自发的、野蛮的、孤立的、协调的、低调的、粗暴的、不可妥协的、善于交易的、有利害关系的或是奋不顾身的”。[①]显而易见，对福柯而言，权力关系中既必须存在、也必然存在反抗的诸多可能。正因如此，他才一再申明：“权力无处不在，因此自由无立足之地”的主张“很不充分”，“这种观念不得归之于我”。[②]

（四）

事实上，无论是乔姆斯基、福柯还是伊格尔顿，都有改变不公正社会的远大怀抱与强烈使命感。若是撇开文学方面的反本质主义立场不谈，伊格尔顿与乔姆斯基有着很多的共同点。譬如，他们可以在人性客观存在等方面产生共鸣。之所以不像乔姆斯基那样赞同福柯的权力言说，更根本的缘由是，伊格尔顿觉得福柯权力的阴影使得未来社会的蓝图明显太过黯淡。他屡屡据此斥责福柯，或指名道姓，或旁敲侧击。总起来说，有的批评本身通幽洞微、入理切情，但并不适用于福柯；有的批评则建立在误解或未能充分理解的基础上，缺乏说服力。

具体而言，其一，批判权力彻底内化的论断时，伊格尔顿误以为福柯无孔不入的权力切断了反抗的所有通道，所以，他视福柯为政治悲观主义者。他精辟地指出，无道的权威也能获得认同并维持自己的统治，这不一定源于男男女女打心眼儿里的驯服，可能还有其他似乎不太体面、欲语还休的理由。譬如，别无选择，工作太忙，为孩子操心，害怕反抗的后果，如此等等。总之，它晓得男男女女认可它，是因为他们从中仍旧有利可图。“这东西不管如何微不足道，只要能使他们知足就足矣。如果能做到这一点，个体们十有八九将拿出英雄的气概来抵挡各种各样的不幸；但是当它不再给予他们任何这样的满足时，他们就要造它的反，正像黑夜后面必然是白天。因此，把世界看得一团漆黑是错误的”。[③]有趣的是，伊格尔顿一面批判福柯式

① [法]米歇尔·福柯：《性经验史》，佘碧平译，上海：上海人民出版社，2005年版，第62页。

② [法]米歇尔·福柯：《自我技术：福柯文选Ⅲ》，汪民安编，北京：北京大学出版社，2016年版，第269页。

③ [英]伊格尔顿：《历史中的政治、哲学与爱欲》，马海良译，北京：中国社会科学出版社，1999年版，第100页。

的悲观，一面又给出了种种让人难以乐观的理由。换个角度来看，伊格尔顿所列举的那些暂未反抗的原因，何尝不是福柯意义上的各种向度的力量关系。

其二，伊格尔顿把福柯看成“西方激进知识分子某个部门当中占据主流地位的意识形态的典型：自由意志论的悲观主义（libertarian pessimism）”，“之所以说自由意志论，是因为古老的表达/压制模式的某些东西继续保留在某种完全自由漂浮能指的梦想中，在某种无休无止的文本创造性的梦想中，在幸运地从真理、意义和社会性的枷锁中摆脱出来的幸福存在的梦想中。而之所以说悲观主义，是因为在对权威与欲望、疯狂和形而上学的相互叠加的怀疑式认识中，承认一切阻碍着这种创造能力的东西——法律、意义、权力和封闭——都成为其构成部分，这来自于某种范式而不是那种表达/压制模式。”[①]众所周知，西方哲学界自由意志与决定论的拉锯式论战，已经持续了数百年。所以，伊格尔顿的这个判断充满悖论。一方面，他认为福柯有自由意志的倾向，但又把它仅是框定在文本的王国中，悍然割断了它与滚滚红尘之间的密切关联——这绝非福柯的作风。另一方面，他认为福柯在为创造力打开一扇大门的同时，却又承认对创造力构成限制的很多因素一直存在。问题在于，这在福柯那儿是不言而喻之事。因为所有的力量关系不可能都一边倒，创造力的解放也不可能一劳永逸、一下子就臻于完美。很多时候，这是一个渐进的过程，而且，在此过程中还会滋生出不少难以逆料的新问题，从而为下一轮的解放埋下伏笔。

福柯认为，自由意志与决定论分别走上了一个极端，两者各执一词的对垒使人厌倦。他试图沉入多重力量关系中，剖析赞成或反对的具体语境及其对男男女女的影响。针对虚无主义或决定论的指责，福柯回应说自己的立场不会导致冷漠，而会导致一种“过度的和悲观主义的行动论”。既然如此，那么，伊格尔顿悲观主义的指责亦非空穴来风。另外，他还把福柯称为“过于怀疑现在”的“魔鬼”式左派。[②]但福柯的立场不是一味沉溺于悲观中，乃至于无以自拔、消极厌世。相反，它意味着“如果一切似乎都令人绝望，

① [英]特里·伊格尔顿：《美学意识形态》(修订版)，王杰等译，北京：中央编译出版社，2013年版，第370页。

② [英]特里·伊格尔顿：《甜蜜的暴力：悲剧的观念》，方杰等译，南京：南京大学出版社，2007年版，第276页。

那么我们就需要更加努力的工作”。[①]也就是说，当男男女女信心满满地朝向成功的终点步步迈进时，做一个行动主义者并非难事。然而，当前行的道路晦暗不明时，做一个行动主义者恐怕就更具挑战性。但真的猛士，总会敢于直面惨淡的人生。福柯是把可能的困难率先摆出来，让人们做到心中有数，并希望他们做到不为所惧、放手一搏。

其三，伊格尔顿批评福柯陷入悲观主义，还因为福柯等后现代主义者拒绝了宏大历史、总体政治，未能提供一个如画的未来愿景。伊格尔顿极力捍卫“马克思主义是对的”，憧憬社会主义公正、自由、合理的社会秩序。在他看来，福柯式后现代主义的微观政治虽然也对以上社会秩序心向往之，但它是重大政治失败的产物。而且，它在重大政治失败之后就一蹶不振，改弦易辙，沉迷于零敲碎打而罔顾世界大局。而反形而上学较为彻底的福柯，的确无意于提出一个理想模式。他“摒弃了传统的‘光辉灿烂的乌托邦未来’的革命期望，支持那种总是处于某种境况的、特殊地点的‘抵抗’”。[②]这无疑是一种新型的解放政治，它也跟福柯对知识分子形象的定位相互呼应。即是说，他不再相信过往的普世知识分子，而立志做一个特殊知识分子。前者“借助于某些大概念或者若干现成的话语，以此来对待特殊的斗争。结果，他们把特殊的斗争纳入到一个更加庞大的斗争之中，而这种庞大的斗争则以正义、理想法律、未来共产主义之名去进行”，而后者则“始终拒绝这样的诱惑，即拒绝通过一体化话语去重新说明局部斗争，拒绝将局部斗争重新编码”。[③]换言之，在福柯眼里，唯有局部斗争才真实可信，一旦纳入宏大叙事中，它就可能扭曲变形。问题是，局部的范围到底有多大，边界又在哪里，不同的局部之间是否没有任何共性。

（五）

伊格尔顿还批驳福柯对权力的关注陷入审美化传统之中，应予指出的

① [美]林恩·范德勒：《米歇尔·福柯》，邵文实译，哈尔滨：黑龙江教育出版社，2016年版，第79页。

② [美]理查德·沃林：《东风：法国知识分子20世纪60年代的遗产》，董树宝译，北京：中央编译出版社，2017年版，第36页。

③ [法]拉加斯纳里：《福柯的最后一课：关于新自由主义，理论和政治》，潘培庆译，重庆：重庆大学出版社，2016年版，第88—89页。

是，他在阐述过程中多次对福柯断章取义，这在不同程度上损害了其论断的有效性。为了便于说明问题，以下不避繁琐，试举几例。

其一，伊格尔顿指出："如他所写的：'国家法律和心灵法律最终是同一的。'那么，权力处于其全盛时期，那时，它既不是中心化的，也不是霸权的，福柯最终将达成的就是这种'真正的'权力观。"[①]从福柯的一句话引出其权力观，乍看起来言之成理。然而，我们知道这种所谓权力观与福柯的权力观相去甚远，因为福柯意在告诉世人权力运作的复杂万端，从未设定一个什么真正/虚假的权力。不言而喻，问题出在伊格尔顿的这句引文上面。回到这句话的具体语境，不难发现，这是福柯在讨论"大禁闭"时所说的话。福柯认为，在一个强制场所中，大禁闭用行政措施对一些让人唯恐避之不及的男男女女进行道德训诫，这是一个很重要的历史现象——"在历史上第一次出现了一批将道德义务和民法组合在一起的、令人瞠目的道德机构。各国的法律将不再容忍心灵的混乱"。毫无疑问，美德的背后有暴力机器的虎视眈眈。如此一来，奉行美德的最大回报即是避开惩罚。目光如炬的福柯当然不会认同这是权力的理想状态，所以，他接着语带嘲讽地说："在这个资产阶级城市的阴影笼罩之下诞生了这种奇怪的美德共和国。它是用暴力强加给所有被疑为有罪的人的。它是古典时期资产阶级的伟大梦想和严重偏见的底面：国家法律和心灵法律最终合二为一。"[②]伊格尔顿完全不顾福柯所言的是一种现象而非一般性结论，不顾福柯言辞中流露出的惊讶与不满，拎出其中一句话大做文章，其说服力可想而知。

其二，讨论权力与愉悦的关系时，伊格尔顿很有把握地说："福柯写作时以丝毫没有讽刺的语调写道：'对于（古希腊）妻子来说，只与她妻子发生性关系，是她在丈夫控制下的事实的结果。对于丈夫来说，只与他妻子发生性关系，是施行其控制的最优雅方式。'（151）贞节对于妇女来说，在政治上是必要的，对于男人来说，则是审美装饰。并没有任何理由想象，福柯事实上赞同这种悲惨的状况；但是，它是他最明确无疑表示赞同的伦理的某

① [英]特里·伊格尔顿：《美学意识形态》（修订版），王杰等译，北京：中央编译出版社，2013年版，第373页。

② [法]米歇尔·福柯：《疯癫与文明》（3版），刘北成、杨远婴译，北京：生活·读书·新知三联书店2007年版，第54—55页。

种令人发呕的必然结果。”[①]有点儿讽刺的是，就在伊格尔顿所引的这句话之后，福柯明明还说“这远不是在以后的道德中出现的一种对等约束的先兆，而是对一种现实不对等的风格化”。[②]关于这层意思，福柯在《性经验史》卷二“快感的享用”第三章“家政学”中还多次申述。譬如，“丈夫的节制属于一种有关管理、自我管理和管理妻子的艺术；他必须既管束又尊重妻子，因为她对丈夫来说是一个顺从的家庭主妇”。又如，“在古典时代的希腊，道德家们规定婚姻生活中的双方都要节制；但是双方的节制属于两种不同的与自我发生关系的方式。妻子的美德构成了一种顺从行为的相关物和保证；男方的节制则属于一种自我约束的统治伦理”。[③]如果说，这些都还不足以显示福柯的态度，那么，德莱弗斯与拉宾诺对福柯进行的专访则足以澄清伊格尔顿的误判。访谈中，福柯提出“我们能否拥有一种重视他人快感的行为伦理和快感伦理”这一问题，并认为古希腊在这方面不如人意：“希腊的快感伦理离不开男性化的社会，也离不开非对等性，它不顾他人，执著于使对方就范，迫使你感觉到自己的精力即将被销蚀殆尽，等等。诸如此类的种种都极其令人厌恶！”理所当然，古希腊“并没有什么值得效仿的价值”。[④]可以发现，伊格尔顿割裂式的引用歪曲了福柯，因此，他对福柯的指责难以成立。

其三，还是关于快感问题，伊格尔顿认为规范与实践之间并非严丝合缝，而是存有某种程度的弹性空间。“普遍法则暴政由此得到了缓和：福柯指出，古希腊并不寻求引进约束每个人的行动代码，因而就从人道主义霸权的约束中解脱出来：对于他们来说，性行为的反思作为道德领域，并不是把强加到每个人身上的普遍禁令内在化、合理化或形式化的手段；而是，它是发展（从自由成年男性所构成的人口中的一小撮少数人的）某种生存美学（感知为权力游戏的意味深长的自由艺术）的手段（252-253）。”[⑤]应予注意

① [英]特里·伊格尔顿：《美学意识形态》（修订版），王杰等译，北京：中央编译出版社，2013年版，第377页。

② [法]米歇尔·福柯：《性经验史》，佘碧平译，上海：上海人民出版社，2005年版，第214页。

③ [法]米歇尔·福柯：《性经验史》，佘碧平译，上海：上海人民出版社，2005年版，第224、237页。

④ [法]米歇尔·福柯：《自我技术：福柯文选Ⅲ》，汪民安编，北京：北京大学出版社，2016年版，第150—151页。

⑤ [英]特里·伊格尔顿：《美学意识形态》（修订版），王杰等译，北京：中央编译出版社，2013年版，第375页。

的是，若是不引用福柯的话，伊格尔顿的说法本身完全站得住脚。问题在于，这段引文对福柯来说只是现象或事例，伊格尔顿把福柯由此而来的结论抛在一边："因而，作为我们的道德来源的性伦理是建立在一个非常坚硬的不平等的和压抑的（特别是对妇女和奴隶的压抑）体系之上。但是在希腊思想中，它也曾作为自由男人行使他的自由、他的权力形式和他的真理通道之间的关系，遭到质疑。"[①]也即是说，伊格尔顿忽视了福柯所言的重心与用意何在，所作的解说不免有隔靴搔痒之嫌。

需要补充的是，伊格尔顿能言善辩——极为擅长利用他人的言辞来树立自己的观点，极为擅长阐释其他理论家、思想家的著作。在此过程中，有意无意的曲解也在所不免。指出这一点非为求全责备，而是力图减少以讹传讹。

结　论

伊格尔顿一面运用福柯的权力与话语理论解构了本质主义式的文学观与审美观，一面却又指斥权力对文学的影响陷入认识论怀疑主义。实际上，这种断言以偏概全。有学者指出，伊格尔顿坚持并非所有的权力冲突皆为意识形态性的，因此批评福柯权力观的泛化。这忽视了伊格尔顿观点的无的放矢、福柯对意识形态观念的反对以及两人权力观的真正差异。伊格尔顿责备福柯权力观在政治上是自由意志论的悲观主义，而福柯则宣称已厌倦决定论与意志论的古老论争，并认为自己的立场是悲观主义的行动论，抵抗总是处于特殊境况与特殊地点。伊格尔顿还批驳福柯将权力审美化，但他在阐述过程中多次对福柯断章取义。

① [法]米歇尔·福柯：《性经验史》，佘碧平译，上海：上海人民出版社，2005年版，第288页。

参考文献

一、伊格尔顿著作

Terry Eagleton, *Literary Theory: An Introduction*, MA: Blackwell Publishing Ltd, 2008.

——*After Theory*, Landon: Penguin Books Ltd, 2003.

——*Trouble with Strangers: A Study of Ethics*, Chichester: Blackwell Publishing, 2009.

——*Hope without Optimism*, New Haven & London: Yale University Press, 2015.

——*Culture and the Death of God*, New Haven & London: Yale University Press, 2015

——*Ideology: An Introduction*, London: Verso, 1991.

[英]伊格尔顿:《二十世纪西方文学理论》,伍晓明译,北京:北京大学出版社,2007年版。

——《文学原理引论》,刘峰等译,北京:文化艺术出版社,1987年版。

——《二十世纪西方文学理论》,伍晓明译,西安:陕西师范大学出版社,1986年版。

——《当代西方文学理论》,王逢振译,北京:中国社会科学出版社,1988年版。

——《马克思主义与文学批评》,文宝译,北京:人民文学出版社,1980年版。

——《文化的观念》,方杰译,南京:南京大学出版社,2003年版。

——《文化的理念》,林志忠译,台北:巨流图书公司,2002年版。

——《美学意识形态》,王杰等译,桂林:广西师范大学出版社,1997

年版。

——《美学意识形态》（修订版），王杰等译，北京：中央编译出版社，2013年版

——《后现代主义的幻象》，华明译，商务印书馆，2000年版。

——《理论之后》，商正译，商务印书馆，2009年版。

——《历史中的政治、哲学、爱欲》，马海良译，中国社会科学出版社，1999年版。

——《如何阅读文学》，黄煜文译，台北：商周出版社，2014年版。

——《异端人物》，刘超、陈叶译，南京：江苏人民出版社，2014年版。

——《沃尔特·本雅明，或走向革命批评》，郭国良、陆汉臻译，南京：译林出版社，2005年版。

——《甜蜜的暴力：悲剧的观念》，方杰、方宸译，南京：南京大学出版社，2007年版。

——《论邪恶：恐怖行为忧思录》，林雅华译，长沙：湖南人民出版社，2014年版。

——《马克思主义为什么是对的》，李杨等译，北京：新星出版社，2011年版。

——《人生的意义》，朱新伟译，南京：译林出版社，2012年版。

——《生命的意义是爵士乐团》，方佳俊译，台北：商周出版社，2009年版。

［英］伊格尔顿、［英］博蒙特：《批评家的任务：与特里·伊格尔顿的对话》，王杰、贾洁译，北京：北京大学出版社，2014年版。

二、学术专著

Alain Badiou, *Being and Event*, Oliver Feltham trans., London: Continuum, 2006.

Asja Szafraniec, *Beckett, Derrida, and the Event of Literature*, California: Stanford University Press, 2007.

Derek Attridge, *The Singularity of Literature*, London &NY: Routledge, 2004.

Elizabeth Beaumont Bissell (ed.), *The Question of Literature: the Place of the Literary in Contemporary Theory*, Manchester: Manchester University Press, 2002.

Kenneth Burke, *A Rhetoric of Motives*, California: University of California Press, 1969.

Richard J · Bernstein, *Radical Evil: A Philosophical Interrogation*, MA: Polity Press, 2002.

Wolfgang Iser, *The Act of Reading: A Theory of Aesthetic Response*, Baltimore: Johns Hopkins University Press, 1980.

［英］丹尼·卡瓦拉罗：《文化理论关键词》，张卫东等译，南京：江苏人民出版社，2006年版。

齐泽克等：《图绘意识形态》，方杰译，南京：南京大学出版社，2006年版。

包亚明主编：《后现代性与公正游戏——利奥塔访谈、书信录》，谈瀛洲译，上海：上海人民出版社，1997年版。

郭绍虞主编《中国历代文论选》（第2卷），上海：上海古籍出版社，2001年版。

卢卡契：《历史与阶级意识》，杜章智等译，北京：商务印书馆，1992年版。

卢卡契：《卢卡契文学论文集》（一），北京：中国社会科学出版社，1980年版。

童世骏、曹卫东编：《老欧洲新欧洲》，上海：华东师范大学出版社，2004年版。

刘纲纪主编：《马克思主义美学研究》（第2辑），桂林：广西师范大学出版社，1999年版。

陈永国主编：《激进哲学：阿兰·巴丢读本》，北京：北京大学出版社，2010年版。

［德］加达默尔：《真理与方法》（上下卷），洪汉鼎译，上海：上海译文出版社，2004年版。

［德］沃·伊瑟尔：《阅读行为》，金惠敏等译，长沙：湖南文艺出版社，1991年版。

［德］瑙曼等：《作品、文学史与读者》，范大灿等译，北京：文化艺术出版社，1997年版。

［英］斯特凡·柯里尼编：《诠释与过度诠释》，王宇根译，北京：生

活·读书·新知三联书店，2005年第2版。

［法］阿兰·巴迪欧：《哲学宣言》，蓝江译，南京：南京大学出版社，2014年版。

［美］大卫·雷·格里芬：《复魅何须超自然主义——过程宗教哲学》，周邦宪译，南京：译林出版社，2015年版。

［美］理查德·罗蒂：《后形而上学希望》，张国清译，上海：上海译文出版社，2009年版。

——《偶然、反讽与团结》，徐文瑞译，北京：商务印书馆，2003年版。

——《文化政治哲学》，张国清译，北京：北京大学出版社，2011年版。

——《真理与进步》，杨玉成译，北京：华夏出版社，2003年版。

——《筑就我们的国家：20世纪美国左派思想》，黄宗英译，北京：生活·读书·新知三联书店，2006年版。

［德］彼得·比格尔：《先锋派理论》，高建平译，北京：商务印书馆，2002年版。

周宪：《审美现代性批判》，北京：商务印书馆，2005年版。

［美］哈罗德·布鲁姆：《如何读，为什么读》，黄灿然译，南京：译林出版社，2011年版。

——《西方正典》，江宁康译，南京：译林出版社，2011年第2版。

［英］麦克奎兰：《导读德曼》，孔锐才译，重庆：重庆大学出版社，2015年版。

［英］克里斯·巴克：《文化研究：理论与实践》，孔敏译，北京：北京大学出版社，2013年版。

阿伦特编：《启迪：本雅明文选》，张旭东、王斑译，北京：生活·读书·新知三联书店，2008年版。

［美］大卫·格里芬编：《后现代精神》，王成兵译，北京：中央编译出版社，1997年版。

［法］让·格朗丹：《哲学解释学导论》，何卫平译，北京：商务印书馆，2009年版。

［德］本雅明：《德意志悲苦剧的起源》，李双志、苏伟译，北京：北京师范大学出版社，2013年版。

马克思：《1844年经济学哲学手稿》，北京：人民出版社，2000年版。

［美］马尔库塞：《单向度的人》，刘继译，上海：上海译文出版社，1989年版。

［法］米歇尔·福柯：《规训与惩罚》，刘北成、杨远婴译，北京：生活·读书·新知三联书店，1999年版。

［德］马文·克拉达、格尔德·登博夫斯基编：《福柯的迷宫》，朱毅译，北京：商务印书馆，2005年版。

陈奇佳、张永清主编：《左翼立场与悲剧文化》，北京：人民出版社，2014年版。

陶东风、周宪主编：《文化研究》（第14辑），北京：社会科学文献出版社，2013年版。

包亚明主编：《后大都市与文化研究》，上海：上海教育出版社，2005年版。

赵一凡等主编：《西方文论关键词》，北京：外语教学与研究出版社，2006年版。

李丽红编：《多元文化主义》，李丽红等译，杭州：浙江大学出版社，2011年版。

［爱尔兰］玛利亚·巴格拉米安、埃特拉克塔·英格拉姆编：《多元论：差异性哲学和政治学》，张峰译，重庆：重庆出版社，2010年版。

王顺珠主编：《当代文学批评：里奇文论精选》，北京：北京大学出版社，2014年版。

［美］杰弗里·J.威廉斯编著：《文学制度》，李佳畅、穆雷译，南京：南京大学出版社，2014年版。

［英］拉曼·塞尔登等：《当代文学理论导读》，刘象愚译，北京：北京大学出版社，2006年版。

［法］安托万·孔帕尼翁：《理论的幽灵——文学与常识》，吴泓缈、汪捷宇译，南京：南京大学出版社，2011年版。

［美］霍华德·S.贝克尔：《艺术界》，卢文超译，南京：译林出版社，2014年版。

［美］查尔斯·E.布莱斯勒：《文学批评：理论与实践导论》（第五版），赵勇等译，北京：中国人民大学出版社，2014年版。

［美］斯东：《苏格拉底的审判》，董乐山译，北京：北京大学出版社，

2015年版。

［荷］约斯·德·穆尔：《命运的驯化：悲剧重生于技术精神》，麦永雄译，桂林：广西师范大学出版社，2014年版。

［美］芮塔·菲尔斯基主编《新文学史》（第1辑），杭州：浙江大学出版社，2013年版。

［德］尼采：《悲剧的诞生》，周国平译，桂林：广西师范大学出版社，2002年版。

［英］马克·戈尔迪、罗伯特·沃克勒主编：《剑桥十八世纪政治思想史》，刘北成等译，北京：商务印书馆，2017年版。

［英］克里斯托弗·罗、马尔科姆·斯科菲尔德主编：《剑桥希腊罗马政治思想史》，晏绍祥译，北京：商务印书馆，2016年版。

［瑞典］福克斯、［加］莫斯可主编：《马克思归来》（上），“传播驿站”工作坊译，上海：华东师范大学出版社，2016年版。

［意］安东尼奥·奈格里：《超越帝国》，李琨、陆汉臻译，北京：北京大学出版社，2016年版。

张永清、马元龙主编《后马克思主义读本·理论批评》，北京：人民出版社，2011年版。

［英］梅格纳德·德赛：《马克思的复仇：资本主义的复苏和苏联集权社会主义的灭亡》，汪澄清译，北京：中国人民大学出版社，2006年版。

［美］克雷格·卡尔霍恩：《激进主义探源：传统、公共领域与19世纪初的社会运动》，甘会斌、陈云龙译，北京：北京大学出版社，2016年版。

［英］安东尼·吉登斯：《超越左与右：激进政治的未来》，李惠斌、杨雪冬译，北京：社会科学文献出版社，2009年版。

［英］雷蒙·威廉斯：《现代悲剧》，丁尔苏译，南京：译林出版社，2007年版。

——《政治与文学》，樊柯、王卫芬译，郑州：河南大学出版社，2010年版。

［德］沃尔夫冈·霍尔等主编：《阿伦特手册：生平·著作·影响》，北京：社会科学文献出版社，2015年版。

［德］沃尔夫冈·韦尔施：《重构美学》，陆扬、张岩冰译，上海：上海译文出版社，2006年版。

［美］理查德·J.伯恩斯坦：《根本恶》，王钦、朱康译，南京：译林出版社，2015年版。

［美］彼得·贝格尔：《神圣的帷幕——宗教社会学理论之要素》，高师宁译，上海：上海人民出版社，1991年版。

亚里士多德：《尼各马可伦理学》，廖申白译注，北京：商务印书馆，2003年版。

——《亚里士多德全集》（第8卷），苗力田译，北京：中国人民大学出版社，1992年版。

［德］尼采：《朝霞》，田立年译，上海：华东师范大学出版社，2007年版。

［法］罗兰·巴特：《中国行日记》，怀宇译，北京：中国人民大学出版社，2012年版。

马海良：《文化政治美学——伊格尔顿批评理论研究》，北京：中国社会科学出版社，2004年版。

陈学明主编：《20世纪西方马克思主义哲学历程》（第四卷），天津：天津人民出版社，2013年版。

闫爱华：《阐释的限度：从理论探索到批评实践》，武昌：武汉大学出版社，2015年版。

［美］马克·波斯特：《福柯、马克思主义与历史》，张金鹏译，南京：南京大学出版社，2015年版。

［美］乔姆斯基、［法］福柯：《乔姆斯基、福柯论辩录》，刘玉红译，桂林：漓江出版社，2012年版。

［法］米歇尔·福柯：《性经验史》，佘碧平译，上海：上海人民出版社，2005年版。

——《自我技术：福柯文选Ⅲ》，汪民安编，北京：北京大学出版社，2016年版。

——《疯癫与文明》（3版），刘北成、杨远婴译，北京：生活·读书·新知三联书店，2007年版。

［美］林恩·范德勒：《米歇尔·福柯》，邵文实译，哈尔滨：黑龙江教育出版社，2016年版。

［美］理查德·沃林：《东风：法国知识分子20世纪60年代的遗产》，董

树宝译，北京：中央编译出版社，2017年版。

[法] 拉加斯纳里：《福柯的最后一课：关于新自由主义，理论和政治》，潘培庆译，重庆：重庆大学出版社，2016年版。

柴焰：《伊格尔顿文艺思想研究》，青岛：中国海洋大学出版社，2004年版。

王天保：《审美意识形态的辩证法：伊格尔顿美学思想》，郑州：河南文艺出版社，2007年版。

方珏：《伊格尔顿意识形态理论探要》，重庆：重庆出版社，2008年版。

段吉方：《意识形态与审美话语：伊格尔顿文学批评理论研究》，北京：人民文学出版社，2010年版。

丛豪亮：《伊格尔顿早期意识形态文学理论形成与内涵研究》，徐州：中国矿业大学出版社，2010年版。

肖琼：《伊格尔顿悲剧理论研究》，北京：中国书籍出版社，2013年版。

林骊珠：《亚里士多德、上帝与马克思的邂逅：伊格尔顿的马克思主义伦理政治批评研究》，北京：中国社会科学出版社，2015年版。

王玉峰：《诗学和意识形态视域内伊格尔顿文化批评作品在中国的翻译重写》，武汉：武汉大学出版社，2017年版。

三、学术论文

Rosen, David，Terry Eagleton’s Republic of Letters. Raritan. Winter 2014, Vol. 33 Issue 3.

[英] 特里·伊格尔顿：《马克思主义与文学批评》，《外国文学动态》1978年第7期。

——《作家与倾向》，文宝译，《外国文艺》1979年第2期。

——《我们必须永远历史化吗?》，许姣娜译，《外国文学研究》2008年第6期。

——《悲剧、希望与乐观主义》，许娇娜译，王杰主编《马克思主义与美学》11卷第2期，北京：中央编译出版社，2008年版。

——《耶稣：一个期待完美世界的革命者》，张良丛译，王杰主编《马克思主义美学研究》12卷第1期，北京：中央编译出版社，2008年版。

［法］罗朗·巴特：《两种批评》，张小鲁译，见《外国文学报道》1987年第6期。

［德］歌德：《歌德文艺语录》，程代熙译，见《文艺理论研究》1980年创刊号。

［美］乔纳森·卡勒：《当今的文学理论》，生安锋译，《外国文学评论》2012年第4期。

［英］戴维·洛奇：《向这一切说再见——评伊格尔顿的〈理论之后〉》，王晓群译，《国外理论动态》2006年第11期。

冯真：《文学理论家伊格尔顿来华讲学》，《世界文学》1985年第1期。

南帆：《文学老了，我们还需要她的慰藉吗》，《学习博览》2009年第6期。

周宪：《文学理论、理论与后理论》，《文学评论》2008年第5期。

王宁：《再论“后理论时代”的西方文论态势及走向》，《学术月刊》2013年第5期。

吴炫：《论文学的“中国式现代理解”》，《文艺争鸣》2009年第3期。

——：《伊格尔顿批判——兼谈否定主义的文学观》，《学术月刊》2008年第4期。

——：《什么是真正的好作品?》，《文艺争鸣》2007年第5期。

朱国华：《纯粹语言、经验、理念与弥赛亚时间》，《华东师范大学学报》2006年第5期。

吕黎：《重访反本质主义文学观》，《中国图书评论》2013年第3期。

但汉松：《把文学还给文学：伊格尔顿〈文学事件〉》，《天南》2012年第9期。

李晋：《“结构化”文学阅读策略——评伊格尔顿的〈文学事件〉》，《外国文学》2013年第2期。

刘锋杰：《被放大的“一切批评都是政治批评”——兼谈伊格尔顿的“美学的矛盾”》，《黑龙江社会科学》2014年第4期。

刘安海：《文学，在流动变异过程中——四本外国文学理论著作比较研究之一》，《外国文学研究》1989年第3期。

冯宪光：《论伊格尔顿的“文化生产”美学》，《文艺理论与批评》1997年第3期。

许国良：《构建当代文学理论的参照系——读伊格尔顿的〈文学理论概览〉》，《社会科学》1987年第3期。

郑丽：《文学是生命最美的形态——哈罗德·布鲁姆教授访谈录》，《外国文学》2014年第2期。

陈歆耕：《被网络资本“压迫”的文学——文学杂谈五则》，《福建文学》2016年第2期。

王逢振：《费什的新作〈任其自然〉》，《外国文学评论》1990年第4期。

王宁：《全球化、文化研究和当代批评理论的走向》，《天津社会科学》2005年第5期。

张箭飞：《文化理论在西方的死亡》，《学术研究》2005年第9期。

金惠敏：《理论没有“之后”》，《外国文学》2009年第2期。

张伟：《理论之后的理论建构》，《文艺评论》2011年第1期。

程群：《宏大叙事的缺失与复归》，《史学理论研究》2005年第1期。

肖琼：《神义论：伊格尔顿悲剧理论的逻辑立场》，《马克思主义美学研究》2011年第1期。

徐方赋：《生活的意义：爵士乐队精神——特里·伊格尔顿〈生活的意义〉解读》，《外国文学研究》2009年第4期。

陈众议：《世界主义与文学的两难选择》，《文艺报》2015年11月9日。

冯文楼：《“大团圆”结局的机制检讨与文化探源——兼论中国戏曲的文化精神》，《陕西师范大学学报》2008年第4期。

蔡焜：《论大团圆结局在中国悲剧中的作用》，《文艺报》2006年3月25日。

刘康：《现代性、现实感与问题意识——西方当代马克思主义与美学研究的一点思考》，《湖北大学学报》（哲学社会科学版）2008年第2期。

范永康：《福柯的系谱学与当代文论转型》，《内蒙古社会科学》（汉文版）2010年第2期。

王杰、徐方赋：《美学·社会·政治——托尼·本尼特访谈录》，《文艺研究》2011年第3期。

朱彦振：《伊格尔顿意识形态观探析》，《哲学动态》2010年第4期。

陶蕾、佴荣本：《伊格尔顿对邪恶的现代性批判》，《江淮论坛》2017年第1期。

刘静：《天主教激进神学的探讨——伊格尔顿神学转向的背景研究》，《社科纵横》2017年第4期。

胡小燕：《论伊格尔顿理论的重建策略》，《江西社会科学》2012年第2期。

林骊珠：《邪恶与罪恶：伊格尔顿的文学“伦理-政治”批评探析》，《英美文学研究论丛》2014年第2期。

王健：《通向暴力的“语言乌托邦”——论伊格尔顿关于“恶”的话题》，《文艺理论研究》2017年第2期。